소설

단군왕검

상

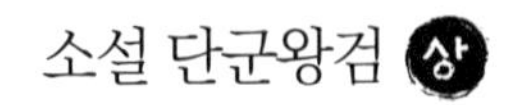

초판 1쇄 인쇄 2021년 6월 25일
초판 1쇄 발행 2021년 6월 30일

지 은 이 정호일
펴 낸 이 정연호
편 집 인 정연호
디 자 인 이가민

펴 낸 곳 도서출판 우리겨레
주　　소 서울시 은평구 통일로 71길 2-1 대조빌딩 5층 507호
문의전화 02.356.8410
F A X 02.356.8410
출판등록 2002년 12월 3일 제 2020-000037호
전자우편 urikor@hanmail.net
블 로 그 http://blog.naver.com/j5s5h5

ISBN 978-89-89888-22-2 (04810)
ISBN 978-89-89888-21-5 (전3권)

정호일 지음

도서출판 우리겨레

저자의 말

하늘의 뜻이 땅에 이루어지리라

단군왕검檀君王儉! 단군 할아버지!

저는 이 말만 들어도 가슴이 저절로 뭉클해지고 벅차올랐습니다. 왜 그런지 그 이유를 잘 몰랐습니다. 이 의미를 조금이나마 깨닫게 된 건 오랜 기간 고구려 역사를 공부하는 과정에서였습니다.

저는 우리 민족이 분단 상황에 처해 있으면서 강대국들 사이에 끼어 이리저리 치이는 현실을 안타까운 심정으로 바라보았습니다. 왜 우리 민족은 이렇게 살아야 하는가? 정말 우리 민족의 위대한 영화는 없었는가? 이런 고심에서 저는 가장 융성하고 번영했던 시기로 고구려를, 그중에서도 광개토호태왕을 떠올렸습니다. 그리고 이에 대해 연구해 나갔습니다. 그분이 쌓은 민족적인 업적을 깨닫고 앞으로 나아간다면 우리 민족의 현실을 개선하는데 도움이 될 것이라고 판단했던 까닭입니다. 그 결과 저는 이를 『광개토호태왕(전3권)』이라는 책으로 출간하게 되었습니다.

그런데 그 연구 과정에서 정말 놀라운 사실을 발견하게 되었습니다. 그것은 고구려 역사의 영광된 뿌리가 바로 천손天孫 민족으로서의 자부심에 기초하고 있었다는 사실이었습니다. 그 뿌리란 다름 아닌 단군이었습니다. 놀라움은 호기심으로 그치지 않았고 단군조선에 대한 연구로 이어졌습니다. 깊이 연구하면 할수록 우리의 위대한 조상이었던 단군에 대해 제가 얼마나 무지했던가를 깨닫게 되었습니다.

지금도 일부에서는 단군에 대한 기록을 역사적 사실로 보는가 하면 신화로 보기도 하는 등 의견이 분분합니다. 하지만 우리가 지금껏 이 땅에 존재한다는 사실이 바로 단군의 존재를 반증하는 것이 아닐까요? 우리의 부모에서 부모로 계속 올라가다 보면 단군에까지 이르기 때문입니다. 결국 단군을 부정하는 것은 자기 자신의 뿌리를 부정하는 것과 마찬가지임에도 왜 이런 현상이 나타나는 걸까요? 그만큼 우리가 스스로의 역사와 단군이라는 시조에 대해 모르고 있기 때문일 것입니다. 물론 단군에 대한 사료가 극히 미미한 까닭에 정확하지 않은 부분이 많은 것도 사실입니다.

하지만 분명한 것은 그토록 융성했던 고구려가 나라의 근본과 지향을 단군조선에서 찾았다는 것입니다. 왜일까요? 그것은 당연히 단군조선의 나라가 융성하고 번영했기 때문이겠지요. 그러나 비단 그 때문만은 아니었습니다. 단군조선은 우리 민족의 태생적 뿌리이자 우리 인간이 살아가는 데 필요한 모든 정신적 자양분을 제공해주었기 때문입니다. 신선사상과 홍익인간, 이화세계는 바로 이러한 점을 분명하게 보여주는 것이지요.

지금껏 저는 어떤 건국신화에서도 인간을 이롭게 하기 위해서 나라를 세웠다는 이야기를 들어본 적이 없습니다. 이 한 가지 사실만 놓고 보더라도 단군조선이라는 나라가 우리 민족사뿐만이 아니라 세계 인류사에 얼마나 새로운 지평을 열어놓았는가를 확인할 수 있습니다. 새로운 역사의 시대를 활짝 펼쳐놓았다는 것이지요.

지금 우리나라는 여러 면에서 매우 어렵고 힘든 상황에 처해 있습니다. 어쩌면 이렇게 된 원인은, 단군조선이라는 뿌리를 잃고 민족의 정신을 망각한 채 살아왔기 때문이 아닌가 생각합니다. 지금 사람들은 어찌하든지 간에 잘 먹고 잘살기만 하면 된다고 여기는 경향이 많습니다. 그러면 도대체 잘 먹고 잘사는 것이란 무엇일까요? 여기에 대해 단군은 인간으로서의 존엄을 세울 것을 그 해답으로 내세우고 있습니다. 그것은 자신의 정체성을 찾아 스스로의 힘으로 현실의 상황을 풀어나가는 것을 의미합니다.

그런데 우리나라의 현실은 그렇지 아니합니다. 지금의 정치 경제 상황은 우리의 잘못만 아니라 다른 나라의 정치 경제 사정에도 크게 영향을 받고 있습니다. 결국 우리가 의도하지 않았다 하더라도 다른 나라의 정치 경제 상황에 따라 이리저리 흔들릴 수밖에 없는 형국에 처해 있는 셈이지요.

게다가 우리 사회 전반에는 자신의 것을 배우고 그에 대한 자긍심을 갖기보다는 다른 나라의 사고방식이나 사상, 그리고 언어를 무분별하게 받아들이고 남발하는 것을 대단하게 여기는 풍조마저 유행하고 있습니다. 먹고사는 것도 다른 나라에 의해 좌우되고 민족의 정신마저 다른 나라의 것을 가져다 쓴다면, 그게 바로 노예적 삶이 아니고 무엇일까요? 아무리 노예가 주인의 혜택을 받아 잘 먹고 풍족하게 산다고 하더라도 그게 참다운 삶이라고 할 수 있을까요? 그것마저도 주인에 의해 결정되는데 말입니다.

저는 이 혼란의 시기를 극복하는 하나의 방법이 단군을 옳게 이해하는 것이라고 생각합니다. 왜냐하면 단군은 우리 민족의 태생적 뿌리이기도 하지만 어떻게 인간의 문제를 풀어야 할 것인가에 대한 원초적 해답을 제시해주고 있기 때문입니다. 단군이야말로 항상 새로운 인간 세상을 꿈꾸며 개척해나갔던 사람입니다. 바로 이것이 우리 민족이 위기에 처할 때마다 단군을 떠올리고 찾았던 이유가 아닌가 생각해봅니다.

단군에 대한 오랜 연구와 고민을 바탕으로 이 글을 썼지만 아직도 많은 부분이 부족하다고 생각합니다. 그만큼 단군조선의 역사적 잠재력이란 대단한 것이겠지요.

세상은 꿈꾸는 자의 것이고 도전하는 자에 의해 개척됩니다. 아무쪼록 이 책이 지금의 어렵고 힘든 생활을 극복하는 데 조금이나마 도움이 되었으면 하는 바람입니다.

2009년 5월

서울에서 정호일

발행인의 말

우리 민족의 시조 단군왕검, 5,000년의 잠에서 깨어나다!

아! 온몸을 감싸오는 이 오싹한 전율은 무엇일까요? 이 소설을 읽으면 어느 누가 감히 어찌 우리 민족의 건국사화가 살아있는 역사가 아니라고 말할 수 있을까요?

소설 단군왕검은 무엇보다 작가 정호일이 단군왕검의 현신이 아닌가 하는 착각에 빠질 만큼 그 시대를 현미경보다 더 정확히 치밀하게 묘사하고 있으며 사실에 기초한 풍부한 상상력과 완벽한 구성 장치 등을 통해 단군민족의 형성 과정을 오롯이 담아내고 있습니다.

원래 이 소설은 다른 출판사에서 2009년도 발간했으나 세인의 주목을 받지 못해 사장될 위기에 처해 있었습니다. 하지만 이 소설이 가지고 있는 문제의식, 즉 인간 세상에 이롭게 한다는 의미의 심오함과 집필 동기는 두고두고 음미할 가치가 있다고 판단하여 일부 내용을 수정 보충하여 재출간하게 되었습니다.

소설에서 단군왕검은 지금으로부터 5,000여 년 전, 인간 세상을 널리 이롭게 하라는 홍익인간의 정신을 우리 민족의 건국이념으로 선포하였습니다. 다름 아닌 짐승 같은 생활에서 벗어나 인간으로서의 자각에 기초해 인간을 위한 세상을 꿈꾼 것입니다. 이를 위해 짐승에게는 철퇴를 가하고 인간에게는 교화를 진행하여 나갑니다.

건국이념이나 사상은 단순히 선포했다고 해서 형성되는 것이 아닙니다. 나라의 건설과 발전 과정의 전 부분에 그 맥이 관통되어 있어야 합니다. 소설에서는 이 모든 과정에 홍익인간과 이화세계의 사상이 자리 잡고 있다는 것을 구체적으로 생동감 있게 그려내고 있습니다.

태고의 전설로부터 시작해 여러 부족들 사이에 나타나는 패권적 대결과 갈등을 통합해 가는 과정, 신천지 아사달을 개척하는 과정, 통합된 나라의 기틀을 정비하는 과정, 천지인 합일의 국가지도 이념을 형성하는 과정 등 나라 건설 과정만이 아니라 더욱 융성하고 번영하기 위한 방향에서 수로 관리 체계를 통한 벼농사 보급, 누에를 이용한 의복 문제 해결, 온돌을 이용한 가옥 문제 해결, 풍류도의 시행과 신지문자의 창안, 웅녀를 위한 고인돌 제단, 하늘의 뜻을 온 세상에 널리 펼치기 위한 마리산 참성단 축성, 심신 수행 및 수련법 보급, 순임금에게 오행치수의 비법 전수 등을 통해 국수주의와 복고주의를 경계하면서도 우리 민족의 뿌리가 어디에 있고 얼마나 우수한 민족인가를 잘 그려내고 있습니다. 이런 전 과정을 통해 홍익인간의 정신이 관통되어 있고 그 때문에 단군조선의 건국이념이 되었다는 것을 흥미진진하게 보여주고 있습니다.

저자는 어떤 건국신화에서도 인간 세상을 이롭게 하기 위해서 나라를 세웠다는 이야기를 들어본 적이 없다고 하면서 단군조선이라는 나라가 우리 민족사뿐만이 아니라 세계 인류사에서도 새로운 지평을 열어놓았다고 말하고 있습니다.

지금 세계는 극심한 혼돈 상태에 빠져 있습니다. 민족갈등, 계급갈등, 종교갈등, 기후위기. 성차별, 세대갈등 등 지금의 가치관과 제도 등으로는 해결할 수 없는 수많은 난제가 제기되고 있습니다. 현재와 미래에 제기되는 문제를 잘 풀기 위한 방도로서 우리는 과거의 역사를 현재의 입장에서 재조명하고 이를 통해 일정한 교훈을 얻기도 합니다.

이런 점에서 홍익인간이라는 사상은 21세기 지구촌 사회의 각종 문제점을 풀 수 있는 원초적인 사상적 자양분을 제공할 수 있을 것입니다. 단군왕검은 인간 세상에서 신천지 아사달을 개척하며 홍인인간과 이화세계라는 이상사회를 건설할 수 있다는 것을 직접 보여주었습니다. 이제 홍익인간의 사상은 지구촌의 문제를 해결하고 풀어갈 수 있는 사상으로서 새롭게 부활해 나갈 것이라고 봅니다.

이 가슴 벅찬 마음을 함께하면서 단군왕검의 일대기에 독자 여러분을 초대합니다. 현신한 우리의 시조 단군왕검과 함께 인간 세상을 이롭게 하는 나라, 즉 단군조선 건국의 주인공이 되어보십시오.

도서출판 우리겨레

대표 정연호

차례

상

중

하

1 암시

크에엑! 크에엑!

통통하게 살이 오른 멧돼지 한 마리가 고요한 정적을 갈랐다. 죽음의 문턱을 벗어나고자 버둥거리며 비명을 질러대는 소리였다. 거기엔 죽음의 공포가 묻어나고 있었다.

멧돼지를 사냥하던 호랑이는 벌써 그것을 알아챘는지 더욱 발톱을 억세게 세워 멧돼지 몸에 박더니 커다란 송곳니로 숨통을 단단히 조여들었다. 얼마간 흙먼지를 일으키며 반항하던 멧돼지는 이내 몸을 부르르 떨더니 생명의 불꽃이 사그라지듯 사지를 쭉 늘어뜨렸다. 사위는 언제 그런 일이 있었냐는 듯 조용해졌고, 호랑이는 입맛을 다시 다지며 가시가 돋은 껄끄러운 혓바닥으로 멧돼지를 연거푸 핥았다. 만찬을 즐기기에 앞선 여유로운 행동이었다.

그것도 잠시 어디서 벌써 그 냄새를 맡았는지 황소만 한 얼룩 호랑이 한 마리가 기세 좋게 피의 향연을 즐기고자 코를 흘끔거리며 슬그머니 다가오고 있었다. 아니, 한 마리만이 아니었다. 반대 방향에서도 오고, 또 그 사이사이마다에서도 계속해서 한 마리씩 모처럼의 기회를 놓치지 않겠다는 듯 앞서거니 뒤서거니 거리를 두며 다가왔다. 자신만의 영역을 갖고 있는 이놈들이 어떻게 한두 마리도 아니고 떼를 지어 이곳에 모였는지 알 수 없는 일이었다. 그런데다 모두들 이런 일에는 이력이 붙었음을 암시하듯 몸 군데군데에는 지난날 싸웠던 상처의 흔적이 뚜렷이 드러나 보였다. 녀석들의 몸에서는 싸움꾼다운 풍모가 물씬 풍겼다. 먼저 왔던 호랑이 녀석은 덩치가 황소만 해 거기서 뿜어나오는 완력이 상상을 초월할 것으로 보이는 반면에, 다른 한 녀석은 사지의 근육이 날렵하게 잘 발달해 있어 그 민첩함이 번개처럼 빠를 것 같았다. 또 다른 녀석들은 눈매가 매서운 것으로 보아 그 투지와 고집이 다른 호랑이를 질리게 할 정도로 보이는가 하면, 입에 침을 질질 흘리는 것으로 보아 식탐이 보통이 아닐 것 같았다. 이 밖에 목둘레가 유난히 두꺼워 맷집이 강해 보이는 녀석도 있는 등 다들 다른 녀석들에게 양보하라고 하면 서러워할 정도의 매서움이 두드러졌다. 이런 녀석들이 한군데에 모였으니 그곳은 삽시간에 살벌한 분위기로 바뀌었다.

자신만의 식사를 즐기려던 호랑이는 이내 몸을 움츠리며 으르렁거렸다. 이 고기는 내 것이니 손대지 마라. 만약 이것을 뺏으려고 하면 가만두지 않겠다는 서슬 퍼런 엄포였다. 아무리 위협하고 협박한다고 해도 힘들게 잡은 고기를 다른 녀석에게 그저 가만히 앉아서 내줄 수는 없다는 소리였다. 그게 통했는지 나름대로의 호기를 뽐내던 다른 녀석들이 잠시 멈칫했다. 그러나 그것도 한순간이었을 뿐, 이내 멧돼지 고기에 눈빛을 빛내며 침을 흘렸다. 눈앞의 먹잇감을 두고 순순히 물러날 수 없다는 표시였다. 쓰러진 멧돼지 옆에 있던 호랑이는 재차 경고를 보내며 몸을 납작하게 엎드렸다. 언제든지 번개처럼 몸을 날릴 태세였다. 이에 각기 다른 녀석들도 상대가 만만치 않음을 알았는지 곧바로 반격할 수 있도록 몸을 바짝 수그렸다. 순간, 시간이 정지한 듯 정적이 흘렀다. 숨소리도 멈췄다. 어느 녀석이라도 조금만 빈틈을 보인다면 그대로 가차 없는 공격이 이어질 것이었다. 이윽고 자신들 수가 많다고 생각해서인지, 아니면 눈앞의 고기를 보고는 참을 수 없는 식욕이 동해서인지 한 녀석이 먼저 조심조심 멧돼지 고기 옆으로 다가왔고, 이에 따르듯 다른 녀석들도 서서히 몸을 움직이기 시작했다.

일순간 고요했던 정적을 깨뜨리며 멧돼지 고기 옆에 있던 호랑이가 몸을 날렸다. 식탐을 참지 못한 채 가장 앞서서 다가오고 있는 녀석을 향해 발톱을 곧추세우고는 선제공격에 들어간 것이다. 거의 동시에 다른 호랑이들도 서로 뒤엉켰다. 두 녀석이 치열하게 싸우는 틈을 이용해 나머지 녀석들은 서로 멧돼지 고기를 차지하기 위해 물어뜯고 뜯기는 싸움을 시작했다. 한 녀석이 멧돼지 고기를 입에 넣자 금세 다른 녀석 하나가 덮쳐드는가 하면, 또 다른 녀석들이 이내 뒤엉켜 으르렁댔다. 잡은 멧돼지 고기를 사이에 두고 적도 동지도 없이 오직 저 혼자만이 먹이를 독차지하려는 격렬한 싸움이었다. 쉽사리 끝나지 않는 싸움은 처절하기까지 했다. 시간이 흐를수록 사방은 온통 적수를 죽이려는 호랑이들의 앙칼진 울음소리로 가득했다. 녀석들이 으르렁댈 때마다 주위의 산천초목마저 벌벌 떨 정도였다.

이 장면을 보고 있던 단군 역시 가슴을 졸이기는 마찬가지였다. 아무리 단군이라고 해도 이렇게 많은 호랑이 떼를 상대로 싸울 수는 없었다. 그들의 포효에 단군의 심장이 요동쳤다. 하지만 무엇보다도 앞으로의 상황이 어떻게 전개될지가 궁금했다. 호기심을 참을 수 없었던 그는 숲 속에 몸을 숨긴 채 좀 더 지켜보기로 했다.

시간이 흘러갈수록 녀석들의 몸에는 상처가 늘어가기 시작했다. 녀석들은 만신창이가 되어서도 서로에 대한 공격을 멈추지 않더니 어느 순간부터 서로 으르렁거리기만 할 뿐 더 이상 싸우려 들지 않았다. 호랑이들은 서로 뒤엉켜 기력을 다 소진한 까닭에 더는 싸울 힘이 남아 있지 않았는지 잠시 휴전에 들어갔다.

단군은 그들이 다시 움직이기만을 기다렸다. 그러나 녀석들은 쉽사리 움직이려 하지 않았고, 어느덧 으르렁거리는 것마저 멈추었다. 그들은 기진맥진한 나머지 도저히 몸을 움직일 수 없는 상태임이 분명해 보였다. 그는 바로 지금이 이곳을 빠져나올 적기라고 판단하고 조심스럽게 몸을 일으켰다. 그때 드러누운 호랑이들 사이로 덩그렇게 죽어 있는 멧돼지의 사체가 눈에 띄었다. 그 순간 그의 뇌리에 멧돼지 고기를 가져가야겠다는 생각이 스치고 지나갔다. 저것을 여러 부족 사람들과 나눠 먹을 것을 떠올리니 새삼 욕심까지 생겼다.

'조심조심 가져간다면 아무 일 없을 거야. 저들이 맹수이고, 또 떼거리로 모여 있다고 해도 이미 지쳐 쓰러질 만큼 싸운 상태가 아니던가. 그리 쉽사리 움직이지는 못할 것이야.'

호랑이는 한번 큰 힘을 쏟고 나면 기력을 다시 회복할 때까지 몸을 잘 움직이지 못한다는 사실을, 그는 잘 알고 있었다. 이 일을 성공시키면 저 녀석들 모두를 골탕 먹이게 된다는 생각에 입가에는 절로 웃음까지 일었다. 서로 나눠먹으면 될 것을 왜 혼자만 먹으려고 어리석게 싸워 남에게 뺏겼느냐는 일침이었다.

그는 바짝 긴장하며 살그머니 멧돼지 고기 쪽으로 다가갔다. 호랑이 녀석들은 혓바닥을 길게 빼물고는 할딱거리며 거친 숨을 몰아쉬고 있었다. 그가 조금씩 다가오는 것을 보면서도 여전히 아무런 미동도 보이지 않았다.

'이제 조금만 더 가면 돼.'

눈앞에 멧돼지 고기를 두고 불현듯 두려움이 일었지만 그는 괜찮을 것이라고 마음속으로 되뇌며 계속 앞으로 나아갔다. 마침내 그는 멧돼지가 있는 곳까지 도착했다. 이제 무사히 그것을 가져가기만 하면 되는 일이었다.

그가 조심조심 멧돼지를 들어올리는 순간 부스럭거리는 소리가 새어나왔다.

'아뿔싸!'

갑자기 호랑이 한 마리가 눈꼬리를 치켜올리더니 소리가 나는 쪽으로 고개를 돌렸다. 녀석은 다 잡아놓은 먹잇감을 빼앗길 것을 눈치챘는지 날카로운 발톱을 세우고 번개처럼 공격해 들어왔다. 이미 상황은 엎질러진 물이었다. 단군은 곧바로 청동검을 빼들어 호랑이의 급소를 겨냥하며 힘껏 휘둘렀다. 그러나 역부족이었다. 역시 호랑이란 녀석은 맹수의 제왕답게 단군의 공격을 유유히 피해버리는 것이 아닌가. 단 일격에 요절내고 그곳을 빨리 빠져나와야 하는데……. 저 많은 녀석들이 한꺼번에 달려든다면 어떻게 한단 말인가. 단군은 이제 죽은 목숨이나 다름없었다. 그런데 이게 웬일인가? 천우신조인지 한 녀석의 움직임을 신호로 그동안 쉬고 있던 다른 녀석들이 단군을 향해 달려들기는커녕 서로 또다시 물고 물리는 싸움을 시작한 것이었다. 그것은 좀 전과 마찬가지로 적도 동지도 없는 혼전의 싸움이었다.

단군도 그 속에 얽혀 정신없이 싸우기 시작했다. 내 편 네 편이 따로 없었다. 살기 위해서는 자신에게 다가오는 모든 놈들을 적으로 놓고 싸워야 했다. 한참을 그렇게 싸우던 그는 순간, 깜짝 놀랐다. 자신이 호랑이인지 사람인지 도무지 분간이 안 되었던 것이다. 어떤 때는 자신이 호랑이로 변했다가, 또 어떤 때는 사람이 변하기도 했던 것이다.

'내가 지금 헛것을 보고 있는 것인가?'

생사가 달린 순간에 살아남으려면 무엇보다 신속히 상황을 파악해야 했다. 단군은 눈을 비비며 정신을 차리기 위해 애썼다. 잠시 후, 흐릿하게 보이던 물체들이 서서히 눈앞에 윤곽을 드러내기 시작했다.

'아니, 이게 도대체 무슨 일이란 말인가!'

단군은 자신이 보고 있는 광경이 도무지 믿기지 않았다. 자신이 싸우고 있는 상대는 다름 아닌 인간들이었다. 호랑이 떼가 아니라 인간들끼리 서로 죽어라고 싸우고 있었다. 이들 중 어떤 자는 호랑이 탈을 쓰고 있는가 하면, 또 어떤 자는 곰의 형상을 하고 있었고, 또 어떤 자들은 사슴처럼 뿔로 무장하고 있기도 했다. 심지어 거북이의 등껍질같이 온 몸을 단단한 갑옷으로 무장하고 있는 자도 있었다. 그런데다가 모두들 칼, 창, 봉 등 하나같이 날카롭게 번뜩이는 각종 예리한 무기를 들고서 상대방을 단 일격에 제압하려는 듯 살수를 펼치고 있었다.

사정을 두지 않고 공격해오는 이들 앞에 어찌된 영문인지도 모른 채, 단군은 계속 그들과 뒤엉켜 싸울 수밖에 없었다.

'호랑이와 싸우는 것도 아니고 왜 인간들끼리 싸워야 하는 거지. 말로 해결해도 충분한 일이 아니던가?'

하지만 그런 생각은 한낱 몽상에 불과했다. 아니 그마저도 생각할 겨를이 없었다. 모두가 하나같이 무시무시한 상대들로서 한 순간만 방심해도 치명상을 입을 수 있었다. 혈전이라고밖에 표현

할 수 없는 싸움이었다. 상대방은 물론이고 단군 자신 또한 몸 여기저기에 상처를 입은 채였다. 시간이 지날수록 싸움은 더욱 격렬해졌다. 그러면서도 단군은 은연중에, 어쩌면 저 멧돼지 고기가 자기 것이 될 수 있다는 호기마저 생겼다. 싸움이라고 하면 일가견이 있을 정도로 그의 무술은 출중했던 것이다. 더욱이 호랑이를 상대로 하는 것도 아니고 사람들끼리의 싸움이니만큼 자신이 그것을 차지하지 못할 이유는 없었다.

그는 마지막 힘을 토해내듯 몸을 공중으로 날림과 동시에 가차없이 청동검을 내려치며 더욱 가열차게 공세를 가했다. 오랫동안 싸우기보다는 가급적 빨리 이 싸움을 매듭짓고 싶은 것이었다. 하지만 모든 것이 그의 뜻대로 되지만은 않았다. 빨리 싸움을 끝내려는 그의 의도와는 다르게 혈전은 길어지고만 있었다.

결국 좀처럼 승부는 나지 않았고 계속해서 몸의 상처만 늘어갔다. 민첩했던 동작은 점차 더디고 굼떠졌다. 마침내 모두가 만신창이로 기진맥진해진 뒤에야 싸움이 멈춰졌다. 그러나 그것은 일시적인 휴전일 뿐이었다.

단군은 상대방의 일거수일투족을 예리하게 살피며 한시라도 먼저 기운을 추스르려 애썼다. 하지만 생각과 달리 천근만근 되는 자신의 몸뚱이에 모든 게 귀찮아졌다.

'저 멧돼지 고기가 도대체 뭐라고 이토록 피를 흘리며 싸워야 한단 말인가?'

한낱 멧돼지 한 마리를 앞에 두고 이렇게 무지막지하게 싸워야 하는 현실이 우스웠다. 좀 전까지 호랑이들끼리 기진맥진 싸우는 것을 보고 코웃음을 쳤던 단군은, 자신이 지금 그와 똑같은 꼴을 하고 있다는 사실에 실로 어이가 없었다.

단군은 무작정 몸을 일으켰다. 그의 머릿속에는 그저 이곳을 벗어나겠다는 일념뿐이었다. 그때 그의 얼굴 위로 시원한 바람 한 줄기가 스치고 지나갔다. 바람은 오랜 싸움에 지친 그의 심신을 상쾌하게 어루만져주었다. 그것은 어떤 새로운 세상을 맛본 것 같은 느낌을 전해주었다.

그가 이런 생각에 빠져 몸을 조금 움직였을 뿐인데, 무시무시한 호랑이 탈을 쓴 자가 입가에 쓴웃음을 지으며 몸을 일으켜 세웠다. 그와 동시에 그걸 공격 신호로 여긴 사람들이 각기 날카로운 무기를 들고 다시 싸우기 시작했다. 또다시 엎치락뒤치락하며 한바탕 소란이 일었다.

단군은 이번만큼은 싸움에 휘말리지 않기 위해 그곳에서 멀찌감치 떨어진 곳으로 비켜섰다. 멧돼지 고기에 관심이 없는 자신을 그들이 공격하지 않을 거라 여긴 것이었다. 하지만 그것은 그의 오산이었다. 이런 단군의 행동을 보고 약자라고 판단한 그들은, 가장 먼저 그부터 없앨 요량으로 한꺼번에 쫓아온 것이었다. 강한 척하며 자신의 허점을 드러내지 않는 것이 싸움의 기본 원리임에도, 단군이 그것을 저버린 후과였다.

멧돼지 고기를 포기하고 자신의 길을 가고자 한 단군이 뒤늦게 그 시시비비를 그들에게 따져 물을 수도 없는 일이었다. 모두들 손에 무기를 들고 죽이려고 덤벼드는 상황에서는 일단 피하고 보는 것이 상책이었다. 만약 그들에게 잡히기라도 하면 치명상을 입고 병신이 되거나 심하면 죽을 수도 있는 상황이었다. 이 위기를 벗어나기 위해 재빨리 몸을 놀려야 했다. 하지만 엎친 데 덮친 격으로 방금 전까지만 해도 수풀로 우거진 사이로 분명 길이 나 있었는데, 갑자기 주위가 깜깜해지면서 그것이 온데간데없이 사라져버린 것이었다. 태양이 없어졌는지 아니면 밤이 되었는지 도무지 모를 일이었다.

뒤에서는 그들이 추격해오고 앞은 어두컴컴하니 그야말로 진퇴양난의 형국이었다. 어쩔 수 없이 직감에 의지해 길을 찾아야 했다. 아무 것도 분간할 수 없으니 나뭇가지에 부딪치고 가시에 찔리고 돌에 치이기 일쑤였다. 그러다 보니 그는 어느 곳 하나 몸 성한 데가 없을 지경까지 되어갔다. 반면에 추격해오는 무리들은 그가 가는 곳을 미리 짐작이라도 하는 듯 빠르게 뒤쫓아왔다. 그는 당장이라도 주저앉고 싶은 심정이었다. 차라리 싸우는 것만 못했다. 하지만 지금 상황에선 그렇게 할 수도 없는 노릇이었다. 아무리 그가 무술에 능하다고 해도 저들 모두를 상대할 수는 없었다. 더욱이 그는 이미 극도로 지쳐 기력을 소진한 상태였다. 이를 악물고 뛰었음에도 힘이 빠질 대로 빠져버린 두 다리는 돌덩이마냥 무겁기만 했고, 그들과의 거리는 끝내 좁혀지고야 말았다. 주위 어디를 살펴봐도 이 상황을 벗어날 방법은 보이지 않았다.

궁지에 몰린 단군은 마지막 발악이라도 하듯 그들과 맞서보려 했으나 이내 그만두었다. 어차피 시작도 없고 끝도 없는 싸움이었다. 죽지 못해 싸우는 쇠사슬 같은 굴레에 얽매일 것을 생각하니 그저 끔찍하기만 했다.

'이게 도대체 무슨 꼴이란 말인가? 멧돼지 고기는 고사하고 꼼짝없이 죽게 되었으니……. 차라리 살코기 한 점이라도 들고 왔다면 부족민들에게 면목이라도 서련만.'

참담했다. 분노가 치밀기도 했다. 아니, 그것은 절망이었다. 도망치려다가 붙들린 이상, 결사적으로 싸운다고 해도 살아남는다는 보장이 없었다. 그렇다고 짐승처럼 희망도 없이 싸우기에는 인간으로서 떳떳하지도 못할 노릇이었다. 어차피 죽을 목숨, 불가항력의 상황에서 어쩔 수 없이 싸우다 죽든지 그냥 죽든지 둘 중의 하나를 선택할 수밖에 없었다. 어차피 죽을 것이라면 차라리 짐승 같은 몰골을 보이지 않는 것이 그나마 인간으로서 최소한의 자존심을 지키는 길이었다. 그는 큰 소리로 외쳤다.

"그래, 정녕 내 목을 가져가고 싶거든 가져가라. 허나 나는 너희들하고 다투고 싶지 않다. 그저 내 길을 가고 싶을 뿐이다. 그러니 너희들 맘대로 해라."

이제 그는 될 대로 되라는 식으로 모든 것을 하늘에 맡겨버린 채 자포자기했다. 아니, 아예 자신의 모든 의지를 비워버렸다. 이리 죽으나 저리 죽으나 똑같다는 심정이 되고 보니 오히려 홀가분하기까지 했다. 조금 전까지 엄습해왔던 두려움과 공포는 흔적도 없이 사라졌다. 상처 입은 몸의 고통도 언제 그랬냐는 듯 다시 편안해졌다. 그러고 보니 그를 죽이려고 뒤쫓아오던 사람들도 어디로 갔는지 보이지 않았다. 빨리 벗어나고 싶던 조급함도 없이 그저 자기 운명을 하늘에 맡긴다는 심정으로, 그는 앞을 향해 발을 내딛었다. 그런데 그만 발을 헛짚고 말았는지 갑자기 땅이 푹 꺼져버리는 것을 느꼈다. 하지만 그는 애써 몸의 균형을 잡으려고 하지 않았다. 그는 끝없이 아래로 추락하고 있었다. 그는 그만 질끈 눈을 감아버렸다.

얼마나 시간이 흘렀는지도 몰랐다. 분명 큰 부상을 입었다고 지레 짐작할 뿐이었다. 그런데 어찌된 일인지 자신의 몸이 말짱한 것이 아닌가. 도무지 믿기지 않는 일이었다. 가슴도, 팔도, 다리도 몸 이곳저곳을 만져보고, 또 움직여보아도 전혀 아픈 데가 없었다. 알고 보니 우거진 수풀 사이로 떨어진 탓에 그 충격이 크게 완화되어 그리된 것 같았다. 그렇더라도 참으로 신기한 일이었다.

그뿐이 아니었다. 그토록 깜깜했던 어둠이 어느새 물러가고 하늘은 환하게 밝아 있었다. 그의 주위에는 온갖 야생화가 흐드러지게 피어서는 온통 황홀한 꽃내음으로 채우고 있었다. 빨강, 노랑, 분홍, 초록 등 온갖 꽃들이 색색들로 서로 조화를 이룬 사이로, 꽃향기에 취한 벌나비들이 하늘거리며 이곳저곳 옮겨 날고 있었다. 저 멀리로는 푸른 초원이 끝도 없이 펼쳐져 하늘과 맞닿아 있었다. 하늘에는 하얀 구름이 뭉글뭉글 피어오르고 있었고,

그 아래 사슴, 말, 양, 고라니 등이 한가롭게 거닐며 풀을 뜯고 있었다. 더욱 놀라운 것은 짐승만이 한데 어울려 있는 것이 아니라 거기엔 인간도 있었는데, 그들은 서로 다투거나 싸우지 않고 네 것 내 것 없이 어울리고 있는 것이었다.

머리 위 좌우로 우뚝 솟은 뿔이 여러 갈래로 뻗어나간 사슴은 그걸 자랑하듯 가끔씩 고개를 들어올려 하늘로 치켜세웠고, 그걸 본 얼룩말은 얼룩무늬 물결로 여러 짐승들의 눈을 현혹하며 앞발을 높이 들었다가 땅을 박차고 나아가 뜀박질을 선보였고, 이에 질세라 복스러운 털을 가진 양은 그게 얼마나 아름다운지 보여주듯 좌우로 가볍게 흔들어댔다. 고라니도 못 참겠다는 듯 몸을 달려 높이뛰기를 선보였고, 토끼는 재미있다는 듯 입을 해 벌리더니 튀어나온 앞니로 야들야들한 풀잎을 맛있게 씹었다. 짐승들은 다른 족속을 시샘하거나 훼방 놓지 않고, 저마다 자신의 모습을 자랑하듯 스스로를 은근히 드러내고 있을 뿐이었다. 특히나 놀라운 점은, 거기에 있는 인간들은 이런 짐승들의 행동을 마치 주인이나 된 듯 기특하게 바라보며 웃어주고 있는 모습이었다. 지금까지 단군이 보아왔던, 서로 치고 박으며 아귀다툼을 벌이는 인간들의 모습과는 전혀 딴판이었다. 이곳에서라면 누구나 아무런 걱정 없이 태평하게 살 수 있을 것만 같았다.

단지 그 광경을 바라보고 있는 것만으로도, 어느덧 그의 마음은 한결 여유로워졌고 몸 또한 날아갈 듯이 가벼워졌다. 모든 것이 풍족하고 평화와 여유로움이 넘치는 것 같았다.

그때였다. 갑자기 눈부시게 푸른 호수가 그의 눈앞에 펼쳐졌다. 호수는 어찌나 큰지 그 끝이 보이지 않았고, 깊이 또한 가늠할 수가 없었다. 깊이를 잴 수 없는 호수의 심연에서 자꾸 물줄기가 솟아나며 잔잔한 물결을 일으켰다. 물가의 자갈 위로 흘러나온 물방울은 투명한 옥구슬이 되어 또르르 굴러가는 듯했다. 오랫동안 신비에 쌓여 있던 그 무언가가 비로소 본연의 모습을 토해놓고 있는 것만 같았다.

그런데 갑자기 방금 전까지 눈앞에 선명하게 보이던 거대한 호수가 어둠 속에 묻혀버리고 말았다. 잠시 후, 호수 위로 물결이 저 멀리서부터 차차 그 모양새를 드러내더니 찬란한 금빛가루처럼 반짝거리기 시작했다. 분명 그것은 이 세상의 풍경이 아니었다. 황홀경에 젖은 그는 잠시 넋을 잃고 이 장관에 푹 빠져들었다.

다시 얼마나 시간이 흘렀는지 알 수 없었다. 마치 깊이를 알 수 없는 찰나와 같은 무無의 시간이 흐른 것과도 같았다. 갑자기 그의 정신을 깨우듯 어디선가 외치는 소리가 들려왔다. 그 뜻은 분명치 못했으나 저 멀리 호수 끝자락에서 들려오는 것만은 틀림없었다. 호수 위의 물결은 어느새 어둠을 몰아내더니 점점 더 밝은 빛으로 화하고 있었고, 저 너머 호수 끝자락으로 갈수록 그 빛은 더욱 강렬해지고 있었다. 시간이 흐를수록 호수는 제 숨소리를 죽였고, 끝내는 잔잔한 물결마저 멈춰버렸다. 세상이 정지한 듯 고요했다. 고요하다 못해 적막감이 감돌았다.

바로 그때였다. 찬란하게 붉은 태양이 하늘로 홀연히 솟구치는 것이었다. 아! 그의 입에서는 감탄이 절로 새어나왔다. 그러나 다음 순간, 더 큰 놀라움이 찾아들었다. 밝은 태양인 줄만 알았던 것이, 자세히 보니 사람의 머리 위로 둥글게 빛나는 원광이었던 것이다.

"세상에 이럴 수가……."

도무지 있을 수 없는 일이었다. 하늘도 아니고 사람이 이 모든 조화를 부린다는 것이 가당치가 않았다. 자신의 눈으로 보고서도 도저히 믿을 수가 없었다. 이런 그의 마음을 알았는지 하늘의 사람이 환하게 웃으며 화답했다.

"이게 하늘의 뜻이니라."

"네에? 하늘의 뜻이라고요? 그렇다면 그리 말씀하시는 당신은 귀신입니까 사람입니까? 만약 사람이면 대체 누구십니까?"

"비왕님!"

단군의 부관인 발구루가 깨우는 소리였다. 단군은 웅씨족의 비왕(裨王, 부왕)이었던 것이다. 단군은 길게 뒤로 젖혔던 의자를 바로 세우며 부스스 일어났다. 그리고는 어슴푸레한 눈으로 주위를 살폈다. 그의 눈에 부관 발구루의 모습이 가장 먼저 들어왔다.

"어디가 편찮으시옵니까?"

"아닐세."

단군은 대답하면서도 쉬이 몸을 일으키려고 하지 않았다. 깜빡 잠이 들어 꿈을 꾼 것이라고 생각하면서도 그게 어찌나 생생한지 머리가 어지러울 지경이었다. 그는 정신을 가다듬고자 발구루를 물끄러미 바라보았다. 뭔가 급한 일이 생긴 듯했다. 그런데도 발구루는 그 일은 뒷전인 양 단군의 건강을 더 염려하는 모습이었다. 순해 보이는 얼굴에서는 우직스런 고집이 인상 깊게 드러나 보였고, 굵직한 두 다리와 딱 벌어진 어깨, 그리고 거기에 도드라진 억센 힘은 만약 자기 앞에 단군을 해코지하려는 사람이 나타나기라도 한다면 언제든지 나설 준비가 되어 있는 것처럼 보였다. 단군은 그런 그가 한없이 미더웠다.

사실 발구루는 단군의 신변을 지키는 것을 자신의 직무라고 여기고 있었다. 이것은 박(밝)달 나라의 수장인 거불단 환웅이 단군을 웅씨족으로 보내면서 친히 명한 바였고, 그는 이를 항시 잊지 않고 무엇보다 우선시했다. 그래서 자신보다 나이가 다섯 살이나 아래인 단군을 주인 모시듯 대한 것은 물론이고, 그의 주위를 언제나 그림자처럼 따라다니며 호위했다. 그런 모습은 단군이 웅씨족으로 온 지난 7년여 동안이나 변함없이 한결같았다.

"또 무슨 일이 터진 모양인데, 개의치 말고 말씀해보세요. 내 모를 바도 아닌데."

"웅지백 수장께서 급히 찾는다는 전갈이 와서……."

"어제 뵈었을 때 별 말씀 없었는데, 혹시 또……."

"그 일로 부르시는 것으로 짐작되옵니다. 이번에 들고일어난 도적 떼들은 지금까지의 무리들과 사뭇 달라, 도무지 행적이 묘연한 데다 때때로 바람같이 나타나 급습한지라 군사들이 손도 쓰지 못하고 속수무책 당하고 있다고 하옵니다."

또다시 도적이 창궐했다는 소식에 단군은 스르르 눈을 감았다. 비왕으로서의 자기 임무를 다하지 못하고 있다는 것을 인정하면서도, 한편으론 어쩌면 이 웅씨족에서는 그것이 당연한 일일지도 모른다는 생각 때문이었다.

사실 단군이 처음 웅씨족의 비왕이 되어 나랏일을 맡았을 때는 10대 중반의 혈기왕성한 나이답게 모든 일에 의욕적이었다. 나라의 근본 바탕을 세우려고 하였고, 만약 이를 어길 시에는 자신의 위력을 보여주며 제압하려고도 하였다. 하지만 그것은 곧 커다란 장벽에 부딪쳤다. 웅씨족 수장의 왕자들과 그의 세력들은 굴러온 돌이 박힌 돌을 빼려 한다며 단군을 질시하고 배척하는 움직임마저 보였던 것이다. 그래서 그들은 천신족에서 부른 이름인 왕검으로 호칭하지 않고, 천신족의 지역 이름인 박달(밝음) 땅의 사람이라는 뜻으로 그냥 단군이라고 불렀다. 그런 그들이었기에 단군을 시기 어린 눈으로 바라보면서 그가 하려고 시도하는 일마다 사사건건 방해하려 들었다.

하긴 그들에게는 단군의 행동이 눈엣가시처럼 여겨질 수밖에 없었다. 아무리 단군이 천신족에서 왕검이라고 불릴 정도로 인물됨이 출중하다고 해도, 한 나라의 후계자가 될 왕자가 그 왕위를 이어받지 못하고 다른 나라에 와 일을 한다는 건 사실상 볼모로서의 역할이나 다름없었다. 만약 그 옛날처럼 천신족이 스스로를 곧 하늘이라고 자처할 만큼 그 힘이 막강했다면 상황은 달라질 것이나, 지금은 범씨족이 강성해지면서 그들의 눈치를 볼 정도로 위세가 약화된 천신족이었다. 18대 환웅인 거불단의 명도 통하지 않는 상황이니 그 아들인 단군이야 말해서 무엇하겠는가. 하물며 인질과 같은 처지에 놓여 있는 단군일진대 그의 말이 먹혀들 리 더욱 만무했다.

이런 형편이었기에 단군도 웅씨족 왕자들과 가깝게 지내기 위해 노력하였다. 그러나 그 노력은 매번 허사였다. 한번 어긋나버린 뒤엔 모든 것이 삐딱하게만 보이게 되는 모양이었다. 결국 단군이 혼자 애를 쓰면 쓸수록 상황은 더욱 악화되어 버렸다. 지도층에 있는 사람들이 힘을 합쳐 백성들을 다스려야 함에도 불구하고, 서로 싸움을 일삼으며 분란을 조성하기에 급급했으니 나라가 혼란에 빠지지 않는다면 그게 더 이상할 정도였다.

급기야 2, 3년 전부터는 이곳저곳에서 더 이상 살기 힘들다는 아우성이 들리는가 싶더니 도적들이 하나둘 출현하기 시작했다. 그러더니 이제는 도적질이 일상다반사가 될 만큼 곳곳으로 번져가고 있었다. 단군은 즉시 도적 떼를 토벌하라고 명을 내렸지만 그들이 어찌나 신출귀몰한지 군사들이 제압하기엔 역부족이었다. 또 설사 어느 한 곳에서 그들을 진압했다 해도 어느새 또 다른 곳에서 날뛰기 일쑤이니 도적의 창궐이 멈출 날이 없는 형편에 이르렀다.

'내 새 세상을 구할 경륜을 쌓기 위해 이곳으로 왔건만. 이게

도대체 무슨 꼴이란 말인가.'

단군은 도적 떼나 진압해야 하는 자신의 처지가 한심스러웠다. 그들을 진압하는 것은 그리 어려운 일은 아니었다. 만약 그게 근본적인 해결책이라고 한다면 충분히 해낼 자신이 있었다. 그러나 그건 답이 아니었다. 한 곳을 토벌해도 수레바퀴가 굴러가듯 또 다시 꼬리를 물고 이어지는 수렁과도 같았다. 자신이 할 수 있는 건 아무 것도 없어 보였다.

이곳에 처음 올 때만 해도 그는 의기충천했으며 모든 것을 이룰 수 있을 것 같았는데……. 사실 이곳에 오겠다고 한 것도 그 스스로 자청한 것이었다.

물론 단군이 비왕이 된 이유는 웅씨족 수장 웅지백의 요청 때문이었다. 웅지백은 어려서부터 단군의 인물됨이 출중하다는 소리를 듣고는 그가 열네 살이 되었을 무렵, 자기 옆에서 보좌하게 해 달라고 거불단에게 청했던 것이다. 이것은 웅지백이 거불단에게 충성심을 보이는 것이자 천신족과의 동맹을 공고히 하려는 의도에서 비롯된 것이었다.

거불단으로서는 난감할 수밖에 없었다. 나라의 정세를 생각하면 웅씨족의 호의를 무작정 거절할 수 없는 상황이었다. 그 옛날의 시절이라면 이런 일은 절대 상상할 수조차 없었다. 그 당시 천신족의 위력은 곧 하늘로 통할 만큼 막강했고, 다른 나라들 또한 이를 알고 모두들 우러러보며 따랐다. 하지만 이미 그런 호시절은 다 지나가고 한치 앞을 내다볼 수 없을 정도로 나라의 앞날은 어두웠다. 이런 상황이니 거불단으로서도 제국諸國 간의 화평을 유지하기 위해서는 부득불 웅씨족과의 공고한 동맹이 절실했다.

하지만 왕검으로 불릴 정도로 타고난 재목인 단군을 다른 나라에 보낼 수는 없었다. 설사 그만한 인물이 아니라고 해도 마찬가지였다. 누가 뭐라 해도 천신족의 왕자로서 후계자가 될 몸이었다. 더욱이 어머니 웅녀는 열넷밖에 안 되는 자식을 곁에서 떠나보내기 싫었다. 웅씨족이 자기 출신 기반이라는 사실도 어미의 애끓는 모정보다는 앞서지 못했다. 그러니 거불단으로서도 더더욱 망설일 수밖에 없었다.

결국 단군이 스스로 나서서 주청했다. 언젠가는 세상을 주유해 보려고 했는데, 웅씨족 수장이 기회를 마련해주니 마다할 리 없었다. 단지 그 시기가 앞당겨졌을 뿐이었다.

"이제 아버님 말씀대로 세상을 경륜하기 위해 그곳에서 실질적인 경험을 쌓으며 소자의 힘을 키워오겠습니다."

단군은 거불단에게 거듭 요청했다. 비록 그가 열네 살밖에 되지 않았다고 하나, 용모에서는 벌써부터 어른스러운 풍모가 내비치고 있었다. 어쩌면 가장 혈기왕성하다는 스물한 살, 지금의 나이보다도 그 당시가 더 힘이 넘쳐흐른 것 같았다. 훤칠해진 키에 쩍 벌어진 가슴은 늠름한 장성의 체구나 다름없었고, 짙은 눈썹 밑에 빛나는 눈동자는 뭔가를 갈구하는 듯한 강인한 의지를 담고 있었다. 이런 그가 스스로 자신의 앞날을 개척하겠다고 선언하고 나섰으니 가히 그 기세를 알만한 일이었다.

이것은 모두 아버지 거불단의 남다른 교육 덕택이었다. 아버지는 남아는 모름지기 큰 뜻을 품어야 한다고 강조하면서 어린 시절부터 단군이 무예와 학문에 정진하도록 가르쳤던 것이다.

거불단은 이미 훌쩍 장성해버린 아들의 깊은 속내를 이해하고 단군의 요청을 기꺼이 수락했다. 아니, 그 정도에만 그치지 않았다. 새 술은 새 부대에 담아야 하듯 새 세상을 구하려면 자신의 둥지를 틀어야 할 것이니, 어디 네 맘껏 해보라며 적극 밀어주기까지 했다.

그렇게 자신만만하게 왔건만, 지금 이러지도 저러지도 못하는 수렁에 빠진 자신의 처지가 단군으로서는 그저 답답하기만 했다. 한편으로는 아버지 거불단에 대한 죄스러움이 묻어나왔다. 이런 쓰디쓴 패배의 잔을 마시라고 그토록 혹독한 수련 과정을 밟게 하지는 않았을 것이었다. 난관에 부딪칠 때마다 강인한 열정과 의지로 풀어나가도록 채찍질하며 힘을 북돋아주었던 아버지. 그런 아버지를 생각하니 지난날 천신족에서 어린 시절을 보냈던 기억이 더욱 그리웠다.

사실 여기 오기 전까지만 해도 소년 단군은 새 시대의 미래를 걸머질 인물로 추앙받았다. 천신족에서 왕검으로 불리는 신성한 존재였던 것이다. 왕검이라는 호칭은 앞으로 새 세상을 펼칠 위대한 인물이 될 사람이라는 뜻을 지니고 있었다. 그럴 수밖에 없는 게 왕검은 웅녀가 신단수神檀樹 밑에서 100일 동안의 치성을 드려 천신天神과 지신地神의 점지를 받아 태어난 인물이었다. 그래서 그 이름도 신성하게 하늘의 계시를 따라 왕검으로 불리게 된 것이었다. 아버지 거불단은 왕검의 인물됨을 이미 알아채고는 훗날 그가 뜻을 펼칠 수 있도록 엄하게 가르쳤다.

거불단이 이렇게 한 데는 지금의 혼란한 정국이 사라지고 멀지 않아 새 세상이 열릴 것을 예견하고 있었기 때문이었다. 거불단은, 새 세상을 열어젖힐 사람이라면 누군가의 도움에 의지하지 않고 스스로 힘을 쌓아 그 길을 개척해나가야 한다는 것을 누구보다 잘 알고 있었다.

하지만 단지 거불단이 어린 단군을 호되게 단련시켰다는 이유 하나로, 단군이 그토록 신성한 존재로 대접받게 된 것은 아니었다. 태어나자마자 말을 떼고 세상의 이치를 꿰뚫어 보는 능력을 지녔기에 그저 영특한 왕자라고는 생각했지, 그가 하늘의 아들이거나 혹은 신의 아들이라는 예언 따위는 믿지 않았던 것이다. 그렇게 되는 데에는 사연이 있었다.

단군이 예닐곱 살이었을 때의 일이었다. 그때 항간에는 기린마麒麟馬가 나타났다고 하는 소문이 나돌았다. 기린마는 하늘나라의 사람만이 탈 수 있는 신성한 말로서 천리 길도 단숨에 훨훨 날아다니는 전설적인 동물이었다. 그것의 몸은 사슴같이 미끈하고 머리에는 한 가닥의 뿔이 돋아 가지를 쳤으며, 발굽에는 흰털이 돋아나 있어 달릴 때 마치 구름의 갈기가 피어나는 듯한 모습을 지닌 명물이었다.

이 기린마가 낮이나 밤에는 어느 누구도 찾지 못하는 곳에 자취를 감추고 숨었다가, 동틀 무렵이나 황혼이 깃들 쯤에만 청계골 샘터에 나타나 맑은 물을 마시고 돌아간다는 소문이었다. 사람들은 이를 보고 하늘이 뭔가 예시하고자 함이 분명하다고 하면서 수군거렸다.

삽시간에 퍼진 소문을 듣고 사람들은 너나없이 이 기린마를 탐냈다. 특히 내로라하는 장수라면 그 기린마를 얻고자 청계골로 하나둘씩 모여들었다. 하지만 누구도 기린마를 잡는 데 성공하지 못했다. 귀신도 눈치채기 힘들 정도로 교묘하게 함정을 파놓거나 올가미를 만들어놓고 숨죽이며 매복했는데도 기린마는 용케 그것을 알아채고는 흔적도 없이 사라지곤 했던 것이다. 이에 사람들은 혀를 내두르며 도저히 그 기린마를 잡을 수 없다고 포기했다. 하지만 그냥 놓쳐버리기에는 너무나 아쉬운 보물이었다.

결국 마지막 남은 여섯 명의 장수들은 지혜를 모아 기린마를 잡을 방안을 모색했다. 논의 끝에 그들은, 혼자 잡으려 하지 말고 모두 힘을 모으면 승산이 있을 것이라며 합의하기에 이르렀다. 그들은 올가미와 함정을 설치해놓고 기린마가 피해 달아날 것으로 예상되는 세 방향을 정한 다음, 각각 높은 나뭇가지에 올라가 나뭇잎으로 몸을 가렸다. 함정을 피해 기린마가 그들 밑으로 지나갈 때 뛰어내려 잡을 심산이었다.

하지만 그들마저 기린마의 뒷발굽에 채여 비명을 지를 수밖에 없었다.

그렇게 여섯 명의 장수들이 기린마를 잡으려다 오히려 엉덩방아만 찧고 돌아왔다는 소식이, 웃음거리로 온 마을에 쫙 퍼졌다.

이날도 어린 단군은 아버지 거불단의 혹독한 수련 과정을 통과하기 위해 학문과 무예에 전념하고 있었다. 그러던 중 그는 이 소식을 전해 들었다.

'대체 어떤 말이기에 난다 긴다 하는 장수들마저 잡을 수 없단 말인가? 내 기어이 그것을 잡아 길들이고 말 테다.'

어린 나이에 호기심이 발동한 단군은 기린마의 행적을 찾기 위해 마을로 내려갔다. 마을의 늙은이들은 왕자가 이곳까지 찾아온 경위를 듣고 정중하게 손을 내저었다.

"제아무리 용맹한 장수들이라 해도 엉덩이만 깨져 돌아갔는데, 영특하다고는 하나 나이 어린 왕자님이 어떻게 그것을 잡겠습니까? 더욱이 기린마는 하늘에서 내린 말이니 결코 이 세상 사람들이 부릴 수는 없습니다."

그러나 단군은 이에 지지 않고 부탁했다.

"기린마를 잡고 못 잡고는 그 말에 달린 것이 아니라 사람에게 달려 있는 것 아닌가? 그러니 길을 가르쳐주게."

노인들은 안 되는 일이라고 여기면서도 왕자의 말인지라 어쩔 수 없이 청계골 샘터의 위치를 알려주었다.

샘터에 다다른 단군은, 멀리 떨어진 숲 속에 몸을 숨기고 기린마가 나타나기를 기다렸다. 황혼이 깃들 무렵이 되자, 어디서 나타났는지 그 황홀한 자태를 드러냈다. 기린마는 샘물을 마시려다

말고 어떤 낌새를 알아차렸는지, 그가 숨어 있는 곳을 힐끔 보더니 쏜살같이 달아나버렸다. 그야말로 바람같이 나타났다가 바람같이 사라지는 것 같았다.

이를 본 단군은, 저것은 힘으로 잡을 수 있는 성질의 것이 아니며 접근하는 것조차도 힘드니 분명 지혜로 다스려야 한다는 걸 금방 파악하였다. 그는 온밤을 새며 골똘히 생각에 잠겼다. 그런 후에야 마침내 묘안을 떠올릴 수 있었다.

그 길로 단군은 근처 마을로 내려가 어른 옷을 한 벌 구해다가 샘터 옆 나뭇가지에 걸어놓았다. 그리고 먼발치에 숨어서 지켜보았다. 다음날 동이 틀 무렵, 샘터에 나타난 기린마는 나뭇가지에 걸려 있는 옷가지를 보고는 후다닥 놀라 달아나버렸다. 그리고는 며칠이 지나도 다시 나타나지 않았다. 여러 날이 흐르면서 단군도 기다림에 지칠 대로 지쳐 있었다.

그러던 어느 날 황혼이 깃들 쯤 드디어 기다리던 기린마가 나타났다. 그런데 기린마는 옷가지를 보자마자 다시 달아나버리는 것이었다.

'조금만 이상한 낌새를 비쳐도 도망치고 마는구나. 네가 그렇게 경계심을 내보인다 해도 내 끝끝내 너를 기다리고 말 것이다.'

참을성 있게 기다린 단군의 예측은 결국 틀리지 않았다. 다시 나타난 기린마는 걸려 있는 옷가지를 보고는 이번엔 도망가지 않았다. 한껏 샘물을 마시며 젖은 주둥이를 그 옷가지에 비비기도 하고 흔들어보기도 하다가 유유히 사라지는 것이었다.

단군은 그제야 회심의 미소를 지으며 자신이 걸어놓았던 옷을 입고는 나뭇가지 위에 엎드려 숨었다. 어린 체구에 어른 옷을 걸친 탓에 소매와 바짓가랑이는, 마치 그가 처음 옷을 걸어놓은 모양처럼 펴덕거렸다. 나뭇잎으로 얼굴까지 가린 단군은 날이 밝기를 기다렸다.

드디어 동틀 무렵이 되자 이번에도 기린마가 나타났다. 기린마는 역시 지난번에 그랬던 것처럼 맘껏 물을 마시고 난 다음 주둥이를 옷에 대고 비비려고 하였다. 바로 이 순간을 노리고 있던 단군은 날랜 동작으로 기린마의 목을 끌어안으면서 잔등에 올라탔다. 엉겁결에 당한 일이라 깜짝 놀랐는지, 기린마는 골짜기가 떠나가도록 크게 소리 지르며 앞발을 높이 들기도 하고 뒷발질을 하기도 하면서 어린 단군을 떨어뜨리려고 길길이 날뛰었다. 하지만 목을 꽉 끌어안고 잔등에 바싹 달라붙어 있는 그를 끝내 떨쳐내지 못했다. 그러자 마지막 발악처럼 히이잉 울음소리를 내고는 하늘 높이 솟구쳐올랐다.

이른 새벽에 별안간 하늘에서 울려오는 말 울음소리에 놀란 사람들은 무슨 일인가 하고 밖으로 나와 하늘을 쳐다보았다. 그들은 어린 단군이 기린마 잔등에 올라탄 채 하늘을 날고 있는 것을 보고는 아연실색했다. 단군을 태운 그 기린마가 하늘 높이 사라져버린 것이었다. 이를 보고 마을 사람들은 크게 한탄했다.

“하늘에서 내린 말이니 잡지 못할 것이라고 그렇게 말해 주었는데……. 왕자께서 그걸 듣지 않고 끝내 일을 내고 말았구나. 불쌍해서 이를 어쩌누!"

이렇게 그들이 한참 한숨을 토해내고 있을 때, 언제 나타났는지 푸른 하늘에 한 점의 구름이 날아오는 듯 기린마가 황홀한 자태를 다시 드러내보였다. 그리고는 마을 하늘을 한 바퀴 돌더니 사람들이 있는 곳으로 사뿐히 내려오는 것이었다. 꿈에서나 볼 수 있을 법한 광경에 잠시 사람들은 넋을 잃고 바라보았다. 그들은 이내 정신을 차리고 궁금해하며 물었다.

"왕자님, 도대체 어떻게 된 일입니까?"

"그저 마을 하늘을 한 바퀴 돌아봤을 뿐이오."

단군은 마치 아무 일도 없었다는 듯 대답하였다. 사람들은 그 짧은 시간에 단군이 기린마를 길들였다는 사실에 놀라워했다. 어린 단군은 그저 빙긋 웃으며 기린마에서 내려 궁으로 향했다. 그런데 더욱 놀라운 것은 그 다음 광경이었다. 굴레도 씌우지 않았는데 기린마가 어린 단군의 뒤를 고분고분 따르는 것이었다.

이 모습을 본 사람들은 놀라움을 감추지 못하며 소리 높여 외쳤다.

"역시 왕자님은 하늘이 점지해주어 태어나신 게 틀림없어. 과연 우리들과 다르기는 다른 모양이야. 그러니 하늘에서도 저렇게 훌륭한 기린마를 딸려서 내려 보낸 것이 아닌가?"

그때부터 그들은 단군을 추앙하며 왕검이라 호칭하게 된 것이었다.

하지만 사람들이 왕자를 왕검으로 신성하게 떠받들수록, 거불단은 자신의 아들을 더욱 엄하게 대했다. 그러고는 단군이 열 살이 될 무렵부터는 아예 궁을 떠나 산에서 수련하도록 명했다.

"장차 우리 천신족의 나라(박달 나라)를 이끌어가고 새 세상을 펼쳐나가야 할 네가 이렇게 좁디좁은 궁 안에서만 무술을 닦아서야 되겠느냐? 지금 당장 산으로 들어가 1년이건 10년이건 세상을 호령할 힘이 생길 때까지 심신을 닦아라. 만약 네 무예 솜씨가 내 마음에 들지 않는다면, 다시 궁으로 돌아올 생각은 꿈에도 말아야 할 것이야!"

거불단은 단군에게 단단히 다짐까지 받아두었다.

단군도 아버지의 뜻을 받들어 무예 수련에 전심전력을 기울였다. 그때까지 산새 소리만이 간간이 들리던 산골짜기에는 말발굽 소리가 쩌렁쩌렁 울리기 시작했다. 또 무술을 익히는 단군의 외침이 날씨가 궂든 말든 밤이나 낮이나 멀리멀리 메아리쳤다.

어느덧 봄, 여름이 지나가고 가을이 찾아들었다. 그날도 무술 훈련으로 땀을 흘리던 소년 단군은 자기를 지켜보고 있던 군사에게 자기 무술 솜씨가 어느 정도냐고 넌지시 물었다. 아버지가 만족할 만한 수준이 되는가를 알아보기 위함이었다. 이에 군사는 아마 무술을 한다하는 고수들도 왕자님 실력까지는 되지 못할 것이라고 대답해주었다.

그 말을 들은 단군은 흡족한 마음에 발걸음도 가볍게 집으로 돌아왔다. 싱글벙글 웃으며 들어서는 단군을 본 거불단은 크게 꾸짖으며 말했다.

"네 무술이 내 마음에 들기 전까지는 절대 집에 돌아오지 말라고 했거늘, 어찌 내 말을 거역하려 드느냐!"

그러나 소년 단군은 이에 굽히지 않고 당차게 반문했다.

"마음에 들지, 안 들지는 직접 가늠해봐야 알 수 있는 것이 아니옵니까?"

거불단은 아들의 그런 모습이 맘에 들기보다는 오히려 어이가 없었다.

"산에서 닦은 무술 실력이라는 것이 고작 이 궁 안에서 보일 만한 것뿐이더냐?"

아버지가 되묻자 소년 단군은 말문이 막혔다. 자신의 실력도 봐주지 않고 내치는 아버지가 원망스럽기도 했지만, 그 말이 옳다는 것을 인정할 수밖에 없었다. 단군은 입술을 지그시 깨물고 그 자리를 물러나왔다.

이로부터 며칠이 지난 어느 날, 드디어 거불단 환웅은 아들의 무술 실력이 어느 정도 되었는지 파악하고자 호위 군사를 대동하고 수련장을 찾았다. 수련장을 유심히 살펴본 거불단은 감회에 젖은 듯 잠시 발걸음을 떼지 못했다. 그럴 수밖에 없는 게 이곳은 이른 봄만 해도 사나운 산짐승들마저 저어하는 우거진 삼림이었는데, 그 사이에 그것은 어디로 다 사라졌는지 말발굽에 짓밟힌 풀과 칼부림에 잘리고 창에 찢긴 앙상한 나무들만이 듬성듬성 박혀 있었던 것이다.

그동안 어린 아들이 무술을 연마한 흔적들을 살펴보던 거불단은 마음속으로 감탄했지만, 힘껏 안아주고 싶은 마음을 끝내 억누르며 짐짓 다시 크게 꾸짖었다.

"풀대보다 못한 녀석! 너는 어째서 그동안 훈련을 게을리 했느냐? 내 집에 돌아오지 않을 각오를 하고 무술에 전념하라고 했건만."

아버지의 청천벽력 같은 꾸짖음에 단군은 한동안 말을 잇지 못했다. 그러나 자신을 알아주지 않는 아버지에 대해 서운함을 느끼며 대꾸했다.

"아버님, 저기 보십시오. 성한 나무가 하나도 없는 것이 보이지 않으시옵니까?"

"아무렴. 보고 있고말고. 저것은 네가 적으로 삼고 칼을 휘두르고 창질을 하고 활촉을 박았던 나무가 아니더냐? 그런데 어째서 끝까지 죽이지 못했느냐?"

의미심장한 거불단의 말에 단군은 얼굴을 붉혔고, 그런 그를 보고 거불단이 다시 훈계하였다.

"나무는 그렇다 치고 이 풀을 보아라. 내가 어째서 너보고 풀대보다 못하다고 말하는지 알겠느냐? 이 풀대는 너의 말발굽에 짓밟히고 또 짓밟혔는데도 이렇게 자라서 씨앗을 맺었다. 정녕 네가 무술 닦기에 게을리 하지 않았더라면 어찌 이렇게 풀이 성성하게 자랄 수가 있겠느냐?"

소년 단군은 더 이상 변명할 말이 없었다. 하지만 그동안에 갈고닦은 무술 실력을 아버지에게 보이고 싶은 마음 또한 사실이었다.

“하지만 잠시 틈을 내주신다면 말 타기, 창 쓰기, 활쏘기 등 어느 것 하나 막힘이 없이 보여드릴 수 있사옵니다.”

단군의 간곡한 청에도 거불단은 그것마저 단호히 거부했다.

“그럴 필요 없느니라. 너에게 무술 실력을 닦으라고 한 것은, 무예도 무예이거니와 바위처럼 군센 의지를 키우라는 뜻도 있었다. 그런데 풀대보다 못한 의지를 가지고서 무슨 낯으로 나에게 보여줄 것이 있다고 하느냐? 가루는 칠수록 고와지고 칼은 벼릴수록 날카로워지는 법이니라. 앞으로 더욱 단단히 마음먹고 수련에 정진토록 해라.”

그날 밤 단군은 잠을 이루지 못했다. 풀대보다도 못하다는 말을 생각하면 생각할수록, 타오르는 불덩어리를 뒤집어쓴 것처럼 얼굴이 확 달아올랐던 것이다.

그 이튿날 새벽녘부터 소년 단군은 무술 훈련에 더욱 열을 올렸다. 그는 앙상하게 변해버린 나무를 향해 말을 몰았다. 처음에는 나무 중동을, 다음엔 나무 밑동을 단칼에 쳐서 날렸다. 잽싸게 던지는 창은 어김없이 나뭇등걸에 맞았는데, 그 힘이 어찌나 셌던지 뿌리까지 뽑혀 나왔다. 이런 훈련은 눈보라 치는 혹한 추위에 박달나무가 얼어 터질 정도가 되었어도 중단되지 않았다. 한 겨울이 다 가는 동안에 산판의 나무들은 그 뿌리까지 찾아보기 어려울 지경이 되었다. 새봄을 맞이해서도 메주 밟듯 훈련을 해대니 그 산판은 풀 한 포기 돋아날 사이가 없었다. 이미 그곳은 풀 한 포기 없는 홍산紅山으로 변해 버린 것이었다.

어느덧 봄도 지나고 여름이 왔다. 뙤약볕이 내리쬐는 무더운 날에도 소년 단군은 어김없이 무술 수련에 한창이었다. 그가 얼마나 땀과 먼지에 그을리며 훈련을 했는지, 쏜살같이 달리는 말 발굽에서 풀썩풀썩 붉은 흙먼지가 피어올랐다. 사람들은 그것을 뭉게뭉게 피어오르는 산불 연기로 착각할 정도였다. 실로 강인한 의지, 아니 집념이 아니고서는 이룰 수 없는 일이었다.

이런 혹독한 수련 과정을 통과한 단군을 보고, 아버지는 이제 세상을 경륜할 이치를 터득하도록 요구했다. 아니, 단군이 스스로 알아서 해나갔다고 하는 편이 옳았다. 아버지가 요구한 과정을 통해 자신이 무엇을 해야 하는가를 스스로 깨달았으니 말이다. 그는 그 이후 무예는 물론이고 지금까지 고래로부터 내려오는 경전과 세상을 구할 경륜을 찾기 위해 밤낮없이 뛰어다녔다. 그런 노력의 결과로 그의 실력은 하루가 다르게 일취월장했고, 어느덧 열서너 살에 이르러서는 세상에 대한 큰 뜻을 품을 정도가 되었던 것이다.

'내 그토록 혹독한 과정을 통과하였건만, 이런 꼴을 보이고 있으니 아버지께 뭐라 한단 말인가? 이대로 있을 수는 없어. 뭔가 대책을 세워 활로를 찾아야 해. 다시 불끈 주먹을 쥐고 일어서자.'

아버지에 대한 죄스러움에 단군은 이대로 그냥 넋 놓고 있을 수 없다고 생각했다. 그만큼 그는 아버지가 요구한 수련 과정을 통해, 그 어떤 시련 앞에서도 불굴의 의지로 일어설 만큼 강인해져 있었다.

어떻게든 해결책을 찾아야 한다는 결심 때문인지, 불현듯 그의 뇌리에 방금 전에 꾼 꿈이 떠올랐다. 그게 무엇을 의미하는지 분명하게는 몰라도 사람이 조화를 부리는 것, 바로 이것이 하늘의 뜻이라고 하는 소리만큼은 뚜렷하게 떠올랐다.

'하늘의 뜻이라. 그래, 그래! 밖으로 나가 세상과 직접 맞부딪쳐보는 거야. 이렇게 궁성에서 자리다툼만 하고 있어서야 미래가 있을 수 없지.'

단군은 이번 도둑의 창궐을 계기로 바깥세상으로 나가봐야겠다는 결심을 굳혔다. 그러자 갑자기 몸에서는 힘이 솟는 것 같았다. 마침내 단군이 자리에서 몸을 일으켰다.

"웅지백 수장님이 나를 찾는다고 하니, 가봐야지."

"어찌하시려고……."

단군이 뭔가 결심을 내렸다는 것을 눈치챈 발구루가 조심스럽게 묻는 말이었다.

"이번 도적 문제를 내 직접 해결할 생각이오."

"네에? 그럼 직접 군사를 이끌고 가시겠다는 말씀이옵니까? 만약에 실패하시기라도 하는 날에는……. 이번의 도적 떼들은 다른 패거리와 달리 흔적도 없이 사라지기에 그 종적을 알 길이 없다고 하는데……."

"아무렴 그들도 사람일진대 어찌 흔적이 없겠소이까? 아무튼 내 지금 수장님을 뵙고 그리 주청할 것이니 준비를 해주시오."

"알겠사옵니다."

발구루의 대답을 뒤로하고 단군은 밖으로 나왔다. 9월의 하늘에는 엷은 구름이 하얀 꽃송이처럼 가볍게 휘날리고 있었고, 그 사이로 아직은 따갑게 느껴지는 햇볕이 내리쬐고 있었다. 사람들이 서로 아옹다옹하며 싸우지만 않는다면, 그야말로 자연의 풍요로움을 만끽하고 살 수 있는 환경이었다. 그럴수록 단군은 이번에 자신이 직접 나서기로 마음먹은 것이 잘한 일이라 여겨졌다.

얼마 걷지 않아 벌써 웅씨족 수장이 웅거하고 있는 궁전이 보였다. 단군이 비왕으로서 직무를 보고 있는 곳과 궁전은 멀리 떨어져 있지 않았다.

궁전은 역시 웅장했다. 그 크기도 크기이지만 하늘 높이 치솟듯 우뚝 자리 잡은 궁전은 여느 사람들이 범접하기 어려울 정도의 위용을 풍겼다. 그럴 수밖에 없는 게 웅씨족이 어떤 나라인가? 여러 나라들 중에서 바로 천신족, 범씨족과 자웅을 겨룰 수 있는 몇 안 되는 나라였다. 그러니 그 나라의 위상에 걸맞으려면 이런 정도는 되어야 할지도 모른다. 그러나 단군은 아직도 많은 백성들이 거의 토굴과 같은 곳에서 살고 있다는 사실을 생각하며 이것이 과연 옳은 것인지 답답했다. 차라리 이런 데 재정을 지출하지 않고 백성들을 위해 사용했다면 오늘날 여기저기서 도적 떼가 창궐하지는 않았을 것이었다.

씁쓸한 마음으로 궁전으로 들어가자 웅씨족 수장의 시중을 드는 수하가 그를 곧 알아보고 안내하였다. 안으로 들어가니 그 안에는 웅지백 수장은 물론이고 그의 부인까지 자리하고 있었다. 사실 웅지백 수장은 거불단 환웅에 대한 충성심이 남달랐고, 그런 만큼 단군에 대한 신임도 두터웠다. 단군은 곧 예를 갖추고 그의 하명을 기다렸다.

웅지백은 초조한 듯 말을 돌리지 않고 도적들 문제를 직접적으로 꺼냈다. 웅지백에 있어서 단군은 신하이기도 했지만 아들 같은 존재이기도 했던 것이다.

“또 도적 떼들이 들고일어났다는 소식을 들었을 것이네만, 내 그 때문에 불렀네. 이번 도적 떼들은 예사 무리와 다르다고 하는데, 무슨 대책이 없을까 해서 말이네.”

“도적 떼들의 횡포가 이런 지경에 이르렀으니, 그저 면목 없을 따름이옵니다.”

“아닐세. 내 자네를 탓하고자 꺼낸 말이 아니네. 도적들이 한두 번 나타나는 것이야 으레 있을 수 있는 일이 아닌가? 허나 이렇게 하루가 다르게 도적들이 일어나고 있으니, 뭔가 근본적인 대책을 마련해야 하지 않겠는가?”

“너무 심려하지 마시옵소서. 이번에는 소신이 직접 나서서 처리하여 수장님의 우려를 말끔히 씻어드리겠사옵니다. 그러니 소신의 출정을 윤허해주시옵소서.”

“윤허라니, 그건 아니지. 차라리 내가 부탁해야 할 일인데. 비왕이 그리해준다니 내 두 다리 뻗을 수 있겠구먼. 사실 난 이 문제를 시급히 잠재우지 못해 큰 문젯거리로까지 불거지면 어찌 될까 염려하느라 잠도 못 잘 지경이었네. 그로 미칠 파장이 얼마나 크겠는가? 물론 자네가 나보다 더 잘 알겠지만 한번 생각해보게. 이렇게 도적들이 길길이 날뛰어 나라가 불안하게 된다면 어찌 될까? 이게 어찌 단순히 도적들의 문제로만 한정시켜 볼 문제인가? 아니지. 지금 범씨족이 주위 나라들을 삼키려고 호시탐탐 기회만 엿보고 있다는 것은 다 아는 바가 아닌가. 그들은 분명 침략의 마수를 뻗칠 것이야. 그럼 제국들 간의 관계는 전쟁의 소용돌이에 휘말리고 말 것이고. 그러니 그걸 막아야 하네. 우리 웅씨족의 내정이 속히 안정되어야 천신족과 힘을 합쳐 범씨족의 경거망동을 막을 수가 있어. 그러니 불행한 사태를 미연에 방지하자면 이번에 꼭 발본색원해야 되네. 그리해주게."

"꼭 그리하겠사옵니다. 그럼, 신은 이 길로 곧장 떠나도록 하겠사옵니다."

단군이 자리에서 일어서려고 하자, 웅지백이 그를 잠시 제지시키면서 부인의 얼굴을 바라보았다. 뭔가 할 얘기가 있으면 하라는 투였다.

"글쎄, 내가 이 얘기를 하면 어떻게 생각하려는지 모르겠네만, 이제 비왕의 나이도 스물한 살이고 하니 장가를 가야 할 것 같은데……. 어디 따로 맘에 두고 있는 규수라도 있는가?"

"그건 아니지만, 아직까지 혼인에 대해 딱히 생각해보지 않아서……."

"하긴 그렇겠지. 지금까지 자네가 이 나라를 위해 얼마나 뛰어다녔는데, 어디 그런 생각을 할 겨를이 있었겠는가? 허나 이제 나이가 되었으니 한 번쯤은 생각해봐야지. 아니지, 그런 일이야 어찌 제 발로 나설 수 있겠어? 옆에 있는 사람이 나서야지."

웅지백이 거들고 나서며 부인의 말에 힘을 실어주었다.

"그렇다면 내 말 에두르지 않고 직접 말하겠네. 혹시 우리 딸 가희는 어떤가? 내 딸이어서 하는 말은 아니지만 그만 하면 인물도 그렇고 인품 또한 갖추었으니 비왕의 아내로 적격이라고 보는데……."

"소신을 그리 보아주시니 황공할 따름이옵니다. 하지만 아직 생각해 보지 않는 문제인지라……."

"어허, 그리만 말하지 말고 잘 생각해보게. 내 보기에 두 사람이 잘 어울릴 것으로 보이는구먼. 아마 두 사람이 서로 혼례를 올린다면 천신족이나 우리 웅씨족에겐 더없이 큰 경사가 될 것이야. 아니 제국의 경사이지. 더욱이 내 자식들하고 서로 다툼하는 것도 없어질 것이니 이보다 좋은 일이 어디 있겠어."

웅지백 수장과 부인은 단군과 가희를 맺어주려고 하는 의도가 명백했다. 사실 웅지백은 단군과 그의 왕자들과의 사이가 좋지 않다는 것을 알고 그들 사이를 융합시킬 방안을 찾고자 했다. 그러다가 그의 부인이 딸 가희와의 혼인 문제를 꺼냈고 그게 좋겠다고 판단한 것이었다. 더욱이 혼사가 맺어지면 천신족과 웅씨족

간의 동맹이 더욱 공고해질 것이니 더할 나위 없이 좋은 일이기도 했다.

"한번 생각해 보도록 하겠사옵니다. 하오나 지금은 도적들의 창궐을 막는 것이 시급하온지라 그 일을 먼저 해결한 다음 답을 드리도록 하겠사옵니다."

"허허! 알겠네. 내 어찌 그 마음을 모르겠어. 그러니 그대를 신임할 수밖에. 어쨌든 빠른 시일 안에 좋은 대답을 주기 바라네."

웅지백의 요청을 뒤로 미루며 단군은 궁전을 물러나왔다. 그 호의를 무시하고 싶지는 않았지만, 단군의 머릿속에서는 세상에 나가 맘껏 그 기운을 들이마시며 새로운 웅지를 세워보려는 생각만이 가득했다. 그럴수록 그의 발걸음은 힘차고 바쁘게 움직였다.

2 도처에 창궐한 도적들

웅씨족의 중심지에서 완전히 벗어나 있는 마을의 들녘이었다. 창공 아래에는 낮은 구릉지대가 무슨 귀중한 보물을 간직하기라도 한 것처럼 멀리서부터 에워싸듯 감쌌고, 그 안에는 눈이 부실 정도로 누렇게 익은 산벼(야생벼)가 쏟아지듯 열매를 매단 채 고개를 숙이고 있었다. 따갑게 내리쬐는 햇살을 받아 건실하게 살진 낟알들이 가볍게 부는 바람에도 툭툭 터질 것처럼 스스슥 소리를 내며 흔들거렸다. 그 모습은 꼭, 마지막 사람의 손길을 부르는 듯한 몸짓 같았다.

“이곳은 완전히 대풍작이옵니다.”

“그러게 말이오. 그런데 조금 전에 본 곳과 이곳이 어찌 이렇게 다른지 모르겠구려. 산벼가 아무리 물이 없는 곳에서도 잘 자란다지만, 그곳 땅은 완전히 말라버려 갈라 터질 정도인 데다가 도무지 알곡인지 잡초인지 분간도 안 되고 쭉정이만 있는 것처럼 보였소. 그런데 저 알곡을 보시오. 속이 꽉 찬 것 같지 않소?"

"정말 그렇사옵니다. 이곳 땅이 기름지다는 소리는 들었는데, 이 정도일 줄은 몰랐습니다. 지형만 봐도 그리 보이고요."

"그리 생각되오? 그런데 나는 이게 다 비옥한 땅 때문이라고 보이질 않으니……. 땅이란 게 원래 농군이 어떻게 가꾸느냐에 따라 달라지지 않소?"

"하기야 이곳 백성들이 부지런한 게 맞는 모양이옵니다. 개간도 척척 잘 되어 있는 것을 봐도 그렇고……. 그런데 이렇게 열심히 일해 수확한 것을 도적 떼들이 약탈하려 하다니. 그놈들을 꼭 잡아야 할 것이옵니다."

"두말하면 잔소리지요. 계속 돌아다니다보면 뭔가 나오겠지요."

세 사람의 일행이 길을 가며 주고받는 소리였다. 풍채도 좋고 고급스런 옷차림을 한 두 사람이 앞서 걸었고, 그보다 차림새가 좀 떨어지는 이는 시중꾼인 듯 그 뒤를 따랐다. 이들은 단군 일행이었다. 단군은 웅지백 수장을 알현하고 나온 이후 그 길로 부관 발구루 및 수하 한 명과 함께 먼저 도둑이 창궐한 방향으로 암행에 나선 것이었다. 물론 자신의 직속 부대장인 소우리 상장上將에게는 자기가 먼저 갈 터이니 나중에 군사를 은밀하게 이끌고 뒤따라오라고 이미 명을 내려놓은 상태였다. 그는 비왕으로서 자신의 직속 부대를 이끌면서 수장을 옆에서 보좌하는 위치에 있었던 것이다. 그가 이렇게 한 데에는 그만한 이유가 있었다. 이번에 창궐한 도적 무리들이 그 종적을 알 수 없을 정도로 치밀하게 행동하는 것으로 미루어, 군사와 함께 출동했다가는 낭패를 볼 것 같아 먼저 그 행적부터 찾고자 함이었다.

그들 일행이 한참을 더 걸어 들어가자 알곡을 거둬들이는 농군들의 모습이 나타났다. 농군들은 수확기를 놓치지 않으려고 들녘 곳곳에서 분주하게 일손을 놀리고 있었다. 노래를 부르며 일하는 모습이 멀리서 보기에는 마치 가락에 맞춰 춤을 추는 것처럼 보였다. 노랫소리 때문인지, 아니면 풍년이라는 기쁨 때문인지 누가 그리하자고 하지도 않았는데, 들뜬 기분에 세 사람의 걸음걸이는 자연스레 그 장단에 맞춰지고 있었다. 장단에는 순간순간의 마디마다 강약이 조절되어 있었는데, 발걸음도 그 흐름에 맞춰 곡선을 타듯 움직였다. 한동안의 반복된 장단 때문인지 몸이 먼저 알고 덩달아 들썩거렸다. 잠시나마 세상의 시름을 잊고 수확의 풍요로움을 만끽하는 기분이었다.

하지만 세 사람이 가까이 다가왔을 때 그 가락은 멈춰 버렸고, 그 순간 세상은 고요 속의 정경으로 빠져드는 것 같았다. 농군들은 자신들과 전혀 다른 차림새를 하고 나타난 그들을 힐끔힐끔 쳐다보며 뭔가 경계하는 빛을 내보였다.

단군은 농군들의 행동을 이상하게 여기며 그들과 자신들의 모습을 비교해보았다. 자신들은 호사스런 금錦 비단에 야들야들 부드러운 가죽신까지 몸에 걸치고 있는 반면에, 저들은 간신히 몸만 가릴 정도로 듬성듬성 성기게 짠 베옷을 입고 있었는데, 그나마 그것도 얼마나 오래 입었는지 허름하게 닳아 여기저기가 떨어져 있었다.

이들의 싸늘한 태도에 단군은 가까이 가긴 이미 글렀다고 생각하고 그냥 지나치려 했다. 그런데 농군들이 자기들끼리 뭐라고 속닥거리더니 아무 일 없다는 듯 어떤 물건 주위로 하나둘씩 빙 둘러앉기 시작했다. 마침 오후 새참 시간이라 준비해온 것을 먹으려는 모양이었다.

'아무리 그래도 농군의 인심은 후한 법인데, 설마하니 매정하게 내칠까? 정히 안 된다면 어쩔 수 없는 일이지만…….'

이런 생각으로 단군은 농군들 쪽으로 걸어가며 말을 건넸다.

"이 보시구려. 지나가는 과객이오만 목이 말라 그러는데 물을 좀 얻어먹을 수 있을까요?"

농군들은 고개를 돌려 그들 일행을 보더니만 가타부타 대답을 하지 않았다. 그러는 중에 그들 사이에서 제일 연장자인 듯한 사람이 마지못해 허락하며 대답했다.

"그러시구려."

그때였다. 다가오는 단군 일행을 훑어보더니 자리를 비켜주며, 그들 중 한 사람이 불편한 심기를 내보이듯 한마디 꺼냈다. 아무리 봐도 자신들과는 처지가 다른 고관귀족 같은 모습에 심사가 뒤틀린 모양이었다.

"허허! 오늘 무슨 일이 있나? 오늘 따라 왜 이렇게 외지 사람이 드나드는지 말이야."

"우리 말고도 또 다른 사람들이 지나간 모양인가 보죠?"

단군 일행이 미안해하며 자리에 앉았다. 이들의 새참은 별다른 것이 없었다. 그저 기장을 버무려서 만든 주먹밥으로 한 입 거리밖에 안 되어 보였다. 그것을 농군들은 맛있는 듯 입에 넣고 있었다.

"사람들이 나다닌 게 뭐가 문제겠소? 그게 다 요즘 시절이 하도 수상해서 그런 게지요. 그건 그렇고 어디 귀하신 분들이 먼 길을 가시는 것 같은데. 입에 맞을지는 모르겠지만 이거라도 좀 드시지요."

그는 그래도 연장자답게 인정을 베풀며 주먹밥 한 덩어리를 나눠주려 했다.

"아닙니다. 여기 있는 분들이 드시기에도 부족한 것 같은데."

"콩 한 조각이 있어도 같이 나눠먹는 것이 우리네 인심이지요. 사양하지 마시고 어서 받으세요."

"이거 미안해서……. 그럼, 감사합니다."

연장자가 건네주는 주먹밥을 받아 한입 베어 물면서, 단군은 도적들의 행적에 대해 뭐라도 알아낼 심산으로 다시 입을 열었다.

"요즘 이곳저곳에서 도적들이 나타났다는 소문이 많이 나돌고 있던데, 여기는 어떻습니까?"

"그게 걱정이지요. 그 횡포가 얼마나 흉악하다고 하는지 소문만 들어도 겁이 날 지경이니까요. 재물과 식량만 빼앗아가는 게 아니라 사람까지 해코지하고 심지어는 사람까지 잡아먹는다고 하니 말입니다."

"네에? 사람을 잡아먹어요?"

발구루가 놀라서 묻자, 농군 중의 한 사람이 열을 올렸다.

"그렇다니까요. 그걸 분명 보았다는 사람이 있다고 하니 하는 말이지요. 인두겁을 쓰고는 그리 못 한다는 거예요. 한마디로 그 놈들은 사람들이 아니라는 거지요. 사람이라면 어디 할 짓이 없어서 그런 짓을 하겠소? 암, 그리는 못 하지요."

분노에 떨며 얘기하는 농군들의 표정에는 알 수 없는 두려움이 스며들어 있었다. 이때 연장자 격인 사람이 한숨을 길게 내쉬었다.

"그놈들이 우리라고 봐줄 리는 없고. 보시다시피 올해 우리 농사가 풍년이 들지 않았소이까. 춤이라도 추고 싶은 마당에 도적놈들 무서워 그러지도 못하고. 그놈들이 몰려올 빌미가 될지도 모르니. 그럴 바에는 흉년이 든 게 차라리 마음 편할 것 같습니다. 이거야 원, 세상 꼴이 어찌 되어 가는지……."

농군들의 얼굴은 한결같이 어두웠다. 이런 처지라면 외지 사람 모두가 혹시 자신들을 해하러 오는 도둑들로 보일 것도 같았다. 언제 당할지 몰라 벌벌 떨고 살아야 하는 이들의 심정이 딱하게만 여겨졌다.

발구루가 단군을 보기에 민망했는지 다시 조심스럽게 입을 열었다.

"그렇게 걱정되면 미리 관가에 도움을 요청하시면 되지 않겠습니까? 관에서 군사를 파견해서 보호한다면, 제아무리 흉악한 놈들이라고 할지라도 그렇게 쉽게 노략질하러 들어오지는 못할 것이니까요."

"허허! 참, 그런 한심한 소리 작작하시구려. 관이 그렇게 해줄 것 같으면 뭣 때문에 우리가 이렇게 한숨 쉬며 애태우겠소."

"아니, 그럼 관에서는 이런 일을 나 몰라라 한단 말입니까? 아무리 그래도 그렇지 어찌 그럴 수가 있겠습니까?"

"관을 그렇게 믿고 있다니 참으로 세상 돌아가는 것을 몰라도 너무 모르는구먼. 그들은 우리가 죽든 말든 아무런 신경도 안 쓴단 말이오."

"설마하니 그러려고요?"

"허허! 거짓 시늉이라도 하면 내 더 말하지 않겠소이다. 그들이 어떤지 아시오? 도적놈들이 쳐들어왔다고 그렇게 요청을 해도 꼼짝 않고 있다가, 도적놈이 다 노략질해서 사라지고 나면 그 뒤에 나타나서 오히려 이것 내놔라 저것 내놔라 사람을 들들 볶는단 말이오. 도와주지는 못할망정 왜 힘든 사람 괴롭히느냐 말이오."

"관 애기는 그만하시구려. 내 그 애기만 나오면 밥맛이 뚝 떨어지니 말이오. 아아, 그 뭐냐, 세금을 받아낼 때 보면 그런 찰거머리가 없다니까. 사실 칼만 들지 않았지 도적놈이나 매한가지요. 차라리 관에서 오지나 않았으면 좋겠소. 그 흉한 꼴 보지 않으면 마음이라도 편하니 말이오."

이들이 열을 내며 관을 비방하던 중에 갑자기 말 두 마리가 먼지를 일으키며 이쪽을 향해 달려오고 있었다.

"허허! 호랑이도 제 말하면 온다더니. 에이 참."

한 농군이 비꼬는 투로 얘기하면서 일어섰고, 나머지 사람들도 모두들 따라 일어났다. 그들의 얼굴에는, 이번엔 또 무슨 시달림을 당할까 하는 근심의 빛이 어려 있었다.

이윽고 그들이 다가오더니 말에서 내리지도 않는 채로 연장자격인 사람을 다짜고짜 불렀다.

"공동 경작지를 수확할 것이니 여기 마을 장정들을 모두 하나도 빠짐없이 보내도록 하거라!"

그들은 고압적으로 한마디를 던지고는 그대로 돌아갔다.

"또 사람을 차출한다고? 이놈의 세상 내 언제 이 꼴을 보지 않고 살꼬. 세상이나 한번 확 엎어져버렸으면 좋겠구먼."

농군들이 쏟아내는 관에 대한 불신과 원망을 듣다 보니, 단군은 어디 쥐구멍이라도 들어가고 싶은 심정이 되었다. 죄책감에 그는 어떤 위로의 말이라도 건네고 싶었다.

"언젠가는 좋은 세상이 오지 않겠습니까? 언제까지 이러겠습니까? 부디 힘내고 사십시오."

"댁네들도 몸조심하구려."

농군들은 생전 처음 마주친 사람이었음에도, 단지 새참을 같이 먹었다는 이유만으로 진심 어린 걱정을 전했다. 그런 그들을 뒤로하며 세 사람은 그곳을 떠났다.

하늘의 태양은 수레바퀴 굴러가듯 유유히 서편으로 넘어가고 있었다. 언제 세상에 대해 한탄하고 분노했는가 싶게, 농군들 사이에서는 선창자의 가락 매기는 소리가 다시 들려오면서 일이 시작되었다. 나무에 싹이 트고 열매가 맺히는 일처럼 세상사는 언제나 그랬듯이 묵묵히 흘러가는 것 같았다.

단군 일행도 바람 따라 가듯 걸었다. 어떤 방향을 정하고 걷는 게 아니라 그저 길이 펼쳐진 대로 걸을 뿐이었다. 그러던 중에 발구루가 단군의 침울한 안색을 보고 조심스럽게 입을 열었다.

"비왕님, 지금은 백성들이 저래도 도적 떼를 소탕한다면 달라질 것이옵니다. 그러니 너무 상심하지 마시옵소서."

"그건 아니오. 부관도 그들이 하는 말을 다 듣지 않았소이까? 세상이 확 엎어져버렸으면 좋겠다는 말 말이오. 도적이 문제가 아니라 민심이 이미 떠나버린 것이오. 관에 대한 미련이 털끝만큼도 남아 있지 않다는 것을 아직도 모르겠소?"

자신의 맘을 위로한 말이라는 것을 알면서도, 단군은 비통한 듯 말을 내뱉었다. 단군에게는 지금 모든 것이 부정적으로만 보였던 것이다. 그 모든 사정을 쏟아내듯 단군의 말이 다시 이어졌다.

"내 좀 전에 본 두 곳의 알곡이 왜 이렇게 달라 보일까 그게 의문이었는데, 이제야 그 이유를 알 것 같소. 관을 불신하고 있는 마당에 무슨 일을 성심성의껏 할 수 있었겠소. 그저 형식적으로 농사짓는 시늉만 내었던 게요. 그러니 그렇게 작황에 차이가 날 수밖에. 이게 다 무엇 때문이겠소? 다 내가 잘못 다스려서 그런 것이지요. 앞으로 어찌해야 할지 모르겠소. 희망이 보이질 않으니."

"어찌 그게 비왕님의 잘못이옵니까? 그렇지 않사옵니다. 비왕님의 참뜻을 이해한다면 분명 저들의 마음도 돌아올 것이옵니다. 그러니 우선 도적들을 잡아 백성들의 생활을 안정시키고……."

"내 부관의 맘을 모르는 것은 아니나 그게 어디 그렇게 해서 풀리는 문제입니까?"

"아니옵니다. 길은 분명 있사옵니다. 이런 때일수록 더욱 힘을 내셔야 하옵니다."

"그대의 뜻은 내 알겠소. 그러니 이제 그만 얘기하시구려."

천근만근이나 되는 몸을 이끌고 힘겹게 걸어가는 단군의 모습을 지켜보는 발구루의 마음은 착잡하기만 했다. 단군의 말이 틀리지는 않았으나 그의 입지를 세우기 위해서는 우선 이번 도적들을 일괄 소탕해야 했다. 직접 출전해서 해결하지 못한다면 웅씨족 왕자들이 단군을 몰아낼 절호의 기회로 삼을지도 모를 일이었다. 더욱이 단군은 하루빨리 이곳에서 터를 잡은 다음 천신족으로 돌아가 거불단 환웅의 뒤를 이어야 하는데, 계속 이러고 있으니 앞날이 난감하기만 했던 것이다. 그렇다고 발구루 자신도 지금 단군을 설득할 그 어떤 묘책도 가지지 못한 상태였다.

얼마나 걸었는지 몰랐다. 호젓한 산 밑에 이르자 양지 바른 쪽에 인가가 하나둘 눈에 띄기 시작했다. 조금 전에 만났던 사람들의 마을인 것 같았다. 그냥 지나칠까 하는데 갑자기 저 멀리 앞쪽에서 젊은 두 사람이 앞서 걸어가고 있는 것이 보였다. 그런데 집집마다 기웃거리며 걸어가고 있는 그들의 모양새가 뭔가 수상쩍었다.

“저들이 혹시 염탐꾼이 아닐까요?”

“수상하군. 모른 척하고 저들을 좀 더 지켜보세.”

그들의 몸놀림이 제법 민첩해 보이긴 했으나 그것 외에 다른 이상한 행동은 없었다. 그저 지나가면서 주위를 훑어보는 정도였다.

“오늘은 여기서 유하고 가면 어떻겠사옵니까? 얼마 안 있으면 해가 저물 것 같사온데, 미리 여기서 자리를 잡고 오늘은 좀 쉬시는 것이 좋을 듯싶사옵니다.”

발구루가 여기서 하루를 묵어가자고 권하는 데에는 이유가 있었다. 아무래도 앞서 가는 두 사람의 행동이 수상하게 보였기 때문이었다.

“글쎄. 아직도 해가 떨어지려면 한참은 있어야 할 것 같은데. 좀 더 길을 나서도 되지 않겠나?”

단군은 백성들에게 좋은 인상을 심어주지 못한 데다, 혹여 피해라도 줄 것 같은 생각에 얼른 이곳을 피하고만 싶었다.

“아니, 그런데 저들이 어디로 갔지? 제가 저들을 뒤쫓아보겠사옵니다.”

얘기를 주고받는 사이에 갑자기 두 젊은이가 사라져버린 것을 알아차린 발구루가 뒤쫓아갈 태세로 물었다.

"아닐세. 그만 놔두게."

"왜 그러시옵니까? 저들의 행적이 수상하옵니다. 그렇지 않고서야 어찌 감쪽같이 사라진단 말이옵니까? 우리가 오는 것을 보고 숨은 것이 분명하옵니다. 뭔가 찔리는 것이 있으니 그런 겁니다. 저들을 잡아 문초하면 그들의 소굴을 알아낼 수 있을지도 모르옵니다."

"저리 숨어버린 사람을 어떻게 찾는단 말이오. 설사 저들을 잡았다고 칩시다. 저들이 스스로 염탐꾼이라고 순순히 자백할 것 같습니까? 그럴 리도 없겠지만, 도리어 그 무리들이 다른 데로 숨어버리면 어쩐단 말이오. 그러니 놔두세요. 멀리서 우리를 지켜보고 있을지도 모르니 그냥 아무것도 모르는 척 걸으세요."

단군도 저들을 수상하게 여긴 것은 마찬가지였다. 단정할 수는 없으나, 대풍작이 도리어 더 걱정이라는 농군의 말을 생각하면 그냥 넘길 수 없는 문제라고 판단되었다. 도적들이라면 이곳에 침을 흘리지 않을 턱이 없을 것 같았다.

이들은 조금 전처럼 그냥 걸으면서 마을을 지나쳤다. 그러나 어느 순간부터 뭔가 할 일을 찾는 것처럼 발걸음이 빠르게 움직이기 시작했다.

이로부터 이틀이 지나고 밤이 되자, 마을 쪽에서 고요한 정적을 깨뜨리며 소란이 일었다. 산 속에서 숙영하며 잠을 청하던 단군은 요란한 소리에 눈을 떴다. 나머지 일행도 거의 동시에 자리에서 일어났다. 모두의 눈동자는 일제히 마을로 향했다. 그들은 마을을 벗어났다가 그 동네가 내려다보이는 산골짜기 쪽으로 다시 되돌아왔던 것이다.

민심이 떠나는 이유는 나중에 따지더라도, 며칠 전에 본 수상쩍은 사람의 모습이나 근래에 일어난 도적들의 동태를 보았을 때 아무래도 조만간 이 부근의 마을이 화를 당할 듯했다. 그래서 단군 일행은 며칠이 되더라도 이곳에서 기다릴 작정을 하고 숙영했다.

도적들을 소탕해야 하는 것은 분명했지만, 내심 한편에서는 자신들의 예측이 빗나가기를 바랐다. 피땀 흘려 농사짓는 것을 빼앗기는 것 자체가 불행이고, 무고한 사람들이 살상당하는 건 더욱 큰 비극이었기 때문이었다. 하지만 그 소망을 깨버리기라도 하듯 들려오는 소란한 소리와 부산스러운 사람들의 움직임으로 보아 그리 단순한 사건은 아닌 듯싶었다.

"제가 살펴보고 오겠사옵니다."

발구루가 적극 나섰다. 그는 이 문제를 처리하여 어떻게든 단군의 흐트러진 마음이 바로잡아지기를 바랐던 것이다.

"아닐세. 같이 내려가 보세."

세 사람은 조심스럽게 마을 쪽으로 내려와서는 숨을 죽이며 눈빛을 빛냈다. 어둠 속에서 희미한 그림자의 정체가 점점 그 모습을 드러내었다. 일단의 사람들이 날이 번뜩이는 돌검과 돌창 등 갖가지 무기들로 무장하고 있었다. 이들의 두목으로 보이는 자는 말까지 타고 있었고, 그가 들고 휘두르는 검은 예사 것들과는 달리 달빛 속에서 빛이 번쩍거릴 정도로 날카로워 보였다. 그 주위에는 우락부락한 사람들이 눈을 부릅뜨고 호위하는 듯 딱 버티고 서 있었는데, 그들에게서는 알 수 없는 공포가 흘러나왔다.

두목의 명령에 따라 무장한 자들이 일사불란하게 움직이는 것으로 보아, 그들은 어디 한두 번 해본 솜씨가 아닌 듯 보였다. 마을을 경계하기 위해 자체 무장하고 있었던 사람들은 이미 제압당한 듯 아무런 저항도 못하고 있었고, 계속해서 마을 사람들이 남녀노소 할 것 없이 끌려나왔다. 이런 와중에 두목인 듯한 사람을 옆에서 보좌하는 자의 목소리가 거칠게 들려왔다.

"너희들도 우리의 소문을 들어서 잘 알고 있을 것이다. 이분이 바로 그 유명한 우 대장님이시다. 모두들 이분을 엎드려 맞이하도록 하라."

"목숨만 살려주신다면 무엇이든 다 하겠습니다. 살려만 주십시오."

마을 사람들은 지레 겁을 먹었는지 싸울 엄두조차 내지 못하고 오로지 빌면서 목숨만 살려달라고 흐느꼈다.

"어허! 조용히 하지 못할까! 언제 너희들을 죽인다고 했느냐? 우리 말만 잘 듣는다면 결코 해치지는 않을 것이다. 허나 딴 뜻을 품은 자는 결코 살아나지 못할 것이다. 그러니 우리 대장님의 말씀을 잘 듣고 협조하기 바란다. 알아들었느냐?"

두목의 말 한마디에 목숨이 달린 농군들은, 놀란 토끼 눈을 하고서 그의 입에서 무슨 말이 떨어질지 숨을 죽이며 지켜보았다.

"우리가 여러분의 재산을 뺏는 것을 미안하게 생각한다. 허나 여러분은 얼마 뺏겼다고 해도 목숨을 연명하는 데 크게 지장은 없을 것이다. 여러분들은 땅이 있지 않는가? 이 세상에는 땅 한 뼘도 가지지 못하고 그저 굶주림 앞에 어쩔 수 없이 죽어가는 자가 많이 있다. 그러니 좀 나눠 갖자는 것이다. 성심성의껏 재산을 가져오기 바란다."

"우리네 같은 사람들이 무슨 재물이 있다고 그러십니까? 우리도 먹고살아야 할 것 아닙니까?"

"뭐야? 가지고 오지 않겠다고? 가진 것을 좀 나눠 먹자고 하는 것인데, 그걸 못 하겠다고? 그럼, 한 사람씩 험한 꼴을 당하고 나서 할 테냐? 내 분명 말하건대, 우리 대장님께서 너희들을 해치지 않고 해결하려고 할 때 좋게 받아들이는 게 나을 것이다. 대장님의 비위를 건드렸다간 어느 누구도 여기서 살아남지 못해. 알겠어! 정녕 너희들이 그리할 뜻이 없다면 좋다. 내 직접 본을 보여주지. 너 이리 나와 봐."

곧 죽일 듯한 기세로 한 사람을 지목하며 끌어내려 하자, 사람들은 얼어붙은 듯 벌벌 떨었다.

"아닙니다요. 한 번만 봐주십시오. 지금 당장 따르겠습니다."

"진작 그럴 것이지. 지금이라도 누구든지 따르지 않겠다는 자는 당장 나와라. 맛을 봐야 따르겠다면 그리해줄 테니 말이다.

자, 어서 나와라. 누구 나올 자 없느냐."

당장이라도 돌창을 내려찍을 듯이 위협하는 목소리에서 죽음의 공포가 몰려오는지 모두들 숨소리조차 내지 못했다.

"자, 그럼 지금부터 모두 각자 자기 집에 가서 재물이 될 만한 것을 성심성의껏 가져오기 바란다. 다시 한번 말하건대 우리의 말을 어길 시에는 용서가 없을 것이다. 우리는 말로 하지 않는다. 곧바로 행동으로 보여준다는 것을 명심해라."

"아니, 저런 날강도 같은 놈들을 봤나? 내 이놈들을!"

"나서지 말게. 저들은 예사 도적 무리들이 아닐세."

단군은 발구루가 뛰쳐나가려 하는 것을 급히 제지했다. 저 많은 무리들을 상대로 싸울 수는 없었던 이유도 있지만, 한편에서 단군은 이상한 생각이 들었던 것이다. 농군들의 말에 의하면, 도적들은 흉악하기 그지없어 마구잡이로 사람을 죽인다고 하였는데, 저들은 포학하게 구는 듯 보여도 실상 인명을 해칠 것 같지는 않아 보였던 것이다.

도적 무리들이 식량과 재물을 빨리 가져오라고 재촉하자 마을 사람들은 마지못한 듯 움직이고 있었다. 잠시 후 하나둘씩 양곡을 가져왔고, 그것들이 차곡차곡 쌓이자 일부가 운반하기 쉽게 챙기기 시작했다. 우선은 말이나 소 등에 짐을 실었고, 나머지는 야무지게 새끼줄로 양곡이며 옷감 등을 튼튼히 묶어 나갔다. 그런 후에 두목인 자가 다시 나섰다.

"전부 가져가지는 말고 일부는 그대로 남겨둬라."

두목은 그렇게 지시한 뒤에, 아직도 공포에 젖어 두려움에 떨고 있는 농군들을 향해 말했다.

"고맙소이다. 거듭 말하건대 여러분이 바치는 재물은 가난하고 불쌍한 사람들을 위해 유용하게 사용될 것이니 너무 아까워하지는 마시오. 우리도 이러고 싶어서 이런 것이 아니오. 그래도 정녕 억울하거든 이 세상을 탓해야지 그 무엇을 탓할 수 있겠소?"

두목이 말을 끝내더니 곧 마을을 떠날 것을 지시했다. 그 무리들은 일사불란하게 움직였다. 그렇다고 도망치듯 빠져나가는 것은 아니었다. 어디서 그런 배짱이 나왔는지 모르게 유유히 떠나는 모습이었다.

"따라갈까요?"

발구루의 물음에도 단군은 대답이 없었다. 이 세상을 탓하라고 하는 두목의 말이 그의 귓가에 계속 맴돌면서 잠시 큰 충격에 빠져 있었던 것이다. 발구루가 단군의 어깨를 흔들면서 어찌할까를 다시 물어왔을 때야 그는 정신을 차렸다.

"음, 그러세. 너는 이 길로 곧 소우리 상장께 이쪽으로 오시라고 전하라."

단군의 명을 받은 수하는 곧 바람처럼 길을 달려 사라졌고, 단군과 발구루는 도적들의 뒤를 밟았다.

도적들은 배짱도 좋게 한길을 택해 한참을 걸었다. 그러나 어느 지점쯤에 이르러 잠시 주춤대더니 순식간에 산길로 쭉 빠져나가는 것이었다. 그들의 뒤로 바짝 쫓으며 한나절을 따라가니 산

속에 널따란 분지가 나타났는데 그곳에는 여러 민가가 자리하고 있었다. 주위의 땅을 개간했는지 여러 곡식이 심어져 있었다. 모여 사는 행색으로 보아 이들 또한 처자식을 데리고 사는 보통 백성이나 다름없어 보였다.

그들이 돌아오는 것을 보고는 사람들이 큰 소리로 환영했다. 그곳은 곧 흥청거리는 잔치 분위기로 변했다. 그런데 좀 특이한 것은 그들 중에는 유독 몸이 불편한 자가 많아 보인다는 점이었다. 그들이 오히려 두목 일행에 더 열광하는 것 같았다. 많은 사람들이 분주하게 움직이는 것으로 보아 이번 일의 성공을 계기로 곧 축제를 벌일 것처럼 보였다. 이윽고 준비가 다 되었는지 모두들 하나로 어우러져 재물을 올려놓고 무슨 의식을 거행하는가 싶더니, 어느새 서로 춤을 추며 놀이를 즐겼다.

“아니, 저런 도적놈들을 봤나? 남의 피 같은 재물을 약탈해놓고 그것을 잘했다고 춤추고 즐기다니.”

“그만 가세나.”

“가자니오? 저놈들이 도망갈지도 모르는데 지켜보며 감시해야 하지 않겠사옵니까? 소우리 장군께서 오려면 아직은 더 기다려야 할 것 같사온데…….”

“여기가 저들의 근거지인 것을 알았는데 뭐가 더 급할 게 있다고.”

“그럼 지금 저들을 공격하지 않을 작정이시옵니까?”

“그리하자면 내려가서 준비를 해야 할 것 아닌가?”

발구루는 단군이 돌아가자고 재촉하는 것이 선뜻 이해되지 않는다는 표정을 지었다. 발구루는 마을 쪽을 좀 더 지켜보다가 몸을 돌렸다.

단군 일행은 다시 노략질을 당한 마을로 되돌아왔다. 그곳은 싸늘한 바람이 휩쓸고 지나간 듯 황량해 보였다. 마을 사람들은 집 안에 꼭꼭 틀어박혀 아무도 밖으로 나올 생각조차 않는 모양이었다.

"사람들을 불러 모을까요?"

"내버려두시게. 부관도 다 봤지 않는가? 아무도 다친 사람이 없는데."

아무도 나다니지 않는 마을 한 귀퉁이에서 그들은 군사들이 도착하기를 기다리며 각기 깊은 상념에 빠져들었다. 단군 역시 지금의 상황을 받아들이는 데 혼란스러운 듯 머릿속이 어지러웠다.

'도대체 어디서부터 무엇이 잘못되었단 말인가? 이 세상을 탓하라니……. 저 도적들도 일반 백성이 아닌가. 저 도적들이야 소탕할 수 있다고 하지만 또 다른 도적이 나타나지 않으리라는 보장도 없고. 그때마다 군사를 풀어 해결하려 한다면 이 악순환의 고리를 어떻게 끊을 수 있겠는가? 도대체 이 세상은 어떤 세상인가? 이 세상 또한 사람들이 만든 것이 아닌가?'

아무리 고민해보아도 어찌해야 하는지, 무엇이 가장 좋은 해결책인지 명확하게 떠오르지 않았다.

단군 일행이 이것저것 생각하며 한참을 모대기고 있을 때, 마침내 소우리 장군이 군사를 이끌고 마을로 들어섰다. 관에서 군사들이 나왔음에도 사람들은 집 안에서 힐끔힐끔 살펴보기만 할 뿐 밖으로 나오지 않았다. 군사들이 집집마다 돌아다니며 모이라고 통보하고 나서야 하나둘씩 얼굴을 내밀기 시작했다.

마을 사람들의 표정들은 하나같이 뭔가에 단단히 혼이 난 듯 얼이 나가 있었다. 자신들을 도와주려는 군사들을 보고서도 두려운 듯 가까이 오지 않으려 했다. 오히려 군사들이 자신들에게 무엇을 또 요구할까 눈치를 보는 기색들이었다.

'무엇이 저들을 저토록 두렵고 비굴하게 만들었을까? 세상이 험악해서일까?'

단군으로서는 정말 이해할 수 없는 상황이었다. 이런 그들에게 무엇을 기대할 수 있을 것 같지가 않았다. 단군은 마을 사람들을 향해 말했다.

"도적들을 오늘부로 일망타진할 것이니 이제 안심하고 살 수 있을 것이오. 그러니 모두들 마음을 다독이고 집으로 돌아가시오."

그런 다음 그는, 소우리 장군에게 도적들의 소굴이 있는 지점을 명확하게 알려주고는 그곳을 사면으로 포위해 들어갈 것을 명했다. 그의 명을 받은 소우리가 곧 군사들을 네 방면으로 나뉘어 진격하도록 지시하자, 그 신호에 따라 군사들은 곧장 이동하기 시작했다. 단군도 말에 올라타고 소우리 장군과 부관을 대동한 채 도적들의 소굴로 향했다.

단군과 군사들이 다시 그곳에 도착했을 때, 그전에 떠들썩했던 분위기는 온데간데없이 조용하기만 했다. 무장한 군사들이 사면에서 들이닥치는 것을 보고야 이에 대응하려는 듯 도적의 무리들이 부산하게 움직였다. 그러나 이미 자신들의 근거지가 포위됐음을 알았는지 엄폐물 뒤로 몸을 숨기며 군사들의 동태를 살피는 것 같았다.

"네놈들은 완전히 포위되었다. 모두들 무기를 버리고 투항하라."

소우리 장군의 거듭된 투항 권고에도 저쪽에서는 아무런 반응을 보이지 않았다. 결사적으로 대항해 싸우려고 작정한 듯했다. 소우리는 단군에게 저들은 항복할 뜻이 없으니 진격을 명해 제압하려는 뜻을 밝혔다. 이에 단군이 고개를 저으며 막고 나섰다. 단군은 도적의 무리들을 향해 소리쳤다.

"나는 비왕이다. 너희들은 이미 포위되어 여기서 한 사람도 빠져나갈 수 없다. 스스로 무기를 버리고 투항하라. 그러면 내 비왕으로서 너희들의 목숨은 물론이고 그 죄에 대해서도 선처할 것을 약속한다."

"비왕이라고? 그런 말 같지 않는 소리로 우릴 속이려 들지 마라. 비왕이 뭐하려 여기까지 내려오겠느냐? 그건 소가 웃을 일이다. 잔소리 그만 작작하고 어서 덤벼라. 어차피 우리는 여기서 살아나지 못하는 몸이라는 걸 잘 알고 있다. 더는 우리를 기만하지 말고 죽일 테면 어서 죽여 보아라. 그러나 너희들 맘처럼 우리가 그렇게 쉽게 당하지는 않을 것이다."

단군은 안타까운 마음에 앞으로 불쑥 나서며 말했다.

"내가 비왕이라는데 왜 믿지 못하겠다는 것이냐? 자, 이 검을 봐라."

단군은 그들이 훤히 볼 수 있도록 검을 뽑아 휘둘렀다.

"이미 싸움의 승패가 불을 보듯 뻔하거늘 어찌 하나밖에 없는 목숨을 버리려 드느냐? 그런 어리석은 생각일랑 아예 버려라."

그래도 저편에서 응답이 없자, 단군은 저들의 두목의 이름을 직접 거론하며 다시 입을 열었다.

"우 두목은 들어라. 내 어젯밤에 네가 재물을 약탈하는 것을 직접 두 눈으로 목격했다. 마치 네가 대장부인 양 행동하던데, 네가 진정한 대장부라면 내 선처할 것이라는 약속을 믿고 어서 무기를 버리고 항복해라. 네 한 목숨 유지하고자 부하들의 수많은 목숨을 저버리는 것은 사내대장부로서 할 짓이 아니다. 도리어 네 목숨을 희생해서라도 부하들의 목숨을 살리는 것이 올바른 처신일 것이다. 너도 그렇다고 생각지 않느냐?"

단군의 말에 마음이 흔들렸는지 마침내 우 두목이 나서며 말했다.

"내 목숨이 두려운 것은 아니요. 하지만 선처해준다는 약속을 어찌 믿을 수 있겠소?"

"내 비왕의 이름을 걸고 약속하겠다. 대체 뭘 못 믿겠다는 것이냐?"

"좋소. 그럼, 한쪽 길을 터주시오. 무장을 하고 있지 않는 이곳 대부분의 사람들은 이번 일과 아무런 관계가 없소이다. 죄가 없는 사람들이니 이곳을 빠져나가게 해주겠다는 보장을 하라는 말이오."

"그럼, 무장을 한 너희들은 우리와 맞서겠다는 것이냐?"

"그렇소이다."

"허허! 그게 말이나 되는 소리냐. 우리가 길을 터주면 너희들이 그 틈을 이용해 도주하겠다는 속셈이 아니고 무엇이겠느냐? 만약 너희들이 무장을 해제하고 투항할 것을 약속하면 내 기꺼이 그리 할 것이다. 내 말에 따르겠다고 약속할 수 있느냐?"

"제법 그럴 듯한 소리요. 허나 우리가 어찌 그 말을 믿을 수가 있겠소? 우리가 무장을 해제하면 그때 다 잡아가려고 하는 것이 아니요?"

"서로 상응하는 조치를 취하는 것이 이치에 맞거늘, 어찌 못 믿겠다고 우기며 너희들 유리한 대로만 하려고 드느냐? 그건 받아들일 수 없으니 투항하겠다고 약속해라."

"믿을 수가 있어야 믿는 게지요. 지금까지 우리가 당해온 것을 안다면 결코 그런 말은 하지 못할 것이외다. 여기 있는 사람들은 이미 헐벗고 굶주리며 가축처럼 부림을 당해온 사람들이오. 마지막 피난처로 여기에 모인 것이오. 지금도 나는 이 길을 간 것이 결코 후회스럽지 않소."

단군의 계속되는 설득에도 우 두목은 쉽사리 투항할 뜻을 내비치지 않았다.

“이치를 논하면서 어찌 말도 되지 않는 소리를 한단 말이냐? 자기 힘으로 일해 먹고 사는 것이 당연하거늘, 남 못살게 굴며 약탈이나 하면서 그게 어찌 옳다고 항변하느냐. 참으로 적반하장도 유분수구나. 너희의 행동이 너무 파렴치하다고 생각하지 않느냐? 내 나라를 다스리는 사람으로서 너희들이 이제부터라도 지난날의 잘못을 뉘우치고 떳떳하게 살기를 권하는 바다.”

“도대체 나라가 우리에게 무엇 하나라도 해준 것이 있소이까? 농사를 지으려고 해도 땅이 없고, 어쩌다 개간이나 해 조금이나마 부쳐 먹을 것 같으면 이것 내놔라 저것 내놔라 하면서 뺏어가지 않았소? 이런저런 명목으로 빼앗아가는 그런 부당한 세상을 고칠 생각은 아니하고 선하게만 살라고 한다면 그게 무슨 소리이겠소? 우리 보고 또다시 짐승처럼 부림을 당하고 살라는 말이 아니요? 먹고살기 위해 몸부림치는 사람들을 도적으로 몰아놓고 죽이려고만 들고 있으니, 그게 나라를 이끌고 있은 사람으로서 할 짓이오? 비왕이라고 해서 뭐 좀 다른가 했더니 역시 똑같군. 내 잠시 거짓된 말에 현혹되어 속아 넘어갈 뻔했는데, 이젠 어림없소. 설사 오늘 우리가 여기서 죽는다고 해도 이런 세상에선 또 다른 반군이 생기는 것은 어쩌지 못할 것이오. 그걸 똑똑히 알아야 할 것이오.”

“참으로 당돌하게 말은 잘 하는구나. 네가 정말 사람의 도리를 따진다면 그런 못된 짓거리를 할 수 없을 것이다. 네가 빼앗고 약탈한 사람들이 바로 너희 같은 사람들이기 때문이다. 네가 말을 제법 그럴싸하게 해도 너 또한 네 자신의 욕망을 채우고자 하는 것뿐이다. 만약 네가 정말 그런 뜻이 없다고 하늘에 대고 맹세할 수 있다면 나하고 약속하자. 내 네 말처럼 이곳 사람들에게 먹고 살 땅을 내 권한으로 마련해서 줄 것이니 자진해서 투항하겠다고 약속해라. 그래도 못하겠다고 한다면 너는 핑계를 대고 있는 것이라고밖에 볼 수 없다. 자, 어찌 하겠느냐?"

"정말 땅과 집을 주겠다고 약속하실 수 있습니까?"

"내 모든 것을 걸고 보장하겠다."

"좋소이다. 그럼, 비왕님의 약속을 믿고 항복하겠소이다."

"그럼 어서 무기를 내려놓아라."

단군과 우 두목 사이에 설전이 오가면서 큰 싸움 없이 정리되는 분위기였다. 그런데 저편에서 갑자기 소란이 일었다.

"아무리 비왕의 인물됨에 대해 믿을 수 있다고 해도 어떻게 말만으로 담보할 수 있겠소? 게다가 저들은 분명 우리들의 두목을 해치고 말 것이니 그 꼬임에 넘어가서는 안 될 것이오. 차라리 우리들이 결사적으로 두목을 옹위해 여기서 빠져나가도록 합시다."

도적들 사이에서는 끝까지 맞서 싸우려는 의지가 넘쳐나고 있었다.

이에 두목인 우가 부하들을 막아 나섰다.

"어찌해서 생목숨을 끊으려 하느냐? 나 혼자 살자고 너희들을 다치게 할 수는 없다. 차라리 내 한 목숨 희생해 너희들이 무사할 수 있다면 이보다 더 큰 보람이 어디 있겠느냐. 저 비왕의 인물됨은 믿어도 되니 그만 무기를 거두고 내 말을 들어라!"

우 두목은 당장이라도 싸울 기세로 덤벼드는 부하들을 설득했다. 하지만 그들은 쉽사리 두목의 말에 수긍하지 않았다.

"지금까지 이렇게 행복하게 살 수 있었던 것이 다 대장님의 덕분인데, 이제 와서 우리만 살자고 대장님을 배반할 수는 없습니다."

그들은 두목의 말을 듣지 않으려 했다. 지루한 설득과 반문 끝에, 마침내 어떤 한 사람이 그들 무리를 향해 소리쳤다.

"우리가 대장님을 버리고 어디 가서 이런 사람 대접을 받고 살 수 있겠소이까? 그럴 바에는 차라리 대장님과 함께 죽는 것이 마음 편하지 않겠소이까? 모두들 그렇게들 생각지 않습니까?"

"물론이오."

도적 떼들은 무기를 높이 쳐들고 소리를 질러댔다. 이에 놀란 우 두목은 황급히 부하들을 제지시켰다.

"허허! 무기를 내려놓으라고 하는데도."

"지금껏 대장님의 명을 다 따랐으나 이것만은 들을 수 없구먼요. 자, 여러분 우리 무기를 들고 대장님을 살려냅시다."

누군가의 외침에 따라 도적 무리들은 함성을 지르며 기세를 더욱 돋우었다. 삽시간에 양편에 전운이 감돌았다. 이젠 어쩔 수 없이 힘으로 제압할 수밖에 없는 상황으로 치달은 것이었다.

단군은 이런 상황을 눈으로 지켜보고서도 도대체 믿을 수가 없었다.

'무엇이 저들로 하여금 죽음까지 불사하게 만들까? 저 우라는 두목이 도대체 어떤 놈이기에 모두가 저리 죽을 줄을 알면서도 기꺼이 나설 수 있단 말인가?'

이런 생각이 들수록 단군은 힘으로 저들을 제압하고 싶지 않았다. 단군은 계속 상황을 지켜보았다.

그런 중에 두목 우가 다시 부하들을 설득하기 위해 나섰다.

"여러분이 나를 위해서 이리하니, 내 참으로 오늘 죽는다고 해도 여한이 없소. 허나 이미 싸움의 승패가 명확한바 여러분께 제안을 하나 하겠소. 정말 비왕의 인물됨을 믿을 수 있을지 시험해 보겠소이다. 만약 믿을 수 있는 인물이라는 것이 확인된다면 굳이 인명 피해를 보지 않아도 될 것이니 그의 말을 따르면 될 것이고, 거짓으로 확인된다면 죽음을 불사하고 싸우도록 합시다. 알겠소이까?"

두목 우의 말에 그제야 모두들 마지못한 듯 고개를 끄덕였다. 그가 다시 단군을 향해 입을 열었다.

"여기 있는 모든 사람들은 구차하게 목숨을 구걸하지 않겠다고 하오이다. 죽을 각오가 되어 있다는 것이지요. 항복할 뜻이 없다는 말이오. 대신 인명 피해가 우려 되는바, 서로 일대일로 겨뤄 오늘의 싸움을 결정짓는 것이 어떻겠소? 우리 쪽에서 이기면 그쪽에서 길을 내어주고, 우리가 진다면 순순히 항복하겠소."

도적 무리의 우두머리 얘기에 군사들 쪽에서는, 저들과 얘기하는 것은 입만 아프니 어서 진압 명령을 내리기를 바라는 눈치였다. 그러나 단군은 잠시 대답하지 않았다. 그로서도 난감했던 것이다. 도적과 협상한다는 것은 있을 수 없는 일이었다. 하지만 두목의 말처럼 오늘 이들을 제압할 수는 있으나 또 다른 도적이 나타나는 것은 막을 수는 없는 노릇이었다. 단군이 잠시 대답이 없는 것을 보자 우가 다시 입을 열었다.

"선처해 준다고 자신만만하게 나오더니만 무술로 겨뤄 결정짓자고 하니 대답을 못 하는군요. 보아하니 지금까지 한 얘기가 다 허풍에 지나지 않았던 모양입니다. 그렇다면 우리도 어쩔 수 없소."

도둑의 무리에서 단군과 군사들을 향해 겁먹었다며 비웃는 소리가 새어나왔다.

마침내 단군은 그의 제안에 응하기로 결심을 굳혔다. 도적만 처리하는 것이 해결책이 아니라는 것, 또 저들을 순화한다면 새로 흥기하는 도적을 없앨 수 있는 좋은 효과를 줄 것이라고 타산한 것이었다. 아니, 어쩌면 저들의 비웃음에 기가 꺾여서는 결코 이번 일을 처리할 수 없다는 판단이 더 큰 이유였을 것이다. 단군은 굳은 결심이 담긴 눈빛으로 말했다.

"좋다. 얼마나 무술에 자신이 있는가는 모르겠지만 내 약속한다. 그러면 그쪽에서는 누가 나설 것이냐?"

"약속해 주시니 고맙소이다. 이쪽에서는 제가 나가겠소이다. 가급적 조무래기는 보내지 마시고 큰 물건으로 보내주시구려."

두목 우가 기세 좋게 걸어 나오는데, 그 위풍이 당당한 것이 어지간한 병사들은 감히 상대가 되지 않을 것 같았다. 도적이어서 그렇지 억센 기운이 감도는 골격이나 풍채로 보아 군사에 몸을 담았다면 장군 이상의 인물은 되었을 것 같았다. 더욱이 그가 들고 있는 검은 비파처럼 생겼는데, 광석도 아닌 것이 그 날이 어찌나 날카롭게 섰는지 모든 걸 단칼에 베어버릴 것만 같았다. 두목의 날카로운 검이 공포감을 주어서인지 군사들 쪽에서는 숨을 죽인 듯 조용했다.

"여봐라. 저 자를 대적할 자가 없느냐?"

단군의 명에도 누구도 선뜻 나서는 자가 없자 소우리가 직접 청했다.

"소장이 나서겠사옵니다."

고작 도적놈 하나를 군사가 상대하지 못한다면 말이 안 되었던 것이다. 단군도 고개를 끄덕였다.

"고작 도적놈의 조무래기 주제에 뭐가 그리 대단하다고 나서느냐. 내 우리 군사의 무예 실력이 얼마나 대단하지 똑똑히 가르쳐 주겠다. 자, 오거라."

두 사람은 서로를 노려보며 한참 동안이나 상대를 가늠하기만 했다. 상대가 빈틈을 하나도 보이지 않자, 그들은 벌써 서로가 만만치 않은 무술의 고수라는 걸 알아보았다. 그러기에 먼저 쉽사리 움직여 허점을 보일 수 없었던 것이다.

마침내 두 사람은 조심스럽게 발걸음을 떼며 움직이기 시작하더니 일전을 겨루었다. 그러나 대결은 참으로 싱겁게 끝나버렸다. 아니, 그야말로 놀라운 광경이 벌어졌다. 두목 우의 검이 얼마나 강한지 소우리가 가지고 있는 검이 단 일합에 두 동강이 나버렸던 것이다.

도대체 어떤 검이기에 이런 일이 벌어질 수 있단 말인가? 소우리의 검도 일개 병사의 검과 같은 종류가 아니었다. 비왕의 직속부대 지휘관인 만큼 특별히 단단하게 주조된 검이었다. 그런 검이 저 정도라면 두목 우가 가지고 있는 검이 얼마나 강한지 상상하고도 남을 일이었다.

소우리는 흙빛으로 사색이 되어서도 몸을 굴러 요리조리 피하면서 우의 급소를 겨냥했다. 하지만 우의 무술은 그런 만만한 정도가 아니었으니, 무기의 있고 없음은 큰 차이를 가져왔다. 소우리는 계속 수세로 몰렸다.

"됐다. 그만 멈춰라."

"아니옵니다. 비록 무기가 없다고 해도 싸울 수 있사옵니다. 계속 싸우게 해주시옵소서."

소우리는 물러서려고 하지 않았다. 아무리 그래도 그렇지 한 나라의 장군이 일개 도적놈에게 지는 수치를 당한 채로 싸움을 끝낼 수는 없었던 것이다.

단군이 물러서라고 재차 명했다. 이미 단군은 그들의 겨루기를 통해서도 두목 우의 무술 실력이 대단히 고강하며 그것도 실전 속에서 단련된 것임을 한눈에 파악하였다. 단군은 어려서부터 무성한 수림이 풀 한 포기 자라지 못할 정도로 혹독한 수련과정을 밟아온 사람이었기에 당연히 그의 실력을 곧장 알아볼 수 있었다.

"네가 이겼다. 모든 병사는 퇴각하라."

도적 무리들 쪽에서 승리의 함성이 울려나왔다. 그 모습을 지켜보며 단군은 다시 말을 이었다.

"내 약속했으니 지키도록 하겠다. 너희들이 내 말을 들어도 좋고 이대로 떠나도 좋다. 그러나 진정 너희들이 도적질을 하지 않고 성실하게 살아가려 한다면, 내 그대들에게 집터와 토지를 내어줄 것이다. 만약 그렇게 한다면 이곳에서 내려와 살겠느냐?"

잠시 그들끼리 소곤거리더니 환호하는 소리들이 흘러나왔다. 자신들을 풀어주기로 한 약조를 그대로 지키는 것을 보고 단군을 믿을 수 있다고 판단한 모양이었다. 서로 적으로 싸웠다가 화해하여 한편이 되니 그 기쁨은 더욱 배가 되었다.

모처럼 환한 웃음을 보이며 단군이 우에게 말을 건넸다.

"앞으로 내려와서는 잘 살아보시게."

"비왕님께서 이렇게 선처해주시니 황공하기 그지없사옵니다. 하오나 저는 가지 않을 것이옵니다."

"그럼 그대를 위해 저토록 목숨을 바치려고 하는 사람을 버리고 떠나간단 말이오?"

"제가 없는 것이 저들에게는 더 큰 도움이 될 것이옵니다. 비왕님께서도 제가 도리어 걸림돌만 될 것이옵니다."

"무슨 말인지 알겠소. 더는 권하지 않겠소. 허나 이렇게 헤어진다는 게 섭섭하구려. 대장부다운 사람을 만났다고 생각했는데……."

"저를 그리 보아주시니 몸 둘 바를 모르겠사옵니다. 하오나 사나이대장부로서 이 점만은 맹세하겠사옵니다. 언젠가 이 은혜를 갚을 수만 있다면 기꺼이 목숨을 바칠 것이라는 것을 말이옵니다."

두 사람은 서운함을 달래며 헤어졌다.

단군은 군사들과 이곳 백성들을 데리고 그곳을 빠져나왔다. 이윽고 대로에 이른 단군은 소우리 장군에게 명했다.

"나는 아직 할 일이 남아 있어 그 일을 마저 처리하고 돌아갈 것이니, 약조한 대로 이들을 데리고 가 집터를 마련해주고 땅을 배분해주시오."

사람들은 단군이 같이 가지 않는다는 사실에 불안해하며 웅성거렸으나 그가 거듭 확약해주자 다시 움직이기 시작했다. 단군은 웅씨족의 도읍을 향해 나가는 그들의 뒷모습을 오랫동안 지켜보았다.

3 태고의 전설

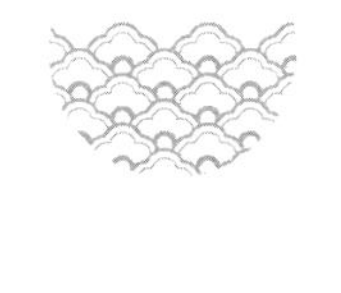

"그것은 천부인天符印?"

"이제 때가 되었소이다."

"그러면 새 세상이 열릴 것이라는 말씀이시온지……."

그에 응답이라도 하듯, 하늘에서 광채를 드러내던 노인이 지팡이를 휘둘러 순식간에 수십 번의 획을 그었다. 그러자 천부인天符印 세 개가 그 동작에 맞추어 너울너울 춤을 추는 듯싶더니, 어느새 유성처럼 불꽃을 튀기며 날았다. 한 줄로 쭉 이어진 그 불꽃은 새벽하늘을 환하게 수놓듯 더욱 커졌고, 그 부딪치는 소리가 더욱 요란해지며 어느 지점을 향해 치달았다. 그러다가 신단이 모셔진 지점 위에 멈추더니 빙빙 돌며 엄청난 회오리바람을 일으켰다. 그 위력으로 거대한 돌기둥 같은 것을 땅으로 내리꽂음과 동시에 천지를 울리는 듯한 뇌성벽력을 터뜨렸다.

"으으음!"

거불단이 크게 놀라며 잠자리에서 일어났다. 얼굴에는 식은땀이 줄줄 흘려 내리고 있었다.

"밖에 누구 게 없느냐?"

"무슨 일이 있으시옵니까?"

밖에서 대기하고 있던 시중이 급히 안으로 들어왔다. 그의 얼굴에도 뭔가에 깜짝 놀란 빛이 역력했다.

"너도 무슨 소리를 들었느냐?"

"방금 전에 하늘에서 크게 울려왔던 소리 말씀이옵니까? 그 소리라면 아마 모든 사람들이 다 들었을 것이옵니다. 어찌나 요란하게 울리던지 소신은 너무 놀라 간이 떨어질 뻔했사옵니다. 그런데 무슨 일 때문에 그러시온지?"

"분명 그 소리를 들었단 말이지. 이건 꿈이 아니구나. 필시……."

거불단이 혼자 중얼거리듯 얘기하다가 다시 되물었다.

"혹시 그곳이 어딘지 가늠이 되느냐? 그것이 떨어진 곳 말이다."

"떨어졌다니 무엇이 떨어졌다는 말씀이옵니까? 소리는 들었사오나 무엇이 떨어졌는지는 아직 모르겠사옵니다."

"떨어진 것을 못 보았다고? 그럼, 그 소리가 어느 쪽에서 들리는 것 같더냐?"

"소신이 듣기로는 신단 쪽에서 들려오는 것 같았는데……."

"그래, 맞아. 신단이었어. 내가 왜 그것을 몰라봤을까?"

고개를 갸우뚱하던 거불단이 자리에서 벌떡 일어나려 했다. 그러나 쉬 몸을 일으키지 못했다. 그는 이미 노쇠해 있었고, 얼굴에는 귀 밑에서부터 턱 밑으로 하얀 서리가 깔리듯 흰 수염이 무성하게 자라 있었다. 그렇더라도 천신족 수장으로서의 위풍을 잃지는 않고 있었다.

“왜 그러시옵니까?”

시중이 거불단을 부축하며 여쭈었다.

“그곳을 가봐야겠다. 너는 조용히 나를 따르라.”

“아니, 이 새벽에 말이옵니까? 옥체를 생각하시어 날이 밝은 다음에 가보시는 것이 좋을 듯싶사옵니다.”

만류에도 불구하고 거불단이 방을 나서자 시중은 하는 수 없이 그 뒤를 따랐다. 아직도 어둠이 채 가시지 않는 궁은 조용하기만 했다. 경계를 서던 병사들이 거불단을 알아보고 예를 올렸으나, 그에는 관심이 없는 듯 그는 곧장 궁을 빠져나왔다.

대로는 아직도 옛날의 화려했던 영광을 보여주듯 사방으로 막힘이 없이, 그것도 여러 대의 수레가 한꺼번에 다닐 수 있도록 쭉 뻗어나가고 있었다. 하지만 그건 겉모양만 그러했지 자세히 살펴보면 벌써 잡초가 군데군데 자라나고 가장자리는 일부 허물어져 있었다. 지금의 천신족 위상을 단적으로 대변해주는 꼴이었다.

거불단은 회한에 잠긴 듯 소리 없이 걸었다. 길가에는 밖으로 나와 있는 사람들이 간혹 있었지만, 아직 확연하게 사물을 분간할 수 없는 시간이라 거불단이 지나가는 것조차 제대로 알아보지 못했다. 그도 이에 개의치 않고 신단이 있는 곳으로 향했다.

신단은 궁궐에서 조금 떨어진 조그만 산등성이에 자리 잡고 있었다. 산 초입에 들어서자 상서로운 기운을 감지한 듯 거불단은 순간 멈칫거렸다. 예전에는 느껴보지 못한 강렬한 기운이 신단 쪽에서 뻗어 나오고 있었던 것이다.

'뭔가 일어난 게 틀림없어. 꿈이 정말 사실일까?'

이런 생각에 그는 앞뒤 재지 않고 곧장 앞으로 나아갔다. 어디서 힘이 솟았는지 시중이 뒤따르기가 벅찰 정도였다.

신단에 이르자 벌써 공기부터 다른지 온몸의 오감이 곤두섰다. 제를 올려 하늘과 소통하는 신성한 장소였으니 충분히 그럴 만도 했다. 온 세상이 한눈에 내려다보이는 바람 잘 통한 곳이었던 것이다. 그때였다. 신단 바로 옆에서 거대하게 생긴 무언가가 빛을 반짝이며 기운을 발산하고 있었다.

거불단이 그쪽으로 바짝 다가가 살펴보니 그것은 처음에는 거대한 바위 같아 보였다. 그러나 차차 단순한 바위가 아니라 사각 기둥처럼 생긴 무슨 희한한 광석으로 보였다. 그 중심 언저리에서는 눈이 부실 정도로 광채가 흘러나와 그 물체 전체를 휘감아 내고 있었다.

'이럴 수가?'

꿈과 하나도 다르지 않았던 것이다.

'꿈속에서 노인이 분명 때가 되었다고 말했는데. 저게 천부인으로 열어야 하는 하늘의 경이라고 한다면 새 세상을 열 주인의 징표라는 것일 게다. 그렇다면…….'

순간 거불단의 뇌리를 스치고 지나가는 것이 있었다. 지금껏 보관해 왔던 천부인을 직접 확인해보면 이 모든 것이 확연해질 것이었다.

거불단이 그곳을 빠져나오려고 몸을 돌리자, 그 주위에는 자신을 따른 시중 외에도 수많은 사람들이 어느새 모여들어 이 광경을 지켜보고 있었다. 이들 또한 새벽녘의 요란한 소리를 듣고 그 정체가 궁금해 길가로 나왔다가 소리 나는 쪽으로 이끌려온 모양이었다. 모두들 그 묘한 기운에 흠뻑 빠져 두려움과 흥분이 서린 눈으로 바라보고 있었다.

그제야 거불단의 모습을 알아본 사람들은 일제히 예를 올렸다. 그런 중에 제법 나이 들어 보이는 한 노인이 거불단에게 물었다.

"거불단 환웅님, 소신이 하늘을 살펴보았는데, 우리의 보물인 천부인이 유성처럼 불꽃을 튀기며 이리로 떨어진 것 같았사옵니다. 천부인은 우리 천신족의 귀한 보물이 아니옵니까? 그런데 어찌하여 그것이 이리로 떨어지는 것인지, 심히 우려스럽기만 하옵니다. 어찌된 영문이고 조화이온지 말씀해주시옵소서."

거불단은 잠시 머뭇거렸다. 이들 또한 벌써 천부인이 움직이는 것을 보았다고 말하고 있으니 어찌 대답해야 할지 몰랐던 것이다.

"하늘이 우리에게 뭔가 징조를 보인 것만은 분명한 듯하오. 허나 다른 곳도 아니고 바로 이곳에 저리 빛을 내는 귀중한 물건을 보내시어 우리 신단을 환하게 밝혀주지 않소. 아무리 봐도 나쁜 징조는 아니니 염려하지 않아도 될 것 같소이다."

거불단의 희망적인 해석에 사람들이 환호성을 질렀다. 하지만 그런 중에도 이를 석연치 않게 여긴 한 사람이 다시 나서서 물었다.

"그러시오면 천부인은 거불단 환웅님께서 잘 보관하고 계신 것이옵니까? 그것만 확약해주신다면 우려가 말끔히 씻길 것 같사옵니다."

"허허! 어찌 내게 있던 것이 갑자기 사라질 수 있단 말이오. 그런 일은 있을 수 없소. 내 다시 말하지만 이것은 우리에게 좋은 징조를 하늘이 보이고자 하는 것일 뿐이오. 그러니 다른 허튼 생각일랑 하지 말고 곧장 집으로 돌아가서 몸을 정갈히 하고 자기 생업에 종사하면서 기다리기 바라오. 그러면 하늘은 우리에게 크게 감읍하여 앞으로 좋은 징험을 보여주실 것이오."

거불단이 확약하며 사람들에게 빨리 집으로 돌아갈 것을 지시했다. 하지만 그들은 곧장 돌아가지 않고 서로 모여서 웅성거리기만 했다. 그런 그들을 뒤로하고 거불단은 곧장 궁궐로 돌아왔다. 그러고는 곧바로 아무도 모르게 지금껏 귀중한 보물을 보관해두던 방으로 향했다.

그곳은 삼중 장치로 되어 있었는데, 환웅을 제외하고는 어느 누구도 들어가는 것은 물론이고 접근조차도 할 수 없었다. 거불단 환웅도 그의 아버지 혁다세으로부터 환웅의 자리를 물려받을 때가 되어서야 들어갈 수 있었을 정도였다.

세 개의 문을 열고 나서야 마지막 방에 다다른 거불단의 눈에 상자 한 개가 들어왔다. 곧 그의 눈은 놀라움에 휘둥그레졌다. 금빛 찬란하게 빛을 발해야 할 상자가 바위덩어리 위에 덩그러니 놓여 있었던 것이다.

그는 떨리는 손으로 여러 겹의 비단으로 에워싸인 상자를 열었다. 그러나 거기에는 아무 것도 들어있지 않았다.

'아니, 어떻게 이런 일이!'

거불단은 빈 상자에서 눈을 떼지 못했다. 도무지 있을 수 없는 일이 일어났던 것이다. 여기에는 지금껏 초대 환웅 거발한이 환인으로부터 물려받은 천부인이 분명 들어 있어야 했는데, 그것이 감쪽같이 사라져버린 것이다.

'이 일을 어찌할 것인가? 나에 이르러 우리 천신족의 대가 끊어지게 되었으니. 이 일을 어찌할꼬!'

거불단이 망연자실한 것은 천부인의 징표 때문이었다. 천부인이야말로 천신족이 세상의 중심임을 선포하면서 제국을 통치할 수 있는 근거였다. 그런데 그것이 사라져 버렸으니 무엇으로 제국을 다스려야 할지 암담하기만 했다. 더욱이 지금 범씨족의 수장이 호시탐탐 다른 나라를 침략할 기회만 엿보고 있는 상황이었으니, 이를 계기로 천하가 혼란에 빠질 수도 있는 일이었다. 만약 천부인이 사라진 것을 알게 되면 다른 여러 나라들도 더 이상 자신의 말을 듣지 않을 것은 불을 보듯 뻔한 일이었다.

이런 혼란을 막기 위해 거불단은 이 사실을 어느 누구도 알게 해서는 안 된다고 생각했다. 그는 재빨리 그 자리를 빠져나와 아무 일도 없다는 듯 태연하게 행동했다. 그리고 집무실로 돌아와서는 평상시처럼 나랏일을 보았다.

그로부터 이틀이 지났다. 그동안 거불단은 아무 일도 없었다고 스스로에게 되뇌며 그 사실로부터 벗어나려고 하였다. 그러나 한 번 일어난 일은 없었던 것처럼 덮어지지가 않았다. 자리에 앉아 있어도 머릿속은 온통 그 생각으로 가득 찼다. 종시 불안해지기만 했다.

그는 다시 밖으로 나와 궁전의 뜰을 거닐었다. 바람이 코끝으로 불자 흰 수염이 가볍게 휘날렸다.

'노인이 때가 왔다고 분명 말했는데.'

거불단은 꿈속에서 했던 노인의 말이 종시 머릿속에서 떠나지 않았다. 때가 되었다고 한다면 그것은 다름 아닌 태고의 전설에서 말하는 새 세상을 의미하는 것이었다. 이것은 결코 좋은 일이지 나쁜 일이 될 수는 없었다. 그럴 수밖에 없는 게 태고의 전설에서 말하는 새 세상은 인간의 모든 꿈이 담긴 천지개벽의 세상이었던 것이다.

태고의 전설에 의하면 원래 태초에 인류가 등장하였는데, 이를 아반(那般, 아버지의 어원)과 아만(阿曼, 어머니의 어원)이라고 하기도 하고, 또 마고麻姑라 하기도 하였다. 어쨌든 마고의 뒤를 이어 궁희穹姬와 소희巢姬가 나오고, 그 뒤로 네 천인과 네 천녀가 나왔다. 이들이 각각 삼남삼녀를 낳아 그 뒤로 몇 대를 거치는 사이 족속이 불어나 삼천에 이르렀다. 네 천인은 첫째가 황궁黃穹씨였고, 둘째가 백소白巢씨, 셋째가 청궁靑穹씨, 넷째가 흑소黑巢씨였다.

이들은 마고성麻姑城에서 지유地乳를 먹고 그야말로 아무런 고통도 모르고 복을 누리며 살았다. 그런데 백소씨 족의 지소씨가 젖을 마시려고 유천乳泉에 갔는데, 사람은 많고 샘이 작아 양보하다가 다섯 차례나 마시지 못하였다. 집에 돌아와 너무나 배고픈 나머지 집 난간의 넝쿨에 달린 포도를 따먹게 되었는데, 이 오미五味(포도)의 맛을 보게 되면서 사람들은 오욕칠정에 사로잡혀 그만 천상의 세계인 마고성이 깨지게 되었다. 일명 오미五味의 변變을 겪게 되었던 것이다. 이에 가장 연장자인 황궁黃穹씨가 천부天符를 징표로 삼아 이를 극복하고자 복본複本을 수행했으나 다 이루지 못하고 그 뒤를 유인有因씨가 이어받았다. 그러나 아직 때가 되지 아니하여 해결하지 못하고 환인桓因씨가 또 그 뒤를 잇게 되었다.

이런 과정에서 환인의 아들이자 서자庶子였던 첫 환웅桓雄 거발한은 그 전통을 이어받고 그 뜻을 성취하려는 웅지를 품었다. 이에 환인은 거발한 환웅의 웅지를 알고 지금까지 황궁씨 이래로 공력을 쌓아 왔던 힘을 바탕으로 청동검과 동경, 그리고 거울 등의 천부인天符印 세 개를 만들어주며 그에게 뜻을 실현하라고 떠나보냈다.

거발한 환웅은 천부인을 징표로 삼아 삼위태백三危太伯에서 홍익인간 할 세상을 개척하기 위해 신시神市를 열었다. 신시는 지금껏 인류가 살아야 할 이상향을 담고 있는 곳이었다. 자연의 해악도 없고, 사람과 짐승이 평화롭게 뛰노는 곳이었다. 자연의 공포나 추위, 굶주림, 질병 등으로부터 벗어난 지상의 낙원을 추구하는 곳이었다.

그러나 그 세상은 완전히 실현되지 못했다. 세 개로 만들었던 천부인으로 하늘의 경을 열어야만 하나로 된 세상의 낙원이 이뤄질 수 있었던 것이다. 이것은 더 많은 공업功業을 쌓아야만 가능했는데, 그러자면 신시의 규칙을 지키면서 홍익인간과 이화세계의 세상을 더욱 넓은 지역에 확산시켜야 했다.

이리하여 환인, 환웅의 후손들은 그 업을 쌓기 위해 여러 갈래로 퍼져나갔다. 9황皇 64민民이 세계 각지로 퍼져나갔듯이, 환인은 오가五加와 12개 씨족연합나라를 세워 번성하여 나갔다. 환웅의 후손들 또한 한반도에서부터 만주, 요하, 난하 등의 대륙에 걸쳐 홍익인간의 세상을 찾아 나섰다. 이렇듯 그 후손들은 모두 어디에 가든지 새로운 인간세상을 염원하며 그것을 실현하려는 노력을 게을리 하지 않았다. 이런 가운데 환웅의 후예들은 크게 번창했는데 이들 중에도 고시, 신지, 치우 등은 특히 그 세력이 막강했다.

여러 후손들이 퍼져나가던 중 거불단은 밝산 지역에 자리를 잡았다. 그는 첫 거발한 환웅으로부터 18대에 이른 사람이었다. 그는 밝산이 인간의 염원을 실현할 수 있는 적합한 곳이라고 여기고, 이곳에서 그것을 적극적으로 실현하고자 하는 뜻을 품었다.

그렇게 생각한 까닭은, 이 지역의 산천이 수려한 데에다 기후가 따뜻하고 뭇짐승들이 뛰어노는 드넓은 벌이 펼쳐져 있어 오곡이 풍성하게 열리는 등 사람이 살기에 적합했기 때문이었다.

하지만 아직까지 천부인의 조화란 것이 무엇인지, 그리고 어떻게 이뤄낼 수 있는지 아무것도 모르는 상태였다. 단지 천부인을 잘 보관하고 업業을 오랫동안 쌓아 세상을 감읍시킬 때 하늘이 그 징조를 보여주고, 그에 맞추어 신인이 나타나 천부인으로 하늘의 경을 열어 그토록 염원해왔던 새로운 인간 세상을 열어나간다는 것만 전설로 내려오고 있었다. 그러니 때가 되었다고 하는 것은, 그렇게 바라던 인간의 염원이 실현된다는 것을 의미하였으니 기뻐해야 마땅할 일이었다.

그러나 거불단은 그렇게만 생각할 수 없었다. 그 세상을 실현할 징표인 천부인이 감쪽같이 사라져버렸으니 그것이 더욱 큰 일이였던 것이다. 이것은 천신족의 대가 끊어진 것을 의미하는 동시에 앞으로 새로운 지도자가 나타나리라는 것을 암시했다. 그가 우려하는 것은 바로 이것이었다.

물론 자신이야 이미 살만큼 살았으니 여한은 없었다. 그가 안절부절못하는 것은 사실 단군 때문이었다. 그도 지금의 혼란한 상황을 끝내기 위해서는 새로운 세상이 와야 한다고 생각했고, 또 조만간에 그날이 올 것이라고 예견했다. 그래서 단군을 어렸을 때부터 혹독하게 단련시켜 온 그였다. 단군이 이 일을 맡아 하기를 바라고 있었던 것이다. 그런데 천부인이 사라져버렸다는 것은 그것을 이룰 사람이 천신족이 아님을 뜻하는 것과 마찬가지였기에, 단군 또한 그 적임자가 아님을 은연중에 암시하고 있다고 볼 수밖에 없었다.

아들 단군을 생각하니 그가 그리워지며 보고 싶어졌다. 열네 살의 나이에 웅씨족으로 떠나보낸 뒤로 한 번도 보지 못한 그였다. 조금이나마 위안을 삼아보고자 그는 궁궐의 망루로 올라갔다. 세상이 한아름에 안겨오는 것을 보니 감회가 새롭기도 했다.

그러나 그의 눈은 이내 저 멀리 웅씨족의 나라에 머물렀다. 혼자 스스로 서겠다고 자청하며 떠난 그날이 엊그제 같았는데, 벌써 10여 년의 세월이 흘렀으니 이제 완전히 대장부로 섰을 나이었다. 그러나 들려오는 소식에 의하면 안타깝게도 아직도 자기 자리를 완전히 잡지 못하고 있다는 것이었다. 천지의 정기를 받아 태어났고, 기린마를 사로잡으며 세상 사람들에게 하늘의 후손임을 증명하였던 단군이었는데, 이리된 것은 다 자신이 잘못한 탓으로만 여겨졌다. 그럴수록 그는 어떻게든 단군을 지켜주어야 한다는 생각이 들었다. 이 일을 숨기면 가능할 것이라고……. 아니, 어떤 일이 있어도 아들을 위해서 그리해야겠다고 더더욱 결심을 굳혔다.

그러나 그의 이런 생각은 처음부터 어긋나기 시작했다. 갑자기 범씨족의 사신이 왔다는 전갈을 전해 받은 것이다.

거불단은 풍백, 운사, 우사 등 360여 가지 일을 맡아보는 대신들을 모아놓고 사신을 맞아들였다. 범씨족 사신은 천신족의 여러 대신들 앞에서도 전혀 기죽지 않고 당당하게 걸어 들어왔다. 도리어 그의 옷차림에 천신족 사람들이 깜짝 놀랄 정도였다. 그의 복장은 사신의 차림새라기보다는 무사의 전투복에 가까웠다. 짐승의 뼛조각을 여러 겹의 호피로 이어서 만들어 입고는 투구까지 쓴 차림이었던 것이다.

대신들의 좌장격인 풍백이 사신을 보고 눈살을 찌푸리며 호령했다.

"어찌 사신으로 온 자가 이리 무례하기 짝이 없소. 어서 투구를 벗으시오."

"이것은 우리 범씨족의 예복인데, 어찌 이를 트집 잡으십니까? 제국 간에 각 나라의 법도를 인정해 주는 것이 지금까지 상례가 아니었습니까?"

"상례라니? 지금껏 언제 범씨족이 이런 차림을 하고 환웅님께 예를 행했다고 그리 말하는 것이오? 아직껏 그런 예는 없었으니 두말 말고 어서 투구를 벗고 예를 갖추시오."

"이전의 일은 지난날의 예복을 입었던 때의 일이고, 이제는 예복이 달라졌습니다. 새로 등극하신 호한 수장께서는 모든 예복을 이리 갖추도록 하셨습니다. 그러니 예에 어긋나는 것은 아니지요."

서로 물러서지 않고 설전이 오가면서 처음부터 분위기는 자연 긴장되었다. 새로 등극한 범씨족 수장의 호전적인 성격을 여지없이 보여주고도 남음이었다.

"그만 됐소이다. 자, 어서 사신은 무엇 때문에 왔는지 말하시구려."

거불단이 더 이상 충돌을 원치 않는다는 뜻으로 말하자, 사신은 이에 황송함을 표했다. 그러고는 범씨족 수장의 전언이라면서 입을 열었다.

"거불단 환웅님, 우리 호한 수장께서는 천부인의 징표가 사라졌다는 괴이한 소문을 들으시고는 크게 분개하시면서 거불단의 환웅님이 얼마나 괴로워하실지 염려하셨사옵니다. 어찌 보관하고 있던 천부인이 사라질 수 있겠사옵니까? 그런 일은 있을 수 없는 일일 것이옵니다. 그래서 이건 누군가가 천부인을 도둑질하려는 야심을 품고 그리 유언비어를 퍼뜨리고 있는 것이 분명하다 하시면서 그런 괴상한 소문을 잠재우기 위해 천부인을 직접 확인하라 하셨습니다. 만약 천부인이 그대로 있다는 사실이 분명하게 확인된다면 어느 누구도 그것을 감히 탐내지 못하도록 우리 범씨족의 군사를 파견하여 방비하도록 하겠다고 말씀하셨사옵니다. 이를 허락하여 주시옵소서."

"이거 보자 보자 하니까 못 하는 말이 없구먼. 천부인이라면 우리 천신족의 보물이고 하늘의 징표이거늘, 어찌 일개 사신 나부랭이가 그것을 입에 올리며 마음대로 지껄인단 말이냐? 당장 그 입을 다물지 못할까?"

운사가 더 이상 못 참겠다는 듯 나섰다. 아무리 천신족의 위력이 약화되었다고 해도 범씨족사신에게 이런 수모까지 당할 수는 없었다. 그러나 범신족 사신 역시 이에 조금도 물러서지 않았다.

"지금 천부인이 사라졌다는 소문이 나돌고 있는데, 천신족에서는 그것을 듣지 못했단 말입니까? 혹시 정말 천부인이 사라졌기에 제 입을 막으려고 하시는 것은 아닙니까? 그것이 사실이 아니라면 확인시켜주면 그만인 것을, 왜 이리 역정부터 내신단 말입니까? 더욱이 지금 곳곳에서 도적들이 들끓고 있는바 그것을 염려하여 방비하는 데 도움을 주기 위해 호의를 베풀고자 하는 것인데, 무엇이 잘못되었다고 그러시는 겁니까?"

"아니, 이놈이 뭐라고? 그 주둥이를 함부로 나불댔다가는 내 가만히 놔두지 않을 테다."

"지금 저를 협박하시는 것입니까? 나는 호한 수장님의 특명을 받고 온 사신이오이다. 그런데 어찌 사신에게 이리 대할 수 있단 말이오?"

"이놈이 그래도……."

"그만하시구려."

운사가 당장 뛰쳐나가 내려칠 듯하자, 거불단이 부르르 떨린 손으로 이를 제지했다. 그러나 눈을 부릅뜬 운사는 분을 참지 못하고 거불단에게 청했다.

"지금껏 이렇게 오만방자하고 무례한 자는 일찍이 보지 못했사옵니다. 이자를 당장 능지처참하여 천신족의 위엄을 보여주시옵소서."

"허허! 일개 사신에게 그리 대해서 뭐가 이득이 되겠소? 따지려면 범씨족 수장에게 따져야지. 내 범씨족 수장의 말을 알아들었으니 그대는 그만 물러가라."

"알겠사옵니다. 그럼, 신은 거불단 환웅님의 대답을 기다리고 있겠사옵니다."

사신은 물러가면서도 천부인의 행방에 대한 확인을 분명히 하려는 의지를 내보였다. 이것은 이번에 범씨족이 결코 호락호락 넘어가지 않겠다는 뜻을 내보인 것이나 다름없었다. 그런 만큼 천신족에서도 분명한 결단을 내려야 했다.

사신이 물러간 뒤, 거불단은 걱정스러운 표정으로 대신들에게 말했다.

"그대들은 이 일을 어찌하면 좋겠습니까?"

"신 운사 아뢰옵니다. 이런 일은 결단코 있을 수 없는 일이옵니다. 이번에 사신으로 온 자의 목을 베어 범씨족에게 우리의 단호한 입장을 보여주어야 할 것이옵니다."

"맞사옵니다. 방금 전에 범씨족 사신이 행한 것을 보면 저들은 어떻게든 트집을 잡아 싸움을 걸고자 하는 것이옵니다. 아니, 그 정도가 아니옵니다. 그들이 천부인을 지키겠다고 하는 것은 그것을 빼앗아 아예 천신족을 통치하겠다고 선포하는 것이나 다름없사옵니다. 이제 그들과 싸움을 피하려고 해도 어쩔 수 없게 되었사옵니다. 그러니 단호하게 대처하여야 하옵니다. 만약 여기서 물러서게 된다면 저들은 더욱 기고만장해질 것이 불을 보듯 뻔하오니 오늘을 계기로 저들의 오만 방자한 콧대를 꺾어놓아야 하옵니다.”

주명主命을 담당하는 명걸 대신이 맞장구치면서 자연 일전불사의 입장이 우세해졌다. 어느 누구도 치욕을 감내하자고 말하기는 어려웠던 것이다. 하지만 이것은 명분을 가지고 나선 입장일 뿐 현실을 면밀하게 고려한 것은 아니었다. 그래서 다른 대부분의 대신들은 입을 다물고 있었다. 이에 거불단이 다시 되물었다.

“다른 대신들의 의견은 없소이까?”

“신 우사, 아뢰옵기 황공하옵니다만, 저들과 지금 일전을 겨루는 것은 심사숙고해야 할 줄로 사료되옵니다. 저들이 지금 이리 무례하게 나오는 것은 이미 싸울 준비가 다 되었다는 의미이옵니다. 우리가 이에 응한다면 꼼짝없이 저들의 술수에 당하고 말 것이옵니다. 지금 저들은 우리에게 도전할 명분을 찾고 있사옵니다. 그러하오니 그 명분을 만들어주어서는 아니 되옵니다.”

“저들은 꼬투리를 잡기 위해 저리 나오고 있는데, 어떻게 빌미를 주지 않는단 말이오? 그럼 천부인을 우리가 저들 앞에 내보여야 한단 말이오? 그건 있을 수 없어요. 결단코 있을 수 없는 일이지요.”

“범씨족 사신이 하는 소리를 듣지 못했습니까? 천부인이 사라졌다는 괴이한 소문 말이오. 이것은 범씨족만이 아니라 다른 나라들도 그걸 의심하고 있다는 뜻입니다. 그래서 지금 범씨족이 저리 나오고 있는 것이지요. 거불단 환웅님, 아뢰옵기 황공하오나 신은 그것을 잠재워야 한다고 사료되옵니다. 만약 우리가 범씨족 수장의 제의를 무조건 묵살한다면 제국의 다른 나라들도 우리의 말을 더 이상 따르려들지 않을 것이옵니다. 신은 그것이 우려되옵니다. 신 감히 요청하옵건대, 이번 10월 상달에 천신제를 지낼 때 여러 나라의 수장들을 초청하여 그걸 증명해주시옵기를 청하옵니다. 그리하오면 범씨족은 더 이상 시빗거리를 찾지 못하고 거불단 환웅님의 통치를 받아들일 것이옵니다."

우사가 직접 기이한 소문까지 거론하며 얘기하자 신료들의 눈은 일제히 거불단에게로 향했다. 그들로서도 그게 정말 궁금했던 것이다.

"그래요? 내 잘 들었소이다. 내 깊이 생각해본 후에 이번 일을 결정하도록 하겠소이다. 그러니 대신들도 그만 물러가시구려."

거불단은 대신들을 보내놓고 밤잠을 이루지 못했다. 어떻게든 단군에게 자기 자리를 물려주어야 하는데, 지금의 상황은 그렇게 흘러가지 않고 있었다. 아들을 지키는 일은 범씨족과의 일전을 불사해야 하는 일임이 명확해지고 있었다.

이런 곤경에 빠지게 되자 지난날의 일들이 후회스러웠다. 처음에 자신이 즉위했을 때 단호하게 대처했다면 이런 일이 발생하지 않을 수도 있었던 것이다. 그러나 그때는 인간을 이롭게 하려는 홍익인간의 기치를 내걸고 다스리려야 하는 천신족의 이상에 맞지 않다고 생각했다. 이후 거불단은 모든 것을 평화적으로 해결하려는 입장을 견지해왔다. 후회스러울수록 어떻게 해서든 단군에게 자신의 대를 잇게 해야겠다는 생각이 더더욱 강렬해졌다.

하늘이 자신을 벌한다면 달게 받겠으나 그것이 하필이면 단군에게 시련을 안겨주는 것이었으니, 거불단은 그 사실이 참기 힘들었다.

온밤을 뜬눈으로 보낸 거불단은 이른 아침부터 풍백을 불렀다. 좌장 격인 풍백은 언제나 도리를 지키면서도 신료들의 의견을 하나로 통일시켜 문제를 풀어나가려고 했다. 더욱이 생활 또한 검소한데다 청렴결백하기까지 했기에 신료들은 누구보다 그의 말을 잘 따랐다. 따라서 풍백의 의견을 경청하면 모든 것을 판단할 수 있었다.

“어찌했으면 좋겠는지 대신의 의견을 듣고 싶구려. 가감 없이 솔직하게 말씀해주시구려?”

“소신이 어찌 이런 중대한 일에 왈가왈부하겠사옵니까? 거불단 환웅님의 결심에 따를 것이오니 소신의 생각은 괘념치 마시고 하명하여 주시옵소서.”

“그렇다면 내 단도직입적으로 물어보겠소이다. 만약 일전을 겨룬다면 승산이 있겠소, 없겠소?”

“그럼, 일전을 불사하시겠다는 말씀이시옵니까?”

“승산을 따져보려고 하는 것이오? 내 그래서 하는 말인데, 웅씨족의 군사까지 대동한다면 어떻겠소?”

“그리한다면 제국 간에 전쟁을 초래하게 되는 것인데, 그것까지 감수하시겠다는 말씀이온지…….”

풍백이 반문하다가 입을 다물었다. 거불단의 의지를 읽을 수 있는 말이었던 것이다. 그런데 그로서는 이해되지 않는 부분이 있었다. 지금껏 거불단은 서로 간의 전쟁을 피하기 위해 다 참아 왔는데, 왜 이렇게 단호한 결단을 내리는지 선뜻 이해가 되지 않았던 것이다. 그래서 다시 물었다.

"그리 결정하신 이유라도 있으시옵니까?"

"대신은 달리 생각하신다는 말씀인가요?"

"그것이 아니오라 지금은 때가 좋지 않아서 그러하옵니다."

"때가 좋지 않다니요?"

"새로 등극한 범씨족 수장의 기고만장한 행태는 언젠가 손을 봐야 할 것이옵니다. 하오나 지금 범씨족이 제기한 문제에 대해서는 제국의 여러 나라들도 우리가 어찌 대응할지 지켜보고 있사옵니다. 단순히 무시할 수 있는 성질의 것만은 아니라는 것이옵니다. 우리는 여러 나라들에게 천신족의 위상을 분명하게 보여주어야 하옵니다. 그것이 바로 제국을 통솔할 수 있는 통치권을 인정받는 길이고, 그런 후에 그 힘으로 범씨족을 제압하여야 할 것이옵니다."

"그러니까 결국 천부인을 보여주어야 한다는 말씀이 아니오?"

"황공하오나 지금 상황에서 만약 그렇게 하지 않으면 제국은 여러 나라로 서로 나뉘어 싸우게 될 것이옵니다. 게다가 지금 우리의 상황 또한 결코 좋지 않사옵니다."

"좋지 않다니 그것은 또 무슨 말씀이오?"

"범씨족은 전비를 충분히 마련하였사오나 우리는 그것 또한 충분치 않사옵니다. 게다가 지금 많은 나라들이 공물을 바치지 않은 지가 이미 오래되었사옵니다. 다른 나라를 움직이고자 해도 그것이 만만치 않고 또 전비로 충당할 재정을 확보하자고 해도 시간이 필요하옵니다."

거불단은 더 대꾸하지 않았다. 이치로 따진다면 자신이 벌써 이런 상황을 잘 알고 있었다. 이미 중앙의 재정은 거의 바닥나 있었던 것이다. 이렇게 된 것은 재정의 기반이 되는 공동경작지의 소출이 크게 줄어든 데에 있었다. 물론 농경 기구의 발달과 오곡의 풍작으로 가족 성원만으로도 농경의 일을 충분히 도맡아 할 수 있는 정도였기에 소출은 끊임없이 늘어나고 있었다. 하지만 힘 있는 자들은 계속해서 개인 소유의 농토를 넓혀갔고, 게다가 세금마저 내지 않았다. 이에 대해 한쪽에서는 사적 소유를 기정사실화하고 그에 맞게 정책을 펴자고 주장하였으나, 환웅은 공동 소유의 원칙을 견지하고자 고집했던 것이다. 그러니 나라의 재정 수입은 계속 줄어들 수밖에 없었다.

더욱이 지난날 각 나라에서 바치던 공물도 이제 거의 끊어지다시피 했다. 천신족의 힘이 약화되면서 나라마다 공물을 바치지 않으려는 현상 때문이었다. 도리어 그들은 자신들의 힘을 키우는데 그것을 사용했고, 그 기반으로 천신족에 대항하려는 기미까지 보이고 있었다. 그 대표적인 주자는 바로 범씨족이었다. 심지어 범씨족은 주위의 나라에게 동맹을 맺는 대가로 자신들에게 공물을 바치도록 요구하기까지 했다. 그러면서 범씨족의 힘은 막강하게 커졌고, 제국의 다른 나라들도 그들의 말 한마디에 눈치를 보게 되는 상황이 전개되었던 것이다. 갈수록 천신족의 지배력은 약화되고 그 권위가 추락하고 있었다.

"거불단 환웅님, 신 차마 아뢰옵기 황송하오나 조금만 참으시옵소서. 그러면 신이 기필코 범씨족을 응징하여 천신족의 위엄을 기필코 세우겠사옵니다. 신을 믿어주시옵소서."

"알겠소이다. 내 알아들었으니 이만 물러가시구려."

풍백을 돌려보낸 거불단은 망연자실했다. 풍백의 얘기를 듣고 나니 그가 일전까지 불사하며 단군을 지켜주려 하는 일도 불가능하다는 것을 알게 되었던 것이다.

그럴수록 단군이 그립고 보고 싶었다. 얼마나 자랐을까? 탄탄한 기반이 되어 주어야 하는데. 지켜주지 못한 아버지라는 자책감에 고개를 들 수가 없었다. 그러나 이제 결정을 내려야 했다. 하지만 천신족의 정통이 사라지게 되었음을 선포하게 되는 꼴이었으니 두 눈에서는 뜨거운 눈물이 쏟아져 내렸다.

'새 세상이 열릴 때가 왔다더니. 이것이 세상의 뜻이란 말인가? 하늘은 나를 버린 것도 모자라 아들마저 지키지 못한 못난 아비로 만들려는 것인가?'

거불단은 어쩔 수 없이 결정을 내렸다. 하늘의 뜻이었으니 모든 것을 하늘에 맡길 수밖에 없었다.

마침내 거불단의 명이 하달되었다. 그것은 올 10월에 천신제를 거국적으로 지낼 것이니 제국의 각 나라는 모든 수장들을 비롯해 대신들까지 참석하라는 지시였다. 이에 파발을 받은 연락병들이 신속히 각 나라로 떠났고, 천신족은 천신제를 지내기 위한 준비에 들어갔다.

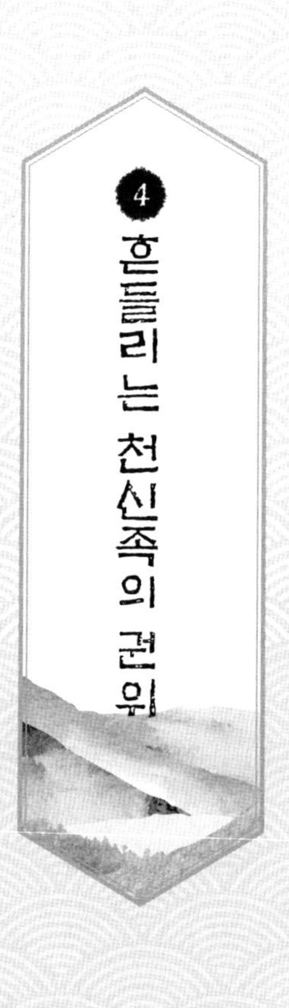

4 흔들리는 천신족의 권위

웅씨족의 조정은 시끄러웠다. 이것은 단군의 직속 부대장인 소우리 장군이 도적들을 끌고 오면서 파생되었다. 처음에 도적 떼를 진압했다는 소식을 듣고는 모두들 한시름 놓게 되었다고 좋아했으나, 그들에게 삶의 터전을 마련해 주겠다는 것에 대해서는 반대의 목소리가 높았던 것이다. 여기에는 웅갈과 웅도리 등 두 왕자가 앞장서고 있었다. 물론 셋째 왕자인 웅달과 공주인 가희는 여기에 참여하고 있지는 않았다. 그들은 두 왕자와 달리 단군에게 호감을 가지고 있었던 것이다. 어쨌든 웅갈과 웅도리는 대신들까지 이끌고 웅지백을 찾아가 목소리를 높였다.

"대역 죄인들에게 그 죄를 묻지 않다니, 이것은 도저히 있을 수 없는 일이옵니다. 일벌백계로 다스려 그들을 모두 노예로 삼으시옵소서."

"그러하시옵소서. 만약 죄를 묻지 않는다면 어떻게 백성들을 다스릴 수 있겠사옵니까? 더구나 죄를 엄하게 다스려도 시원찮을 마당에 땅까지 떼어준다면 누가 선하게 일하려 하겠사옵니까? 너도나도 모두들 도적 떼가 되어 들고일어날 것이옵니다. 이러면 어찌 나라가 유지될 수 있겠사옵니까? 그들의 죄를 준엄하게 물으시옵소서.”

웅지백은 두 아들을 진정시키며 말했다.

“그들이 죄를 지었다고는 하나 인명을 크게 해하지도 않았고, 또 지난날의 일을 반성하고 이제 선량하게 살고자 하지 않느냐? 어찌 그렇게 죄만 물으려고 그러느냐. 그들에게 살 길을 열어주는 것도 나쁠 것 같지 않구나.”

웅지백이 두 왕자와 대신들의 의견을 물리치며 얘기했으나, 그들은 물러가려 하지 않았다. 도리어 단군이 도적 떼를 제압한다고 나섰다가 그들에게 항복한 것이나 다름없다면서 그에 대한 문책까지 거론하고 나섰다.

“비왕은 수장님의 명을 받들고 출전하여 죄인들을 포위하고서도 공격하기는커녕 땅까지 주겠다고 덜컥 약속했사옵니다. 어찌 이런 일이 있을 수 있사옵니까? 이것은 자기 직분을 망각하고 그들과 한통속이 된 것이나 다름없사옵니다. 이건 결코 그냥 넘어갈 수가 없는 문제이옵니다.”

“비왕이 없다고 어찌 이렇게 함부로 음해하려고 하시오? 그만들 물러가시오.”

“천부당만부당 하옵니다. 어찌 신들이 수장님께 거짓으로 고하겠사옵니까? 정히 믿지 못하겠다면 소우리 장군을 불러서 직접 하문하여 주시옵소서."

이리하여 소우리 장군까지 웅지백 수장 앞에 불려오게 되었다. 여기에는 단군의 뜻에 찬성하는 다른 대신들도 참여하게 되었다. 먼저 소우리는, 앞으로 선하게 살도록 하라는 단군의 설득에 도적들이 그들 스스로 항복한 것이라고 말하면서 설명을 덧붙였다.

"지금 이 나라에는 도적들이 들끓은 지가 오래 되었사온데, 그 원인이 어디 있겠사옵니까? 백성들에게 살 길을 열어두지 못해서 그리된 것이옵니다. 그런데 이를 저버리고 힘으로만 막으려고 한다면 어찌 또 도적들이 나타나지 않는다고 보장할 수 있겠사옵니까? 더욱이 여기에 온 자들은 한때 잘못을 저질렀지만 지난날을 반성하고 새롭게 선하게 살고자 하는 사람들이옵니다. 그들에게 살 길을 열어주시옵소서. 그러면 수장님의 은혜는 하늘에 닿을 것이고, 도적들에게도 좋은 감화 효과를 발휘하여 자연스럽게 도적의 문제가 해결될 것이옵니다. 거듭 청하오니 이들에게 살길을 열어주시옵소서."

"어찌 그렇게 죄인들을 두둔하는 말을 할 수 있소이까? 그러고 보니 장군 또한 의심스럽기 짝이 없소. 혹시 장군도 도적과 한패거리가 된 게 아니오?"

"한 패거리라니, 그 무슨 망발을 하는 거요?"

"그렇지 않고서야 어찌 죄인들에게 땅을 주라고 말할 수 있겠소이까? 도대체 어느 나라 국법에 그런 것이 있답니까? 그건 있을 수 없는 일이지요."

"이 나라는 수장님의 나라이옵고, 또 이 나라의 백성들에게 땅을 나눠주어 경작하게 하는 것이 맞는 이치이거늘, 어찌 생트집을 잡으려고 하십니까? 오히려 백성들이 경작할 땅까지 모조리 빼앗아 자기 땅인 양 행세하는 것부터 바로잡아야지요."

"어느 누가 백성들이 경작할 땅을 함부로 뺏어 사적으로 전유한다는 말이오? 그거야 도적놈들이 지껄이는 소리가 아니오? 정녕 그리 말하는 것을 보면 아무래도 수상쩍소. 그렇지 않다면 왜 괴수의 두목을 체포해오지 않았소? 항복했다면 왜 그자는 오지 않았느냐는 말이오. 내통을 하지 않고서야 어찌 그런 일이 있을 수 있단 말이오. 어디 그 점을 속 시원히 해명해보시오."

"그건……."

소우리가 말을 더듬거렸다. 사실 이런 문제가 생길 줄 알고 우두목은 이곳에 오지 않겠다고 했고, 단군도 그리하도록 허락했던 것이다.

"대답을 못 하는 것을 보니 이제야 그 속내가 들어났구먼. 보시옵소서. 수장님, 저자는 도적과 한통속이 된 것이 분명하옵니다. 그러하오니 저자부터 죄를 물으시어 국법이 준엄하게 살아있음을 보여주시옵소서."

대신들이 거듭 주청하면서 웅지백은 난처한 상황에 빠졌다. 이들의 청을 들어줄 수도 없는 노릇이지만 무조건 외면할 수도 없었다. 이들의 요청대로 한다면 그것은 곧 천신족과 대립해서 싸워야 한다는 것을 의미했고, 그렇지 않는다면 신료들의 반발을 누그러뜨릴 수 있는 방안이 있어야 했다. 그래서 웅지백은 또 다른 의견을 청했다.

"모두들 그리 생각합니까? 다른 의견이 있으면 얘기해 주시구려."

"신, 한구 아뢰옵니다. 비왕과 소우리 장군이 도적과 한통속이라는 것은 지나친 억지라고 사료되옵니다. 더욱이 비왕은 천신족의 왕자이옵니다. 지금 범씨족은 호시탐탐 주변 세력을 넘보고 있사온데, 천신족과의 동맹과 대외적 관계를 생각한다면 이런 일로 우리 곰씨족이 스스로 곤란을 초래하는 상황을 만들어서는 안 될 것이라고 사료되옵니다."

"그렇사옵니다. 더욱이 지난날의 일을 뉘우치고 새 출발을 하고자 하는 이들을 처벌한다면 가혹한 처사일 뿐더러 장차 호미로 막을 것을 가래로 막아도 되지 않을 큰 화를 불러일으킬 수도 있사옵니다. 비왕이 약속한 대로 선처를 베풀어주시옵소서. 그러면 수장님의 은혜에 모두들 감복할 것이고, 백성들의 생활 안정에도 크게 도움이 될 것으로 사료되옵니다."

"아니, 그 무슨 당치 않는 소리들을 하고 계십니까? 이 나라의 기강을 바로잡는 문제이오이다. 국법이 문란해서야 어찌 이 나라가 건재할 수 있겠소. 이것은 그냥 어물쩍 넘어갈 사안이 아니오이다."

또다시 대신들 간의 논쟁이 오갔다. 이런 가운데 웅지백이 결론적으로 입을 열었다.

"내 대신들의 말을 잘 들었소이다. 허나 이 문제는 신중히 판단해야 할 것이오. 내 좀 더 시간을 갖고 직접 웅갈, 웅도리 왕자와 상의해서 해결할 것인바 그만 경들은 물러가도록 하시오."

웅지백의 말에 대신들은 어쩔 수 없다는 듯 물러났다. 웅지백은 두 왕자를 가까이 불러 말했다.

"두 왕자는 왜 이리도 나를 곤란하게 만드느냐? 분명히 내 뜻을 알고 있을 터인데."

"아버님께서도 보시지 않으셨사옵니까? 대신들이 비왕을 못마땅해 하고 있는 것을 말이옵니다. 아버님께서 계속 비왕을 감싸고도신다면 아버님에 대한 충성은 물론이고 이 나라의 앞날에도 큰 해가 될 것이옵니다. 그래서 저희들은 아버님과 이 나라의 백년대계를 위해서 그리한 것이옵니다. 통촉하여주시옵소서."

"너희들이 나를 위하고 나라를 위해서 그리한다고? 만약 너희들처럼 그리한다면 우리는 천신족과 등을 지게 된다. 지금 우리는 천신족과 동맹을 공고히 하고 범씨족에 대항해야 하거늘, 어찌 분란을 일으켜 우리 웅씨족을 고립시키려 드느냐?"

웅지백이 화가 난 듯 꾸짖었으나, 도리어 웅갈은 웅지백의 그 생각이 틀렸다며 반박하고 나섰다.

"아버님, 언제까지 우리 웅씨족이 천신족의 눈치나 보아야 하옵니까? 이제 시대는 변했습니다. 우리라고 해서 제국들을 호령하지 말라는 법도 없지 않사옵니까? 지금 범씨족도 세상을 호령하려고 하고 있고, 천신족은 이미 그것을 막을 힘도 없사옵니다. 이제 우리 웅씨족도 기반을 확고히 다져 세상에 우뚝 서기 위해 나서야 할 것이옵니다. 여기에 우리 웅씨족의 미래가 있사옵니다."

"세상을 호령하자면 천부인이 있어야 한다는 사실을 어찌 너희들은 모르는 것이냐? 아무리 천신족의 힘이 약화되었다고 해도 그 천부인의 위력을 너희들은 상상조차 하지 못할 것이다. 그건 곧 멸족을 의미하는 것이야."

"아버님은 요즘 천부인이 사라졌다는 소문을 듣지 못했사옵니까? 이제 세상은 천신족을 대신할 새로운 나라를 요구하고 있는 것이옵니다. 그런데 어찌 우물 안의 개구리처럼 현재 상황에 안주하려고만 하시옵니까? 이제 우리 웅씨족을 강국으로 일으켜 세상을 호령하는 나라로 만들어야 하옵니다."

"허허! 그런 소문을 믿는단 말이냐? 그게 다 범씨족이 꾸며대서 하는 말이야. 그걸 몰라? 너희들이 나라를 강국으로 만든다는데, 그리하자면 이 나라의 백성부터 안착을 시켜야 할 것이 아니냐? 그러려면 도적들이 날뛰고 있는 것을 막고 백성들이 안심하고 살 수 있게 만들어야 하거늘……."

"이 나라 백성들을 안정시키고 국법의 준엄함을 세우고자 비왕의 책임을 물으려고 하는 것이옵니다. 이것은 결코 그냥 넘어갈 문제가 아니옵니다. 저 죄인들을 노예로 삼고 비왕과 소우리 장군까지 문책하여 국법의 준엄함을 만방에 보여주어야 하옵니다."

웅갈은 이번 일을 절호의 기회로 삼아 단군을 쫓아내고 실질적인 권력을 차지하려는 뜻이 확고해 보였다. 웅지백은 결단을 내려야 했으나 그로서는 이럴 수도 저럴 수도 없었다. 어차피 이들은 자기 뒤를 이를 아들들이었다. 두 왕자는 혈기만 앞섰지 도무지 상황 판단을 제대로 내리지 못하고 있었다. 웅지백으로선 이런 상황에서 아들들을 다독거려야 했다.

"내 너희들의 뜻은 알겠다. 허나 그렇게 혈기만 내세운다고 되는 것이 아니다. 어차피 비왕은 천신족으로 돌아가 거불단 환웅의 뒤를 이을 것이고, 너희들은 내 뒤를 이을 것이란 말이다. 그렇다면 너희들이 웅지를 펴고자 해도 비왕과 거리를 둘 이유가 없다. 그것은 천신족과 적대적 관계를 만들려는 것이나 다름이 없으니, 결국 우리 웅씨족의 목을 조르게 될 것이다. 그러니 스스로 사서 적을 만들려고 하지 마라. 알았느냐?"

"그럼, 아버님께서는 우리에게 자리를 물려주겠다는 것이옵니까? 비왕이 아니라 정말 우리에게 말이옵니까?"

"그럼 내가 너희들에게 물려주지 않고 비왕에게 물려주겠다고 생각했다는 말이냐? 이런 어리석은 놈들……."

웅지백은 한숨을 내쉬었다.

"아버님께서 우리에게 자리를 물려주시겠다고 확답을 하신다면 저희들도 이번만큼은 물러설 것이옵니다."

웅갈과 웅도리는 회심의 미소를 지었다. 일이 이렇게 되니 얻을 수 있는 것은 다 얻었다고 판단하고 만족해했다.

웅지백이 타협안을 내놓으면서 이번 문제가 해결되어 가려고 할 때, 갑자기 급한 파발이 대전으로 전해지면서 상황은 또다시 급반전되었다. 그것은 비왕이 데려온 사람들의 움직임이 심상치 않다는 전갈이었다.

"심상치 않다니, 그게 무슨 말이냐? 자세히 말해보거라."

"노예로 삼을 것이라고 하는 소식을 듣고서는, 자신들이 비왕에게 속았다고 하면서 이대로 당할 수는 없으니 여기서 도망가든지 그렇지 않으면 결사항전하겠다며 대항하려는 움직임을 보이고 있사옵니다."

"그 보십시오. 저들은 믿을 수가 없는 놈들이었습니다. 그런 그들에게 애초에 땅을 떼어주고 삶의 터전을 마련해준다고 하는 것부터가 잘못된 것이옵니다. 이제라도 저들을 단호하게 제압해야 하옵니다."

"그리하시옵소서. 아버님께서 그리 말씀하셔서 그냥 넘어가려 했사온데, 이제는 그럴 수가 없게 되지 않았사옵니까? 감히 이 나라에 대항하려고 하는 자들을 어찌 용서할 수가 있겠사옵니까?"

웅지백은 스르르 눈을 감았다. 이제 어쩔 수 없이 그들을 제압해야 하는 상황이었던 것이다. 두 왕자는 다시 웅지백을 재촉했다.

"아버님, 저들이 저리 나오는데, 이제 봐줄 수 없게 되었사옵니다. 만약 저들이 저렇게 나오는데도 그냥 놔둔다면 이 나라의 기강은 걷잡을 수 없이 문란해질 것이옵니다."

"어서 명을 내려주시옵소서. 저들은 분명 폭동을 일으키려 하고 있사옵니다. 시간이 급하옵니다. 여기서 미적대면 일이 더 커질 것이옵니다. 한시바삐 진압해야 하옵니다. 물론 아버님께서 비왕을 문책하지 말라는 뜻은 알겠사오니 그것은 그리 처리할 것이옵니다. 그러니 천신족과는 문제될 것이 없사옵니다. 반란을 획책하고자 하는 저들에 대한 처분은 우리 웅씨족의 문제이옵니다. 어서 결단을 내려주시옵소서."

결국 웅지백은 하는 수 없이 바바라 장군을 불러 그들을 체포하라고 명을 내릴 수밖에 없었다. 하지만 가급적 불상사가 없도록 처리하라는 명을 덧붙였다.

이에 바바라는 군사를 이끌고 달려 비왕의 직할지로 가 죄인들을 내놓으라고 요구했다. 하지만 소우리 장군은 거부하고 나섰다. 순순히 들어줄 문제가 아니었던 것이다. 비왕이 직접 약속한 문제를 지키지 못한다면 누가 비왕의 말을 들을 것인가. 아니, 그보다는 이들이 죄인이라는 것을 인정하면 그 다음 수순은 결국 자신과 비왕을 향해 칼날이 날아올 것은 불을 보듯 뻔한 이치였기 때문이었다.

"죄인들이라니, 여기에 어찌 죄인이 있다고 그러십니까? 설사 지난날에 죄를 지었다고 하더라도 그것을 뉘우치고 선하게 살려고 하는 사람밖에는 없소이다. 뭔가 잘못 알고 있음이 분명하오이다."

"지금 도적 떼들이 폭동을 일으키려 한다는 급보가 입수되었소이다. 그들이 일을 도모하기 전에 일망타진해야 하지 않겠소?"

"폭동이라니, 누가 폭동을 일으키려 한다는 말입니까? 그것은 있지도 않는 터무니없는 얘기이오이다. 솔직히 이들에게 삶을 살아갈 터전을 준다고 약속해놓고 죄인이라고 밀어붙이려 하니 어찌 불만이 나오지 않겠소이까? 허나 그것은 한두 마디 불평 소리에 지나지 않았소이다. 어찌 폭동을 일으키려 한다고 그렇게 말도 되지 않는 소리를 하십니까?"

소우리는 바바라 장군의 마음을 돌리기 위해 안간힘을 썼다. 그러나 웅지백 수장의 명을 받는 바바라 장군 역시 조금도 물러서려 하지 않았다.

"허허! 어찌 이리 딴청을 피우고 그러십니까? 내 비왕을 생각해서 부딪치려고 하지 않는 것인데, 이리 나온다면 나도 어쩔 수 없소. 힘으로 나서는 수밖에."

"비왕의 영지에 어찌 다른 군사가 함부로 들어선다는 말이오? 이것은 지금껏 일찍이 없었던 일이오. 우리는 다른 군사가 여기에 들어오는 것을 허용할 수가 없소."

"나도 그러고 싶지는 않소. 허나 이것은 웅지백 수장의 명이요. 서로 부딪치는 것을 원하지 않으니 죄인들을 순순히 내놓기 바라오."

"어찌 웅지백 수장께서 그런 명령을 내렸다고 그러십니까? 그럴 리는 없을 것이오. 우리는 믿지 못하겠소이다."

"왜 믿지 못하겠다는 소리요? 정녕 그리 나온다면 할 수 없소. 나를 원망하지 마시구려."

바바라는 말로 해서는 안 된다고 생각하고 군사들에게 명을 내리려 했다. 피할 수 없는 일전을 할 것인가, 말 것인가의 기로에 선 소우리는 진퇴양난에 빠지고 말았다. 여기에서 빠져나올 수 있는 길은 오직 웅지백 수장에게 청원하는 길밖에 없었다. 만약 그것이 안 된다고 한다면 단군과 자신이 살길을 찾기 위해서 싸울 수밖에 없는 처지였다.

"잠깐만 기다려보시구려. 이건 분명 잘못 알고 그리한 것일 터이니, 내 이를 직접 수장님께 고해 올리겠소이다. 그러니 내 돌아올 때까지 보류해주시구려."

"좋소이다. 그리한다면 내 그때까지 기다려주도록 하겠소."

바바라가 요구를 수용하자 소우리는 그에게 고마움을 표시했다. 그리고는 자신의 부하에게 명령했다.

"만약 내가 돌아오지 못하거나 자리를 비운 사이에 군사가 투입된다면 결단코 막아야 한다. 또 시급히 비왕을 찾아라. 이것이 우리가 해야 할 임무이다."

소우리는 그곳을 나와 곧장 대전으로 향해 웅지백을 알현했다. 그와 때를 같이해 어디서 그 소식을 들었는지 신료들도 다시 모여들었다. 먼저 소우리가 입을 열었다.

"수장님, 새 삶을 찾아서 온 저들 또한 이 나라의 백성들이옵니다. 저들에게 은혜를 베풀어 제발 살길을 열어주시옵소서. 그리하면 저들은 수장님의 은혜에 크게 감복할 것이오며, 지난날의 일을 뉘우치고 더욱 선량하게 살아가고자 노력할 것이옵니다. 선처해주시옵소서."

그때 신료들이 소우리의 말에 반대하며 나섰다.

"수장님께서 우리의 거듭된 상소도 물리치시고 그들에게 살 길을 열어주려 했으나 그 은혜도 몰라보고 폭동을 일으키려 한다고 하지 않습니까? 그런 자들을 어찌 용서할 수 있다고 그러시는 게요?"

"맞소이다. 폭동을 일으키려 한 자들을 그대로 놔두는 것은 화근을 키우는 일이오이다. 그래서 그들을 엄하게 다스려야 한다고 주장했던 것이오. 수장님께서 은혜를 베푸시려고 하시기에 그냥 물러났으나, 일이 이리된 마당에서는 결단코 봐줄 수 없소이다."

"폭동이라니요? 그것은 잘못 아신 겁니다. 그런 일은 없었소이다. 우리가 그들을 데리고 있는데, 어찌 그들이 폭동을 일으키겠사옵니까? 만약 그들이 그리한다면 어찌 우리가 모를 것이오며, 우린들 가만히 있겠사옵니까? 선하게 살려고 하는데 그것을 받아들이지 않고 내치시려 하니, 그들이 불만을 표시했던 것뿐이오. 만약 이를 기화로 잡아들이려 한다면 그것이 바로 저들을 폭동에로 내모는 것이 아니고 그 무엇이겠사옵니까?"

"그 무슨 망발이요. 우리가 그들을 폭동으로 내몬다고요? 원래 품성이 그런 자들인데 어찌 그렇게 감싸고만 도는 것이오? 더욱이 장군은 수장님의 명이라고 하는데도 따르지 아니하고 군사들을 들어오지 못하게 가로막고 맞서려고 하였다니요? 그게 신하로서 있을 수 있는 일이오? 그대의 충심이 의심스럽소이다."

"맞소이다. 그대가 반역할 생각이 없다면 어찌 그런 일을 벌일 수 있단 말이오. 수장님, 이자를 징계하시옵소서. 그리하여 이 나라의 국법이 살아있음을 만방에 드러내시고 그 권위를 세우시옵소서."

"어찌 사람을 이리 중상모략할 수 있단 말이오. 수장님의 명을 거역할 것 같았으면 어찌 여기에 왔겠소이까? 그런 억지는 그만 부리시지요. 원래 폭동이 일어나지도 않았는데, 그렇다고 허위 보고한 게 잘못 아닙니까? 수장님, 전혀 그런 일은 없었사옵니다. 거듭 청하오니 비왕을 생각해서라도 그들을 선처해주시옵소서. 정히 봐주시지 못하시겠다면 비왕이 돌아올 때까지 만이라도 그 처리를 연기해주시옵소서."

"참으로 가관이구려. 어찌 그대는 수장님보다도 비왕을 먼저 생각한단 말이오? 아무리 봐도 그대의 충심이 의심스럽소. 아버님, 이자를 봐주어서는 아니 될 것이옵니다. 아무리 해도 그렇지 어찌 아버님의 명마저 거역하고 군사에 맞서려 한다는 게 있을 수 있는 일이란 말입니까? 이것은 가벼이 넘어갈 수 있는 문제가 아니옵니다. 엄히 징계를 내려 아버님의 위엄을 세우시옵소서."

"그만들 얘기하시구려. 내 그대에게 묻겠다. 그대는 그들을 책임질 수 있는가? 만약 그들이 폭동을 일으키려 한다거나 무슨 반역의 일을 꾸민다면 그대의 목을 내놓을 수 있느냐 말이다."

"물론이옵니다."

"그래. 그럼 너의 목숨을 담보로 비왕이 돌아올 때까지 그 처리를 유예하도록 하겠다. 모두들 그만 물러가라."

웅지백이 명을 내리면서 이 문제는 그렇게 일단락되었다. 그러나 그것은 갈등을 임시로 봉합할 것일 뿐 근본적인 해결책은 아니었다. 그 자리를 나오면서 대신들은 서로를 노려보며 각기 자기들끼리 모여 웅성거렸다.

그런 그들을 뒤로하며 소우리는 영지로 향했다. 그가 영지로 돌아오니 그들과 함께 온 백성들이 소란스러웠다. 단군이 지키지도 못할 약속을 자신들과 했다면서 원망하는 분위기였다. 자신들을 체포하러 군사들이 왔었다는 사실에 두려움에 휩싸이기까지 했다. 몇몇 사람들은 이제 누구 하나 믿을 놈 없다면서 만약 자신들을 체포하려고 한다면 결사항전하려는 의지를 내세우고 있었다.

소우리는 술렁이는 그들을 진정시키며 말했다.

"아무 일 없을 터이니 염려하지 마십시오. 비왕이 돌아오시면 약조를 이행할 것이니 마음 놓고 기다리십시오."

"장군의 마음은 아오나 군사까지 보낸 사람들입니다. 어찌 마음 태평하게 기다리라고만 하십니까? 여기 앉아서 죽을 바엔 차라리 우리가 여길 떠나겠습니다. 우리가 제 발로 왔듯이 제 발로 가겠다는 것입니다. 길을 열어주십시오."

"여러분이 이리 나서시면 더욱 일이 어렵게 돌아갑니다. 제발 저를 믿으시고 돌아가서 조용히 기다려주십시오."

"무조건 기다려 달라고만 하시는데, 우리는 솔직히 누구도 믿을 수 없습니다. 장군을 믿고 싶지만 저들이 힘으로 밀어붙인다면 우리는 어찌 되겠습니까? 지금 우리는 죄인으로 끌려가 노예가 되느냐 마느냐 하는 절박한 상황에 처해 있습니다. 우리로서는 약조를 지킬 수 있는지 아닌지가 궁금합니다. 만약 한 가지만 약조하신다면 우리도 믿고 기다려보도록 하겠습니다."

"무엇을 약조해 달라는 것이오? 말씀해보구려."

"만약 저들이 군사를 보내 우리를 체포하겠다고 한다면 우리를 지켜주실 겁니까, 말 겁니까? 우리를 위해 싸워줄 수 있느냐 말입니다."

"그런 일은 일어나지 않을 것이니 염려하지 마십시오."

"그거 보십시오. 약조하지 못하는 것 아닙니까? 그러시면 우리가 가고자 하는 것을 더 이상 막지 마시고 떠날 수 있도록 해주십시오."

"좋소이다. 내 약조하겠소이다. 만에 하나 당신들을 체포하여 노예로 삼고자 한다면 내 여러분을 위해서 싸울 것이며, 여러분이 여기서 빠져나가도록 돕겠습니다. 내 목을 걸고 약속하겠습니다. 그러니 그만 어서 돌아가십시오."

소우리의 거듭된 설득 끝에 마침내 그들은 모두 제자리로 돌아갔다. 소우리는 그들이 떠나간 자리에서 망연자실한 채로 서 있었다. 비왕이 도적 떼와 타협할 때부터 이런 상황을 예상했던 바이기는 하나 일이 이렇게까지 꼬일 줄은 몰랐다. 모든 것은 이제 자신의 손을 떠나고 있었다. 웅갈과 웅도리 왕자를 비롯한 그들 세력은 이번 기회를 유야무야로 넘어가지 않고 비왕을 쫓아낼 절호의 기회로 삼을 것이 분명했다. 한쪽에서는 도적들이 폭동을 일으키려 한다고 하고, 이에 다른 편에서는 저들이 자신들을 노예로 삼고자 한다면서 대책을 세우라고 요구하고 있었다.

소우리는 답답한 처지에 빠져 전전긍긍했다. 양쪽 어딘가에서 조그만 불씨만 튀어도 일은 수습할 수 없을 지경으로 치달을 수밖에 없었다. 그저 어떤 일도 일어나지 않고 한시바삐 비왕이 돌아오기를 바라는 마음뿐이었다.

그러던 어느 날, 갑자기 웅지백 수장이 모든 대신들을 부른다는 소식을 알려왔다. 소우리는 이제 올 것이 왔다고 생각하며 대전으로 들어갔다. 천신족과의 관계가 있으니 웅지백 수장이 함부로 결정하지는 않았을 것이라고 보았으나, 모든 신료들을 한데 부른 것을 보면 모종의 결단을 내렸다는 의미라고 직감했다. 그런데 웅지백의 얘기는 전혀 뜻밖이었다.

“천신족에서 사신이 왔는데, 이번 10월에 있을 천신제를 다른 때와는 달리 성대하게 치를 예정이라고 하오. 우리 웅씨족에게도 수장은 물론이고 대신들까지도 적극적으로 참여해 달라고 요청하여 왔소이다. 대신들도 알다시피 요즘 세상의 민심이 흉흉하지 않소? 그런데 이런 때에 천신제를 성대하게 지내겠다고 하니, 좀 뭔가 석연치 않다는 생각이 드오이다. 이에 대해 대신들의 의견을 듣고자 이리 불렀소이다.”

“소신도 그리 생각하옵니다. 지금 항간에는 태고의 전설에서 얘기한 것처럼 새 세상의 주인이 나타날 것이라는 등 갖가지 소문이 무성하게 퍼지고 있사옵니다. 혹시 그게 사실이어서 그런 것은 아닌가 하는 생각이 드옵니다. 만에 하나 그렇다고 한다면 우리도 그에 대비하고 가야 하지 않겠사옵니까?"

"대비라니? 무엇을 대비하자는 것입니까?"

"지금 세상 사람들이 말하는 것을 몰라서 묻소? 정말 천부인이 사라졌다면 천신족의 정통이 끊어진 바나 다름없는 것 아니겠소. 그러면 그 다음의 후계자를 뽑아야 할 것이니 그것에 대비해야지요."

"그럼 괴소문을 진짜로 믿는단 말입니까? 어찌 그런 일이 있을 수 있다고……."

"그거야 모를 일이지요. 그렇지 않다면 어찌 범씨족의 일개 사자가 천부인을 보여 달라고 강박했는데도 천신족에서 잠자코 있었겠소? 그건 있을 수 없는 일이지요. 그냥 대수롭게 넘길 문제가 아니어요."

"그래서 천신족에서 이번 천신제를 크게 치르려고 하는지도 모를 일이지요. 천부인에 대한 오해를 여러 나라들 앞에서 씻어내겠다는 뜻일 수도 있다는 것이지요."

"그럴 수도 있겠지요. 허나 이미 천신족은 옛날의 천신족이 아니어요. 더욱이 범씨족이 주변의 다른 세력을 넘보고 있는 상황에서 제국의 평화를 지키기 위해 나설 세력은 우리밖에 없지 않습니까? 우리라고 제국을 통솔하지 마라는 법도 없는 게지요."

"맞는 말씀입니다. 이번 기회에 우리의 위력을 똑똑히 보여주어야 합니다. 그렇지 않는다면 범씨족은 더욱 기고만장해져 여러 나라들 앞에서 자신들의 힘을 과시하며 그들 맘대로 좌지우지하려는 뜻을 대놓고 드러낼 것이 분명하옵니다. 그러니 우리 웅씨족도 당당하게 맞서야 하옵니다."

"그렇다면 이번 천신제는 웅갈 왕자께서 모든 것을 책임지시고 이끄는 것이 마땅할 것으로 사료되옵니다."

"너무 그렇게 속단해서는 안 될 것이옵니다. 만에 하나 이번 천신제를 계기로 그 다음 자리를 비왕에게 물려주려는 뜻이 있다고 한다면 어찌하겠습니까? 아무리 천신족의 힘이 약화되었다고 하더라도 천부인이 있는 한 결코 함부로 대할 수는 없습니다. 그렇다면 차라리 비왕이 책임지고 이끌게 하는 것이 더욱 그럴 듯해 보일 것이옵니다. 그게 천신족과 동맹 관계를 공고히 하는 데나 우리의 입지를 세우는 데에 더욱 도움이 될 것이옵니다."

"그것은 너무 안일한 처사입니다. 지금 분명한 것은 기이한 소문이 사실이든 아니든, 혹은 비왕에게 그 자리를 물려주든 아니든 이번 천신제는 제국 간의 또 다른 틀을 형성시켜줄 것입니다. 세력 간에 힘겨루기가 진행될 것이 너무나 명확한데, 그리 소심하게 대한다면 우리는 다른 나라들에게 얕잡아 보일 것입니다. 당당하게 우리 웅씨족의 강력한 힘을 보여주어야 합니다. 그러니 비왕이 가더라도 우리의 책임자는 웅갈 왕자께서 맡는 것이 옳은 줄로 사료되옵니다."

"맞사옵니다. 더욱이 지금 비왕은 어디 있는지도 모르옵니다. 다행히 그가 천신제 전에 온다면 몰라도 그렇지 않는다면 우리 일정에 차질이 빚어질 수 있사옵니다. 그러니 웅갈 왕자께서 책임지고 맡으시는 것이 현실적으로 맞사옵니다."

대신들의 의견이 서로 오가는 가운데 웅지백은 결론적으로 말을 매듭지었다.

"대신들의 뜻을 잘 알았소이다. 그러면 이번의 일은 웅갈 왕자가 책임지고 진행하여 만반의 상황에 대비하도록 하라. 그리고 곧장 비왕의 행방을 찾도록 하라."

웅지백의 명이 내려지면서 웅씨족의 조정은 새롭게 움직이기 시작했다. 서로 말들은 많이 하지 않았지만, 이번 천신제를 계기로 분명 여러 나라들 간의 힘겨루기가 진행되면서 새로운 제국의 틀을 보여줄 것이라고 보았다. 모두가 이에 공감했기에 다른 무엇보다도 웅씨족의 힘을 보여주는 것이 급선무라고 여겼다. 결국 비왕을 몰아내고자 하는 일은 잠시 뒷전으로 밀려나게 되었다.

웅갈은 각 관청으로 파발을 띄워 보냈다. 출중한 무예 솜씨를 가진 자들을 선발하여 보내라는 것이었다. 이번 천신제에 뛰어난 군사들을 많이 몰고 가 자신의 위엄을 보여주면서 지배권을 공고히 할 수 있는 절호의 기회를 놓칠 수 없다고 생각한 것이다. 천신제는 비단 웅씨족만의 문제가 아니라 제국들 간의 관계까지 포함하는 문제였기에, 만약 여기서 자신의 힘을 보여준다면 제국을 통솔하는 것도 결코 헛된 망상에만 그치지 않을 것이라는 계산도

작용하고 있었다.

그의 지시에 무장을 한 군사들이 웅씨족의 수도로 속속 모여들었다. 상황이 이렇게 되다보니 지금까지, 수확을 하고 난 다음 추수의 기쁨을 노래하기 위해 마시고 춤을 추고 그 감사의 마음을 담아 하늘에 제를 올리던 것과는 달리, 이번 천신제는 처음부터 지배권을 놓고 다투는 이상야릇한 상황으로 치달아갔다. 이에 사람들 사이에선 이번 천신제에서 새로운 패권자가 탄생할 것이라는 소문까지 퍼지면서 그 사람이 누구일지에 대해 점점 이목이 집중되어 나갔다.

5 고행

단군 일행은 계속 서북 방향을 향해 걸었다. 처음엔 어떤 목적지를 정한 것이 아니었다. 우의 도적 무리들을 진압하려고 왔을 때만 해도 단순히 백성들의 삶을 살펴보자는 생각이었다. 하지만 세상이 바뀌지 않는 한 계속 도적들이 등장할 것이라는 우의 말을 듣고서는 세상의 이치를 찾고 싶어졌다. 그래서 두루 세상의 여러 곳을 섭렵해 보려는 생각에 웅씨족에게서 멀리 벗어나고자 했을 뿐이었다. 그러다가 문득 단군은 해안가로 나가봐야겠다고 생각했다. 사람들이 살아가는 데에는 농경이나 짐승을 사냥하는 수렵, 채취 등도 필요했지만 생선과 같은 어류의 포획도 필수 불가결이었다. 따라서 단군은 이번엔 물가에서 사는 사람들의 생활을 엿보고 싶었던 것이다.

저 멀리 푸른 하늘과 하얀 구름 떼는 드넓은 해수와 맞물려, 지금껏 보지도 못한 기이한 형상들을 그리며 그에게 어서 오라고 손짓하는 것만 같았다. 그런 그와 달리 발구루와 다른 수하들은 뭉그적거리며 마지못해 따라오고 있었다. 단군은 이런 그들을 돌아보며 말했다.

"여기서 좀 쉬어가자. 그리고 너희들은 이곳이 어떤 곳인지 미리 가서 알아보고 오너라."

발구루와 수하들은 각기 민가를 찾아 떠나갔고, 단군은 홀로 남아 굳어진 장딴지를 주무르며 쉴 생각에 작은 길을 따라 이어져 있는 숲가에 자리를 잡았다.

그때 어디선가 시원한 바람 소리와 함께 찰랑거리는 물소리가 들려왔다. 단군은 시원한 물에 몸이라도 담그면 개운해질 것 같아 소리가 나는 쪽으로 향했다. 아무 생각 없이 물가로 나가며 손을 담그려고 하는데, 갑자기 처녀들이 놀라 소리치는 것이 들렸다. 단군도 깜짝 놀라 주위를 살펴보니, 그곳에서는 물살을 가르며 목욕하던 두 처녀가 난데없이 나타난 그를 보고는 잔뜩 몸을 움츠러뜨리고 있었다. 짧은 순간이었지만, 단군은 그중 한 여인의 아리따운 몸매에 생전 처음 이상야릇한 감정을 느끼게 되었다. 여인들은 놀란 표정으로 단군에게 소리쳤다.

"무엄하오. 어찌 아녀자가 목욕하는 것을 몰래 훔쳐본단 말이오? 어서 물러나지 못하겠소?"

갑자기 호통 치는 소리에, 단군은 자신이 아직도 그 여인에게서 시선을 떼지 못하고 있었다는 것을 깨닫고는 얼굴을 붉혔다.

"미안하게 되었소. 몰래 훔쳐보려고 한 것이 아닌데, 어쩌다 보니 이리되었구려.”

단군이 황급히 자리를 피하자, 두 여인은 재빨리 물에서 나와 옷을 입고 그곳을 떠나려 하였다. 그들은 누가 봐도 하늘에서 내려온 선녀 같았다. 이 모습에 반한 단군은 자신도 알 수 없는 묘한 기분에 이끌려 곧장 그 여인의 앞으로 나섰다.

“내 의도는 그게 아니었으나 미안하게 되었소. 허나 내 처자를 한번 보고 나니 어찌 이리 마음이 설레는지 나도 잘 모르겠소이다. 내 처자의 이름이라도 알고 싶으니 그것만이라도 알려주시구려.”

“아니, 이런 무례한 사람을 보았나. 몰래 훔쳐보는 것도 모자라 이제 길까지 막으면서 이름까지 가르쳐달라고 하다니. 어서 물러서지 못하겠소? 이분이 어느 분이신지도 모르고. 목숨이라도 보전하고 싶으면 어서 길을 비켜서시오.”

옆에 시종인 듯한 여자가 을박지르자 귀족으로 보이는 여인이 그만하라고 제지했다. 그런데도 시종은 조금 전 단군의 행동이 괘씸한 듯 흥분을 감추지 못했다.

“아닙니다요. 이런 자는 따끔하게 혼을 내줘도 시원치 않사옵니다. 어디서 온지도 모를 놈이 언감생심 딴 마음을 품고 그러는 모양인데, 어찌 이런 자를 봐주려고 그러시옵니까?”

“어허! 그만하래도.”

시종을 혼내고 난 뒤, 그 여인은 단군의 용모를 이리저리 훑어보았다. 비록 행색은 밖에서 오랫동안 노숙한 듯 초췌해 보였지만, 준수한 얼굴 생김에서 어딘지 모르게 배어나오는 기백만큼은 결코 예사롭지가 않았다.

"어찌하여 소녀의 이름을 알고자 하는지는 모르겠으나, 저는 하백녀라고 합니다. 그럼 용무가 끝났을 터, 그만 길을 비키시지요."

"하백녀?"

단군은 입속으로 여인의 이름을 되뇌며, 떠나가는 그들의 모습이 보이지 않을 때까지 그 뒤를 바라보았다. 그 여인의 모습이 머릿속에 뚜렷이 새겨지면서 계속 맴돌았다. 그는 벌써 그 여인을 찾아가리라 작정하고 있었다.

단군이 이런 생각을 하고 있는 사이에, 이곳의 정황을 살펴보려 떠났던 발구루와 수하들이 돌아왔다. 그들이 보고하기를 이곳은 비서갑의 나라인데, 그 수장은 하백이라 한다고 하였다. 그리고 이곳 사람들은 물속에 산다는 무슨 귀신 같은 것들을 섬기고 있었으며, 그것이 하늘에서 비를 내리는 등 사람들에게 살 길을 열어준다고 믿고 있다는 것이었다. 그래서 그런 것인지 이곳 사람들은 농사짓는 데 필요한 치수에 능숙해서 백성들의 삶도 넉넉해 보인다는 것이었다.

발구루와 수하들이 각기 살펴보고 온 것들을 얘기하는 동안에도 단군의 귀에는 그것이 제대로 들리지 않았다. 대신 이곳 수장이 하백이라는 말만 머릿속에 또렷할 뿐이었다. 분명 시종이 말하는 투로 봐서 그 여인이 굉장한 고관 귀족의 딸이라는 것은 짐작했지만, 수장의 딸이라고는 생각지 못했던 것이다. 아무래도 상대가 만만치 않게 나올 것이라 짐작되었다.

"이곳 수장이 하백이라 했지요? 오늘은 그 사람을 찾아가봅시다. 여기서 멀지는 않은 것 같으니, 오늘은 그곳에서 보내도록 합시다."

발구루와 수하들은 영문을 모르겠다는 듯 단군을 쳐다보았다. 지금껏 단군은 백성들의 삶을 살피면서 노숙을 일삼아왔지, 고관귀족 같은 이들의 집을 찾지는 않았던 것이다. 그런데 갑자기 이곳 수장의 거처로 가자고 하니 이상할 수밖에 없었던 것이다.

"길을 안내하라고 하는데, 왜 그러느냐?"

"아니옵니다. 진작부터 이리했으면 큰 고생은 하지 않았을 것인데……. 좋사옵니다. 어서 가시지요."

지금까지 제대로 먹지도 못했는데, 오늘은 이것저것 먹을 수 있을 거란 생각에, 벌써 수하들의 얼굴에서는 웃음꽃이 피어나고 있었다.

그들이 대략 5리 정도를 지나자, 마치 거대한 성과 같은 마을의 모습이 나타나기 시작했다. 그 크기만 보더라도 비서갑의 나라가 얼마나 강력한지 짐작할 만했다. 웅씨족과 비교해도 결코 뒤질 것 같지는 않아 보였다. 그중에서도 우뚝 솟은 건물 하나가 유독 눈에 띄었는데, 그것은 웅씨족의 궁궐에 버금갈 정도로 수려했다. 그곳엔 이곳 수장이 거처하고 있음이 분명했다.

그들은 곧장 그 건물 안으로 들어가려고 했다. 그러자 그곳을 경계하는 군사가 가로막고 나섰다. 이에 발구루가 나서서 그들을 꾸짖었다.

"이분이 어떤 분인 줄 알고 냉대하느냐? 이분은 바로 천신족 거불단 환웅의 아들 왕검이시며, 지금 웅씨족의 비왕인 분이시다. 이곳 수장을 만나러 왔으니 어서 고하지 못할까?"

발구루의 호통에 그들은 단군 일행의 행색을 살피더니 그제야 기다려보라고 하며 안으로 들어갔다. 이들로서도 천신족의 왕자라고 주장하는 이들을 함부로 대할 수 없었던 것이다.

이윽고 앞에 있던 군사가 무슨 지시를 받았는지 정중히 모시며 안으로 들어오라고 했다. 얼마간 그들을 따라가자 수장인 듯한 사람이 여러 사람을 대동하며 나타났다. 이를 본 단군이 자신의 신분을 밝히며 그 징표로 비왕의 검을 보여주었다. 비왕의 검을 알아본 수장은 황급히 머리를 숙이며 말했다.

"제 수하들이 잘 몰라보고 무례를 범한 점 너그럽게 용서하시고 어서 안으로 드시지요."

"아닙니다. 내 세상의 이치를 구하고자 여러 곳을 돌아다니다 보니 이리되었지요. 이런 차림으로 나타나니 몰라본 것도 당연하지요. 괘념치 마시지요."

단군은 안으로 따라 들어가 하백과 자리를 같이했다. 먼저 하백은 거불단 환웅의 안부를 의례적으로 물어왔다.

"거불단 환웅께서는 여전하시지요."

"아마, 그럴 것입니다. 저도 웅씨족의 비왕의 자리에 있다 보니 소식만 간간히 듣고 있지요."

"그럼, 이번 천신제에 대해서도 잘 모르겠네요. 하긴 우리에게도 아직 연락이 오지 않았으니. 허나 뭐 예전과 특별하게 다를 것이 없을 터이니 그거야 옛날처럼 준비하면 될 것이고……. 어쨌든 왕자께서도 이번 천신제에는 참여하셔야지요."

아직 비서갑의 나라는 천신족으로부터 천신제에 대한 파발을 받지 않은 상태였고, 단군 역시 그에 대한 소식을 전혀 모르고 있었다.

"그렇게 하려고 합니다만, 일정이 있어서 어떻게 될지……. 어쨌든 수장님께서 이렇게 우리 천신족을 믿고 따라주시니 아버님과 천신족 백성을 대신해 사의를 표합니다. 아마 아버님이신 거불단 환웅께서도 수장님께서 우리 천신족을 깊이 생각하고 있다는 것을 알면 매우 기뻐하실 것입니다."

단군은 감사의 마음을 표하면서 한편으로는 하백의 환심을 사기 위해 그를 치켜세우는 말까지 덧붙였다.

"정말 여기 와서 보니 백성들이 별다른 근심 없이 살아가고 있더군요. 정말 수장님의 덕이 크십니다. 이렇게만 살 수 있다면 백성들이 무슨 걱정을 하겠습니까? 백성들의 홍복이지요."

"그거야 뭐, 나라를 다스리는 사람이라면 으레 그래야 하는 것이 아니겠습니까? 그런 것을 이렇게까지 말씀하시니……."

하백은 겸손하게 말을 받았지만, 내심 기분이 좋은 듯 수염을 손으로 쓰다듬으며 은연중에 자부심을 드러내었다.

의례적인 인사가 서로 오가자 두 사람은 처음의 어색함을 다소

나마 풀 수 있었다. 그때 언제 준비했는지 푸짐한 음식상이 차려져 나왔다. 둘은 차려진 음식들을 기분 좋게 들면서 계속 얘기를 나누게 되었다. 마침내 하백이 단군의 방문 목적이 무엇인지를 묻게 되었다.

"천신제에 관한 것도 아니고……. 좀 미리 소식이라도 주었으면 만만의 준비를 했을 텐데, 이렇게 갑자기 오셔서 준비가 허술하기만 합니다. 혹시 따로 무슨 부탁할 일이라도 있으신지……. 만약 그런 것이 있다면 서슴없이 얘기하시지요. 우리가 해줄 것이 있다면 성심성의껏 처리해드리겠습니다."

"그리 말씀하시니, 뭐라 감사해야 할지 모르겠습니다. 그런데 이야기해도 괜찮을는지……."

단군이 쉽게 말을 꺼내지 못하고 뜸을 들였다. 그러자 하백이 약간 긴장하며 물었다. 그렇게 쉽게 꺼낼 수 없을 정도의 얘기라면 심각한 문제라고 판단한 것이었다.

"뭔데 그러십니까? 혹시 범씨족과 관련된 문제인가요? 요즘 세상이 하도 어수선해서 드리는 말씀입니다만……."

사실 범씨족이 강성해져 주위 나라를 넘보고 있었기 때문에 모든 나라의 이목들은 여기에 집중되고 있었다. 벌써 세상이 전란의 소용돌이로 휩싸이게 될 것이라는 등 여러 소문이 제국의 나라들 사이에서 나돌고 있는 상황이었던 것이다.

"그런 문제는 아닙니다만, 어떻게 말해야 할지……."

"그 문제만 아니라면 무슨 걱정이 있겠습니까? 얘기하시지요.

기꺼이 들어드릴 터이니 허심탄회하게 말씀하시지요."

"그리 말씀하시니 염치 불구하고 말씀드리겠습니다. 수장님의 따님을 제게 주십시오."

하백이 도무지 알 수 없다는 듯 눈을 동그랗게 뜨고는 단군을 바라보았다. 단군은 좀 전에 물가에서 있었던 일을 전해주면서, 하백녀를 마음에 두고 있으니 자신의 청을 들어달라고 부탁했다.

하백은 난감하기 짝이 없었다. 범씨족과 관련된 문제가 아니라고 했지만, 따지고 보면 그것과 결부된 문제였던 것이다. 그로서는 이미 예전의 힘을 잃어버린 천신족과 가까이 하기보다는 강성한 범씨족과 어울리는 편이 더 낫다고 판단하고 있었다. 그런데 천신족의 후계자가 딸을 달라고 하니 이것은 내놓고 천신족과 함께하겠다는 것을 선언하라는 것이나 다름없었다. 만약 범씨족이 이것을 천신족과 함께하는 의미로 받아들인다면 껄끄러운 일이 생길 테고 자신은 환란의 중심에 설 수밖에 없었다. 그렇다고 해서 무턱대고 단군의 요구를 거절해 척을 지게 된다면 천신족은 물론이고 웅씨족과도 사이가 틀어질 테니, 이 또한 바라지 않는 바라 매몰차게 대할 수도 없는 노릇이었다.

"불민한 제 여식을 그리 생각하신다니 말씀은 고맙습니다만, 제가 선불리 판단할 수는 없는 문제인 것 같습니다. 또 하백녀의 생각도 들어봐야 하고……."

"그렇지요. 따님의 의견을 들어봐야 하겠지요. 물론 싫다고 한다면 어쩔 수 없는 일이겠지요. 그렇다면 서로 만나는 것만이라도 허락해주십시오."

하백은 선뜻 대답을 하지 않았다. 그로서는 어떻게든 이 일에 반대할 명분을 찾으려고 했던 것이다. 이런 하백을 보고 단군이 결단을 요구하듯 말을 덧붙였다.

"수장님께서 저를 탐탁지 않게 생각해서 그러신다면, 어찌하면 저를 받아들이겠습니까? 만약 저를 시험해보고 싶으시다면 그리 해도 좋습니다."

"어찌 저더러 시험하라고 그러십니까? 그럴 수는 없는 일이지요."

"아닙니다. 그리하는 것이 좋겠습니다. 그게 서로의 마음을 홀가분하게 하는 것 아니겠습니까? 시험에서 제가 진다면 포기할 것이고, 이긴다면 수장님께서 허락하시는 거고요."

"허허! 이것 참 난감합니다. 허나 그리 원한다면 그렇게 내기를 하는 것도 가히 나쁘지는 않다고 생각됩니다. 그러면 어떤 시합이 좋겠습니까?"

"제가 허락을 받아야 하니 수장님께서 정하시는 게 좋겠습니다."

"그러시다면 서로의 기량을 겨루는 것으로 하는 게 어떻겠습니까?"

하백은 난감한 기색을 보이면서도 자신이 빠져나갈 수 있는 길이 생겼다는 데에 내심 만족해했다. 기량이라면 결코 자신이 단군에게 뒤진다고 생각하지 않았던 것이다. 그의 둔갑술은 가히 어느 누구도 따라올 수 없을 정도의 수준을 갖추고 있었다. 합리적으로 단군의 요청을 거부할 명분이 생겼으니 그도 마음이 한결 가벼웠다.

마침내 하백과 단군은 서로의 기량을 겨루게 되었다.

"인정사정을 봐주지 않을 것이니 양해하시지요. 그럼, 시작하도록 하겠습니다."

말을 마치자마자 하백은 단판에 시합을 끝낼 심산에, 거대한 바람을 일으켜 물을 용솟음치게 하는 동시에 자신이 거대한 뱀으로 변신하여 단군을 집어삼키려 하였다. 그 순간 단군은 몸을 정좌하여 주문을 외웠고 그와 동시에 가시가 달린 고슴도치로 변하였다. 그러자 거대한 뱀은 고슴도치를 입에 물었다가 피를 흘리며 다시 토해냈다. 그러고는 뱀으로 안 되겠다 싶었는지 이번에는 거북이의 단단한 등껍질로 변해 고슴도치의 가시를 문지르지 시작했다. 가시를 쓸모없게 만들려는 심산이었다. 이에 단군은 봉황으로 변하여 거북이의 등을 타고 앉았다. 이것은 누가 보나 단군이 하백보다 한 수 우위임을 입증하는 것이었다. 이에 하백은 얼굴이 빨개지면서 다른 것으로 변신을 시도했다. 하지만 봉황의 발톱 힘이 어찌나 센지 꼼짝달싹할 수 없었다. 마침내 하백은 자기 힘으로는 단군을 이길 수 없다는 것을 인정하고 항복하게 되었다. 하백은 탐탁지 않았지만 이미 약속한지라 두 사람의 사귐을 허락할 수밖에 없었다.

이리하여 단군은 하백녀를 다시 만나게 되었다. 머리를 길게 늘어뜨린 하백녀는 마치 선녀의 모습과도 같았다. 단군은 가슴이 용솟음치듯 불타오르는 것을 느끼며 그의 속마음을 솔직하게 표현했다. 하백녀는 한편 마음이 끌리면서도 그것을 쉬이 내색하지 않았다. 도리어 천신족의 왕자로서 단군이 앞으로 제국의 모든 나라들을 이끌 수 있는 그릇이 되는지 떠보고자 했다. 그래서 단군의 요청에 응하지 않고 도리어 비서갑의 나라를 구경시켜 주겠다고 했다.

단군이 돌아다니면서 살펴본 비서갑의 나라는, 웅씨족의 나라와 비교가 되지 않을 정도로 물자가 풍부했다. 그 요인은 치수가 잘 되어 있는 것에 기인했다. 오곡이 재배되는 곳에는 어떻게 공사를 하였는지 물길이 쫙 뻗어나가고 있었다.

'이곳이 수신水神의 나라라고 하더니 과연 그렇구나!'

감탄하며 바라보는 단군에게 하백녀가 자부심 어린 눈으로 한마디 꺼냈다.

"이 수로 공사를 하던 당시에는 참으로 대단했지요. 모든 사람들이 하나같이 나서서 일하던 그때를 생각하면 지금도 가슴이 뭉클해지곤 합니다."

"그럴 만도 하겠습니다. 헌데 혹시 백성들 간에 분쟁은 없습니까? 우리 웅씨족에서도 지난날보다 수확이 늘어났지만 그로 인해 싸움이 더 빈번해져서 여쭤보는 말입니다."

"없기는요? 그래서 아버님께서는 그것 때문에 걱정을 많이 하십니다. 이런 것을 생각하면 지난날이 더 그리워질 때가 있습니다."

"혹시 이곳에도 도적 떼들이 나타나고 있습니까?"

"그런 정도는 아니지만 그렇다고 분쟁이 아예 없지도 않지요. 지난날에는 물고기나 잡고 산열매나 따먹고 살자니 먹을 것이 항상 부족했죠. 배고픈 게 유일한 걱정거리였지만, 그래도 지금처럼 탐욕스럽지는 않았죠. 헌데 지금은 물자가 풍족해졌는데도 도리어 사람들이 재물을 탐내고 있지요. 사치스러워지는 것도 모자라 서로 돕고 사는 전통도 사라지고, 그저 자기 욕심만 채우려고 하니 인심이 흉흉해져 버린 것이죠. 그 여파로 공유지 경작은 그 소출이 형편없어져 버렸지요."

"그렇다면 재정이 넉넉지 못할 터인데, 제 보기엔 그런 것 같지는 않고……. 궁궐만 보더라도 여간 화려하고 웅장한 것이 아니던데……."

"그거요? 공유지에서 나온 소출로 재정이 충당되고 있지 않으니까요. 그렇게 해서는 도저히 유지가 안 되니 그 땅을 아예 분배해버려 세금으로 내게 하고 있지요. 이게 옳은 것인지 아닌지 알 수는 없지만 사람들이 그렇게 하길 바라니 어쩔 수 없이 그리하고 있지요. 어쨌든 그래서 재정은 충분한 편이고 사람들도 넉넉하게 살고 있으니 그걸로 족한 것 아닐까요? 물론 더 많이 가지려고 다투는 것이야 결코 좋은 건 아니겠지만요."

"하긴 그런 문제가 여기만 있는 것은 아니겠지요. 내 오면서 보니 다른 나라도 역시 그런 것 같았습니다. 한 인간의 탐욕이 서로의 싸움을 부채질하고, 그것은 결국 제국의 나라들 간의 다툼의 원인이 되고 있지 않습니까? 실상 범씨족이 주위의 나라를 넘보는 것도 그 때문이 아니겠습니까?"

서로의 얘기에 공감하면서 두 사람은 더 마음을 열게 되었다. 시간이 흐르면서, 두 사람은 세상의 변화나 태고의 전설, 백성들의 삶이나 도적들을 소탕하려다가 겪은 일 등 수많은 얘기를 나누게 되었다. 자연스럽게 두 사람은 이 세상의 모든 갈등과 다툼이 사라지고 모두가 이롭게 살 수 있는 그런 세상이 왔으면 좋겠다는 데 뜻을 같이하게 되었다.

단군은 하백녀와의 만남을 통해 꼭 동지 한 사람을 얻는 것 같은 기분이었다. 단군은, 지금의 세상에 결코 안주하지 않고 새로운 인간 세상을 어떻게든지 열어나가야 한다는 자신의 뜻을 피력했다. 이를 계기로 하백녀는 단군을 마음에 품게 되었다. 하백녀는 모름지기 사내대장부라면 일신의 영달에 개의치 않고 큰 뜻을 품어야 한다고 여기고 있었던 것이다.

그렇다고 해서 단군이 하백녀의 마음을 사로잡기 위해 거짓말을 한 것은 아니었다.

"이것은 내 마음일 뿐이지, 현실에서는 천신족의 왕자로서의 역할은 고사하고 웅씨족의 비왕으로서도 그 역할을 제대로 수행하지 못하고 있는 처지입니다. 또 여기 비서갑의 나라에서 수로공사를 하여 백성들이 넉넉하게 사는 것을 보면 사람의 힘이 참으로 대단하다는 것을 확인할 수 있었지만, 그러더라도 끝없는 탐욕을 추구하는 자들에 대해 어찌해야 할지 지금으로서는 마땅한 대책도 없습니다. 하지만 어떻게 하든지 그 대책을 찾을 생각입니다."

단군의 이런 솔직한 모습에 하백녀는 도리어 더욱 그에게 푹 빠져들었다. 큰 뜻을 품었으면서도 결코 자만하지 않고 노력하려는 태도가, 그를 더 뛰어난 인물로 보이게 만들었던 것이다. 하백녀는 단군이 꼭 그 뜻을 이루도록 자신의 모든 것을 다 바쳐서라도 도와주고 싶었다. 이 인물이야말로 그런 세상을 만들 수 있을 것처럼 느껴졌다. 이에 하백녀는 단군을 더는 붙잡아서는 안 된다고 생각하고 꼭 큰 뜻을 이루기 위해 어서 길을 떠나라고 요구하였다.

이에 단군은 하백녀의 두 손을 꼭 잡았다. 하백녀의 마음을 알았기 때문이었다. 이미 두 사람은 서로를 동지이자 연인으로 받아들이고 있었다. 결국 단군은 하백녀의 권유를 받아들여 기필코 답을 찾아 돌아올 것이니 기다려달라고 추후를 기약하였고, 하백녀도 언제든지 맞이할 준비가 되어 있다고 확약하였다.

또다시 단군은 하백녀를 떠나 새로운 답을 찾으러 나서게 되었었다. 하지만 막상 어디로 가야할지 모르는 정처 없는 발길이었다. 단군 일행은 수많은 산천과 골을 넘었다. 지나친 소국만 해도 벌써 여러 나라가 되었다. 이들 중에는 사슴, 소, 돼지 등의 동물은 물론이고 심지어 바위나 나무 같은 것들을 신령스럽게 섬기는 나라도 있었다. 처음에는 이상하고 신기해 보였지만 그것은 곧 웅씨족에서 곰을 신으로 삼는 것이나 비서갑이 수신을 수호신으로 여기는 것과 별반 다르지 않았다. 곳곳의 산천과 들녘에는 오곡들이 재배되고 있었고, 게다가 사람들 사이에서는 그 양식을 두고 서로 간에 다툼이 벌어지는 것 또한 마찬가지 모습이었다.

그런데 이상하게도 여러 곳을 돌아볼수록 단군은 더욱 허기가 지듯 공허하기만 하였다. 그가 찾고자 하는 이치와는 다르게 호랑이가 멧돼지를 사냥하여 잡아먹듯 서로 물고 물리는 먹이사슬의 고리처럼 맞물려 돌아가는 게 세상사의 흐름으로 보였던 것이다. 만약 이를 인정한다면 힘 있는 자가 약한 자를 강탈하고, 또 도적들이 날뛰는 것 또한 수레바퀴가 돌고 도는 것처럼 당연한 일이 되는 셈이었다. 그 고리를 끊는 방안을 찾고자 했는데 그것은 보이지 않고, 도리어 세상은 절대 변하지 않는다는 것을 확인하는 것만 같아 답답하기만 하였다.

그들은 계속 북쪽을 향하여 올라갔다. 그러나 그것은 어디로 항해하는지 모르는 배처럼 바람과 구름을 벗 삼아 가는 길에 지나지 않았다. 오랫동안 걸어서 힘들다기보다 어디서 그 해답을 찾아야 하는지 모르는 것이 그들을 더욱 지치게 만들었다. 그렇다고 아무런 소득도 없이 돌아갈 수도 없는 노릇이었다. 단군 일행은 아무런 대책도 없이 앞을 향해 나아갔다. 그래서인지 발구루와 수하들의 발걸음은 한없이 더디기만 했다. 아니, 꼭 그런 이유에서만은 아니었다. 어떤 목적도 없이 걷는 단군의 행동에 조정에서의 일이 걱정되기 시작한 것이었다.

자꾸만 뒤처지는 수하들을 돌아본 단군은 좀 쉬어가겠다는 생각에 주위를 살펴보았다. 저편에서 거대한 암석들이 여러 기이한 형상으로 자신들에게 어서 오라고 손짓하는 것처럼 보였다.

"저쪽으로 건너가 쉬기로 하세."

단군 일행이 그곳에 도착하여 자리를 잡고 앉으려고 하는 순간, 그들의 눈동자가 갑자기 커졌다. 이상한 광경이 그들의 눈에 띈 것이었다. 누가 만들었는지 알 수 없었지만, 각 나라들이 조상신으로 모시고 있는 곰, 호랑이, 사슴, 말, 돼지, 소 등 수많은 형상이 돌로 조각되어 놓여 있었다. 그리고 한쪽에서는 어떤 사람이 그것을 부수고 있었다. 그는 처음에는 무슨 커다란 돌창 같은 것으로 내려치다가, 잘 깨지지 않는지 정좌하며 자세를 바로잡고 주문 같은 것을 외우기 시작했다. 그러자 머리에서 광선 같은 것이 뻗어나가 차례차례 그것들을 꿰뚫어버렸다. 멀쩡하던 형상들은 한순간에 가루가 되어 바삭 주저앉았다. 그것은 지금까지 듣지도 보지도 못한 무예였다.

"세상에 저런 기인이 있다니!"

발구루와 수하들이 놀라움에 입을 다물지 못하고 있는 사이, 단군은 그 사람에게로 다가가 물었다. 그 사람은 흰머리가 희끗희끗 묻어나는 것이 꽤나 나이가 들어 보였다.

"대단하십니다. 그런데 어찌하여 저 형상을 부수시는 것입니까?"

"저것이 바로 요물이니, 없애버려야지요."

"요물이라니요? 저것은 각 나라 백성들이 자신들의 조상신이나 수호신으로 여기는 신상들이 아닙니까? 만약 다른 나라 사람들이 보기라도 한다면 큰 화를 당하실 터인데……. 물론 지금 보이신 실력으로는 쉽게 당하진 않을 것으로 여겨지지만……. 그래도 그런 생각을 가진 사람들과는 함께 살 수 없을 것 같군요."

"바로 그리 생각하니 더욱 깨버려야지요. 저런 것들이 무엇이라고? 하나의 돌멩이에 지나는 않는 것들이 아니요. 그런데 저것들 때문에 사람들이 하나로 단합하지 못하고 있어요. 저것들이 바로 사람들 간에 장벽을 만들고 있으니까요. 저것들을 깨버려야 사람들이 하나로 화합할 수 있는 것이지요."

"저것들을 깨버린다고 그 믿음까지 없어지겠습니까? 더욱이 사람들이 하나로 화합하게 만들다니 도대체 무슨 말씀을 하시는지……. 저리한다고 그리되겠습니까?"

"하긴 그런다고 해서 그렇게 갑자기 되는 것은 아니겠지요. 허나 이제 때가 되었으니 그리해야지요. 아니, 그렇게 될 것입니다."

단군은 꼭 선인처럼 보이는 그가 쏟아내는 말들을 도통 이해하기 힘들었다. 지금껏 각 나라들은 자신들의 수호신을 내세우면서 거기에 정령이 들어 있다고 여기고 그것을 받들어오고 있었다. 그런데 이 사람은 그런 것들을 깨부숴야 한다고 주장하고 있는 것이다. 어쨌든 분명한 것은 그가 이런 짓을 했어도 아무런 해악을 입지도 않았다는 점이었다.

가만히 살펴보니 그 사람은 오랫동안 수양을 하고 학문을 크게 깨친 듯한 모습을 하고 있었다. 더욱이 여러 형상들로 보아 어디 한두 곳도 아니고 여러 곳을 다니면서 각 나라들이 섬기고 있는 수호신에 대해서도 많은 공부를 한 것 같았다.

"이해는 잘 되지 않지만 어쨌든 대단하십니다. 아무도 생각할 수도 없는 일을 하시니 말입니다. 더욱이 장벽을 제거하고 모든 인간이 하나로 모여 살아야 한다고 생각하시니 말입니다."

"그게 뭐 대단하다고 그리 말하는 것이오? 넓은 세상을 주유하다 보면 자연스럽게 다 알 수 있는 사실인 것을. 더욱이 각 나라들이 각기 자기네 신상들을 모시는데 만약 그것을 다 따르자고 한다면, 인간이 제대로 유익하게 쓸 수 있는 것은 결국 아무것도 없을 게 아니오?"

"듣고 보니 그러하네요. 헌데 저것들을 부숴버린다고 인간이 하나로 화합하여 살아갈 수 있는 것입니까?"

"그건 알 수 없지요. 허나 태초에 인간이 태어나 마고성에 살 때는 아무런 장벽이 없었지 않습니까? 그러나 지금 복본複本하자고 길을 떠났지만 너무 오랜 시간이 흐른 까닭에 도리어 자신들의 두꺼운 벽에 갇혀 서로를 갈라보고 있단 말이오. 그러니 그 장벽들을 제거해버려야지요. 그래야 원래 처음의 마음으로 돌아가지 않겠소?"

그는 회한에 잠기듯 먼 산을 바라보았다. 그건 꼭 뭔가 큰 것을 기대하고 있는 모습 같아 보이기도 했다. 그 모습을 지켜보며 단군이 물었다.

"처음의 마음으로 돌아간다고 말씀하셨는데, 과연 그게 되겠습니까? 모든 인간이 고통도 없이 살았다는, 그런 세상에서도 '오미五味의 변變'을 겪지 않았습니까? 그래서 황궁씨가 복본을 수행하려고 했지만 그것을 이루지 못했고, 그 뒤를 유인씨가 이었지만 마찬가지였지요. 마침내 그것은 환인, 환웅으로 이어져왔지만 당신 말대로 이렇게 각기 자기만의 신을 수호신으로 믿는 결과를 낳았지 않습니까? 그런 사람들이 어찌 그것을 쉽게 포기하겠습니까? 더욱이 그 사람들에게서 나타나는 탐욕은 어찌하고요. 그것을 보지 않았으니 그리 말씀하시는 게지요."

"알고도 남지요. 내가 돌아다닌 곳만 해도 아마 당신은 상상도 하지 못할 것이오."

그가 자신이 지나온 과정을 회상하듯 말하자, 단군은 호기심이 동해 이것저것 물었다. 그러자 그는 단군을 뚫어지게 살펴보더니 "주신의 상인데"라고 혼잣말처럼 중얼거리며 이야기를 시작했다. 그것은 실상 엄청난 이야기였다. 그가 돌아다닌 곳은 이곳 한반도만이 아니라, 저 멀리 북만주를 넘어선 대륙에까지 이른 수만 리 장정에 해당하는 거리였다. 그 대륙 너머에는 우리의 생활과는 전혀 다른 새로운 문명이 있지만, 우리보다는 훨씬 못한 상태에 있다는 것도 알려 주었다. 그러면서 덧붙였다.

"어쨌든 만주와 대륙, 그리고 한반도 지역에 있는 나라는 그 차이가 좀 있지만, 대부분 비슷한 문제들이 나타나고 있어요. 그러니 당신이 말하는 것도 일리가 있지요. 나도 처음엔 믿지를 않았으니까요. 하지만 반드시 그런 것만은 아니오. 하늘의 뜻이 땅에 실현되는, 그런 세상의 기운이 꿈틀거리며 퍼져가고 있으니 말이오."

"기운이 퍼지다니 그게 무슨 말씀입니까?"

"천기를 보면 그 태고의 전설이 사실로 들어나고 있단 말이지요. 벌써 큰곰별자리가 움직이기 시작했단 말이오."

천기까지 거론하며 자신의 말을 확신하는 그를 단군은 유심히 바라보았다. 그도 단군의 얼굴을 다시 한번 유심히 살펴보더니 말을 이었다.

"나와 함께 남쪽으로 가보는 게 어떻겠소?"

"남쪽으로요? 왜 하필 남쪽입니까?"

"글쎄, 큰곰별자리의 움직임이 어디를 지시하고 있는지 그것은 분명하지 않지만, 남쪽을 향하고 있는 것만은 분명하니까요. 내 그래서 그쪽으로 가려고 하는데 같이 가면 서로 도움이 될 것 같군요. 어떻소이까? 같이 가지 않겠소이까?"

단군은 잠시 대답을 하지 못했다. 이 사람은 뭔가 확신에 차 있는 사람처럼 보이는 데다가 옆에 있으면서 많은 것을 배울 수 있을 것 같기도 했다. 하지만 남쪽이라면 자신이 지나온 길로 되돌아가는 셈이었다. 아무것도 찾지 못하고 다시 돌아간다는 것은 뭔가 마음에 걸렸다.

"그리 권하니 길동무라도 하고 싶기도 하지만, 지금 남쪽으로 내려갈 처지가 아닌지라……."

"그래요? 아쉽소이다. 같이 가면 좋은 것을 볼 수 있을 텐데.

어쨌든 시일이 촉박하니 나는 이만 일어나봐야겠소."

"뭐가 그리 급해서 그러십니까? 좀 더 앉아서 많은 얘기도 들려주시지 그러십니까?"

"허허! 별자리가 움직이기 시작했다고 하지 않았소. 그런데 우연인지는 몰라도 이번 천신제가 대대적으로 열린다고 하는 소문이 나돌고 있소. 뭔가 조짐이 보인단 말이오. 어쨌든 내 그것을 놓칠 수 없으니 일정에 맞추려면 빨리 떠나야지요."

그는 바빠서 곧장 떠나야 하는 듯 급하게 몸을 일으켰다. 단군은 뭐라고 단정할 수 없었지만, 자신의 생각에 확신을 가지고 있는 그의 모습이 부럽기만 했다.

"떠나실 때 떠나시더라도 함자만이라도 가르쳐주시지요."

"그런 것은 알아서 뭐 하겠소이까?"

그렇게 얘기하고 그는 발길을 재촉했다. 그런데 갑자기 무슨 생각이 들었는지 도중에 그가 뒤돌아서서 말했다.

"나는 신지라고 하오."

신지가 떠나는 모습을 보면서 단군은 멍하니 앉아 있었다.

'천신제를 대대적으로 연다고 하고, 그게 무슨 조짐 같다고 하니……. 아버님께 무슨 일이 생긴 것은 아닌가?'

단군은 한편으로 걱정이 되었다. 허나 곧 그는 고개를 가로저었다. 지금껏 아무것도 하지 못한 자신을 보고 아버님께서 실망하시는 모습이 먼저 떠올랐던 것이다. 여기서 돌아간다면 더 우스운 꼴만 당할 뿐이었다. 뭔가를 찾아야 한다는 생각에 자신이 초라하게만 느껴졌다. 그런 자신과 대비되어 세상이 얼마나 넓으며 뛰어난 재주를 지닌 기인 또한 얼마나 많은지 실감할 수 있었다. 자신은 우물 안의 개구리처럼 살아온 것뿐이었다.

이런 생각이 들자 그의 가슴에서는 지금까지와는 다른 투지가 갑자기 솟구치기 시작했다. 도전해보고 싶고, 실행해보고 싶고, 찾아보고 싶은 그 무엇이 자기 가슴을 사로잡는 것 같은 기분이었다. 그것은 신지라는 사람과 얘기하면서 은연중에 든 생각이었다. 처음의 마음으로 돌아가야 한다는 말이 계속 그의 귓가에 맴돌았다. 그 때문에 바로 복본을 수행한 결과로 첫 환웅인 거발한께서 천부인을 가지고 신시神市의 세상을 열었던 곳에 가보아야겠다는 결심이 선 것이었다. 거기에 가면 뭔가 얻을 수 있을 거라는 생각에, 알 수 없는 느낌이 몸에서 새록새록 돋아나는 기분이었다. 왜 그런지 몰라도 지금의 이 기분은 마치 언젠가 자신이 느껴본 것 같기도 했다. 곰곰이 생각하는 중에 문득 그것이 자신이 꿈을 꾸면서 느꼈던 그 느낌이라는 것을 깨달았다. 사실 그가 여기에 오게 된 계기가 된 것도 바로 그 꿈이었다.

단군이 마침내 목표를 정하고 힘차게 몸을 일으켰다. 그런데 지금껏 묵묵히 그들을 따랐던 발구루와 수하들이 멈칫거렸다. 단군은 이런 그들을 못마땅해하며 재촉했다.

"빨리 갑시다."

"비왕님!"

"왜 그러시오?"

"그만 돌아가시는 것이 어떻겠사옵니까?"

단군은 발구루와 수하들을 번갈아 쳐다보았다. 그들의 얼굴은 많이 지쳐보였다. 그럴 수밖에 없는 게, 그들은 잠시 비서갑에서 지낸 것을 제외하고는 달포가량 거의 대부분을 풍찬노숙하며 걸어왔던 것이다.

"왜 많이 힘드시오?"

"어찌 힘들어서 그러겠사옵니까? 다만 걱정이 앞선지라……. 지금까지 너무나 오랫동안 자리를 비우지 않았사옵니까? 백성들에게 약조까지 했는데, 그것은 어찌 처리되었을지……. 더욱이 조금 전 신지라는 사람도 이번 천신제에서 무슨 조짐이 보일 것이라고 하였는데, 그게 계속 마음에 걸리옵니다. 그러니 이만 돌아가시는 게 좋을 듯하옵니다."

"나도 걱정이 안 되는 것은 아니지만 그렇더라도 무슨 별일이야 있겠소?"

"거불단 환웅님께서는 이미 연세도 많이 드셨사옵니다. 그냥 넘길 수 없는 일이옵니다. 만에 하나라도 일이 생긴다면……. 더욱이 웅씨족에서 비왕님이 자리를 비운 동안에 웅갈과 웅도리 왕자들이 일을 저지른다면 어찌 되겠사옵니까? 예감이 불길하옵니다. 만약 그들이 그리하려고 마음을 먹는다면 어느 누가 있어 그것을 막을 것이옵니까? 돌아가셔야 하옵니다."

"어찌 그런 불길한 말을 입에 담는가? 그런 일은 있을 수 없네. 더욱이 내가 이대로 돌아간다면 무엇이 달라지겠는가? 아무 것도 달라질 것이 없네. 아니, 난 아무것도 할 수 없어. 이런 나를 보고 아버님께서 무어라고 하겠는가? 더욱이 자네 또한 우라는 자가 하는 말을 듣지 않았는가? 자신들을 진압할 수는 있어도 또 다른 도적 떼들이 나타나는 것을 막을 수는 없을 것이라고 말하는 소리 말일세. 이렇게 가면 우리는 또다시 그 옛날 생활로 돌아가고 말 것이네."

"비왕님의 마음을 왜 제가 잘 모르겠사옵니까? 하오나 비왕님께서는 충분히 하실 수 있사옵니다. 도적들도 설득시켜 투항시키지 않으셨사옵니까? 비왕님은 하실 수 있사옵니다. 그러니 돌아가셔서 맞서십시오. 이제 거불단 환웅께서도 나이도 드셨으니 천신족을 이어야 하지 않겠사옵니까? 그걸 준비하기 위해서도 이리하시면 아니 되옵니다. 조정에서 이 일을 해결해야지 대체 어디서 해결할 수 있겠사옵니까? 비왕님께서 이리하시는 것은 소신이 아무리 좋게 보려 한다 해도 회피하시는 것으로밖에 보이지 않사옵니다."

"새로운 방안을 찾기 위해서 나서는 것을 회피라고 본단 말인가? 그건 아니네. 아까 신지라는 사람이 말하는 것을 자네도 듣지 않았는가? 새 세상이 오고 있다는 것 말이네. 그런데 그것이 어찌 저절로 되겠는가? 그걸 찾아야 하네. 그것이 내가 아버님께 드릴 선물이네. 그것을 빼고 무엇이 있단 말인가? 그것을 찾기 전까지는 난 돌아가지 않을 것일세. 그러니 정 가고 싶거든 자네나 가게. 아니, 그리하는 것이 좋겠네. 자네가 돌아가서 내 소식도 전하게나.”

“비왕님, 어찌 저의 충정을 그리 몰라주십니까? 저는 비왕님을 버리고 떠나지 않을 것이옵니다. 하지만 문제를 해결하려면 비왕님이 직접 그 자리에 가서야 하지 않습니까? 어찌 다른 곳에서 해결책이 나오겠사옵니까? 저의 충정을 받아들이시어 다시 한번만 더 생각해보시는 것이 어떻겠사옵니까?”

발구루의 계속된 요청에도 불구하고 단군은 그것을 받아들이지 않았다. 단군은 지난날처럼 해서는 더 이상 백성들을 행복하게 다스릴 수 없다고 판단하고 있었다. 그 옛날의 통치방법으로 해결되지 않는다는 사실을 그는 잘 알고 있었고, 그래서 비왕 자리를 내팽개치다시피 하고 그곳을 떠나온 것이었다. 그런데 이제 뭔가 해결책을 찾을 수 있다고 여겨지는 마당에 그냥 물러설 수는 없었던 것이다.

단군이 확고한 입장을 보이자 발구루와 수하들은 하는 수 없이 다시 함께 앞으로 나아갔다. 그러나 그들의 모습은 그 이전과는 확연히 달랐다. 바로 신시개천神市開天의 옛 지역을 찾아가려는 확고한 목표가 자리 잡고 있었던 것이다. 태고의 전설이 실현되는 조짐이 보인다고 예견하는 사람이 나타났고 천신제가 대대적으로 열리려는 시점에, 그들은 바로 태고의 전설을 실현하려고 했던 그 태초의 발아 지점을 향해 나아가고 있었던 것이다.

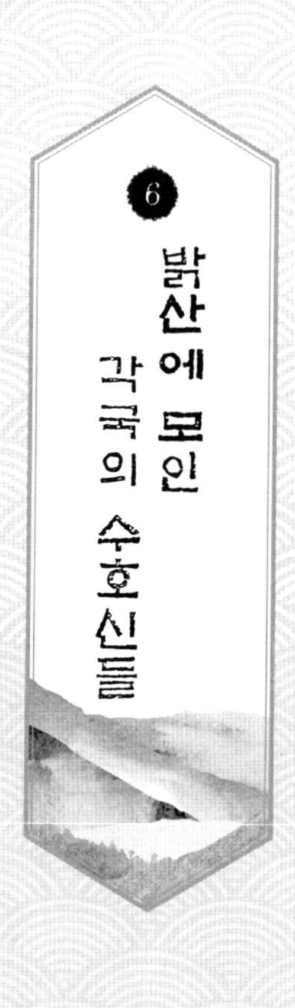

6

밝산에 모인 각국의 수호신들

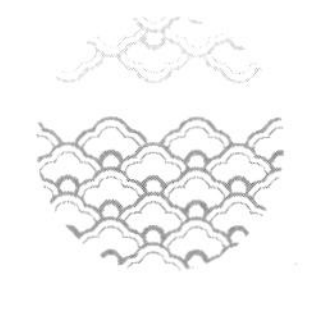

천신족의 중심지 밝산에는 각 나라의 수장들은 물론이고 그 측근들까지 대거 모여든 까닭에 인산인해를 이루었다. 각국은 많은 군사들을 대동하고 왔지만 호위 군사들을 제외하고는 수도성까지 들어오지 못하고 변방에 주둔시킬 수밖에 없었다. 천신족의 입장에서 군사들을 몰고 입성하는 것까지는 허용할 수 없었던 것이다.

이들이 군사까지 몰고 온 것은 다른 천신제와 달리 이번에는 대대적으로 열겠다는 천명이 있었던지라, 모두들 뭔가 일이 생길 것이라고 짐작했기 때문이었다. 더욱이 사람들 사이에서는 천부인이 사라졌다는 것에서부터 태고의 전설이 실현되어 새 세상의 주인이 나타날 것이라는 등 무성한 소문이 일파만파로 퍼지고 있었다. 이것은 곧 앞으로 권력의 향배가 어떻게든 정리될 것이라는 것을 의미했고, 그래서 각국은 여기서 밀려나지 않으려고 너도나도 군사를 대동한 것이었다.

그것만이 아니었다. 각국은 자신들의 힘을 과시하기 위해 자신들의 수호신까지 모시고 왔다. 그 종류도 곰, 호랑이, 사슴, 말, 소, 양, 뱀, 등 참여하는 나라들만큼이나 많아, 밝산은 그야말로 수많은 토템들의 전시장이 될 정도였다. 모두들 자신의 수호신이 최고라 여기며 은근히 힘을 과시하려고 했다.

천신족 측에서는 각국의 움직임에 촉각을 곤두세우고 경계령을 하달하고 있었다. 언제 어디서 불상사가 일어날지 알 수 없는 일이었던 것이다. 그러나 이미 권위를 잃어버린 천신족의 명령은 잘 먹혀들지 않고 있었다. 각국은 자신들의 수호신들을 정중히 모시며 그 우월성을 과시하려고 했고, 다른 종족의 수호신들을 은근히 깔보는 현상이 나타나고 있었다. 급기야 사씨족이 사슴고기를 먹는 것을 보고, 녹씨족이 사슴의 발굽은 하늘의 뜻을 알려주는 신성한 동물인데, 어찌 그것을 먹을 수 있느냐며 항의하였다. 그 항의에 사씨족은 하나의 고기 덩어리에 지나지 않는 것인데, 그 무슨 상관이냐며 대꾸하고 나왔다. 이에 녹씨족은 사씨족을 저주하며 뱀을 마구 잡아 도살하여 짓밟고 다녔다. 화가 난 사씨족은 녹씨족을 공격하려고 하여 두 나라의 관계는 일촉즉발의 위태로운 상태가 조성되었다.

이 소식을 전해 들은 거불단 환웅은 두 나라의 수장을 급히 불러들여 화해를 도모하였다. 서로 모시는 수호신이 다 다르고, 또 거기에는 각기 정령이 들어 있거늘 어찌 자기 수호신만 자랑하고 남의 수호신을 무시하려 드느냐며 서로 존중하며 양보할 것을 권유하였다. 천신제를 앞두고 피차 싸움을 원치 않아 전쟁으로까지는 치닫지 않았지만 그 골은 깊어만 갔다. 하나의 중심이 있다가 그게 허물어지니 서로 각기 잘났다고 주장하면서 나타나는 자연스런 현상이었다. 제국의 모든 나라들이 자신들의 발톱을 드러내고 으르렁거리는 형국이 되다 보니 자연 분위기는 어수선했다. 어디서 한 군데만 부딪치기만 해도 그것은 일파만파로 퍼져 모든 각국이 편을 갈라 전쟁으로 돌입할 수 있는 형국이었다.

그런 가운데 천신제의 향방에 대한 입소문은 더욱 무성하게 퍼져 나갔다. 그 요체는 이번 천신제를 계기로 단군이 거불단 환웅의 자리를 잇느냐, 아니면 범씨족의 수장 호한이 새롭게 등장하느냐에 모아졌다. 만약 천부인이 사라지지 않았다면 이렇게 대대적으로 천신제를 진행하는 목적은 아들에게 물려주기 위해서라고 보았다. 그렇지 않고 새로운 수장이 그 자리를 잇는다면 제국의 여러 나라들 중에서 가장 위용을 자랑하는 범씨족을 빼고 생각할 수 없었기 때문이었다. 들리는 소문에 의하면 이번 천신제도 범씨족 수장의 요구에 의해서 진행된 것이고, 천부인을 보여달라는 범씨족 사신의 겁박에도 천신족이 쩔쩔매기만 했다는 것이었다. 거불단 환웅도 어찌하지 못할 만큼 범씨족 수장의 힘은 강력하다는 것이었다. 그러나 새로운 계승자가 되려면 천부인이 있어야 했다. 그러니 거불단 환웅의 의중이 중요할 수밖에 없었다. 문제는 단군이 전혀 얼굴을 드러내지 않는 데다가 그 소식도 전혀 모른다는 점이었다.

어수선한 분위기 속에서 범씨족 수장 호한은 거드름을 피우며 거불단을 찾아 나섰다. 사람들의 이목은 그의 움직임에 집중되었다.

그의 모습은 범처럼 눈이 부리부리하게 날카롭게 빛나는 데다가 단 한 번의 수도치기로 사람을 박살내버릴 듯 수백 톤의 근육을 자랑하고 있었다. 범인들이 그의 눈매만 보고도 무서워 몸을 움츠리고 벌벌 떨 정도로 사납고 무서운 인상을 강렬하게 심어주고 있었다. 더욱이 그는 거불단 환웅의 뜻을 거스르고 제국의 모든 나라를 장악하려는 야심을 가진 자로 알려지고 있었다. 늙어 힘이 빠진 자기 아버지조차 살해하고 범씨족의 권력을 움켜쥘 정도로 흉악한 인간이라는 소문도 나돌았다. 그를 보좌하는 주위 사람들도 하나같이 험상궂게 생기기는 마찬가지였다. 특히 그의 옆에서 항상 그림자처럼 따라다니는 모사꾼이자 참모인 모사모는 눈초리가 가늘게 찢어져 야비하고 인정사정 봐주지 않는 듯한 표독한 인상을 풍겼다.

이런 모습들을 한 호한 일행이 지나가자, 사람들은 무서워 절레절레 고개를 저으며 절로 길을 비켜주었다. 그런 모습에 호한은 벌써 세상의 주인이나 된 양 득의양양하며 자신만만해했다.

거불단은 호한의 방문을 정중하게 맞아들였다. 호한은 범의 발톱과 같은 날카로운 눈길로 거불단을 쏘아보며 냄새를 맡듯 코를 킁킁거렸다. 그러면서 거불단은 이제 늙어빠진 노인네에 지나지 않는다는 듯 거들먹거렸다.

"제 요청을 받아들여 천신제를 이리 대대적으로 시행해주시니 감사하기 짝이 없습니다."

호한은 마치 자신의 요청에 의해 이번 천신제가 시행된 것처럼 자랑했다. 이에 거불단이 약간 거슬리는 듯 반박하고 나섰다. 두 사람은 처음 대면에서부터 묘한 신경전을 벌이게 되었다.

"감사하다니요? 아니지요. 이렇게 참여해주시니 내가 더 고맙지요. 그리고 천신제는 원래 이렇게 하는 것이거늘 새삼 달라진 게 뭐 있겠습니까? 그렇지 않습니까?"

"그렇기는 하지만 이렇게 성대하게 시행된 것은 우리의 요청이 있어서 그리된 것 아닙니까? 하여튼 이 이야기는 그만하지요. 하지만 지난번 특사를 파견했을 때 우리가 천부인을 지켜주겠다고 요청을 했는데, 그것을 받아들이지 않아 좀 섭섭합니다. 요즘 도처에서 도적들이 들끓고 있는지라 참으로 걱정되어 도와주려고 한 것뿐인데……."

"그 호의는 고맙소이다. 하지만 우리 천신족도 그만한 여력이 있으니 마음을 놓으시지요. 하기야 범씨족 수장께서 이리 마음 쓰고 있는데, 어느 누가 감히 그것을 넘볼 수 있겠소이까? 아니 그렇소?"

기 싸움이 펼쳐지면서 서로 양보하지 않으려 하는 가운데 웅씨족 수장 웅지백이 거불단을 찾아왔다. 세 수장이 한자리에 모이면서 더욱 분위기는 팽팽해졌다. 그럴 수밖에 없는 게 여러 나라들로 구성된 제국은 제각각 독립적으로 다스려지고 있었으나, 실상 이들 세 나라가 가장 강력했기에 거의 이들에 의해서 제국을 이끌어가는 것이나 다름없었다. 그러니 이들의 결단과 판단이야말로 제국의 향방에 지대한 영향을 미칠 수밖에 없었다.

세 수장의 화제는 자연스레 제국의 앞날에 대한 얘기로 옮겨졌다. 호한이 먼저 입을 열었다.

"지금 각 나라가 흥해졌다고는 하나 사방에서 도적들이 들끓고 있어 어디 조용한 나라가 없을 지경이오이다. 이런 상황을 오랫동안 방치한다면 필시 온 제국이 혼란에 빠질 터 특단의 조치를 취해야 하지 않겠소이까?"

"특단의 조치라니? 무엇을 두고 하는 말이오이까?"

웅씨족 수장 웅지백이 호한의 의중을 따지듯 물었다.

"도적들을 퇴치하자면 아무래도 한 나라의 힘으로는 안 될 것 같으니 제국의 힘으로 다스리자는 것이지요. 그러자면 강력하고 힘이 있는 나라가 중심이 되어서 해결해야 하지 않겠습니까?"

"지금 무슨 소리를 하시는 겁니까? 지금껏 각 나라는 각기 독자적인 수호신을 모시며 살아왔고, 또 천신족이 그 중심에 서서 이끌고 온 것은 세상이 다 아는 사실이거늘, 지금 그것을 부정하는 것입니까?"

"그럼, 도적들이 들끓고 있는 것을 그대로 보고만 있자는 겁니까? 그래서는 안 되지요. 이건 혼란이어요. 제국의 혼란이라는 말입니다. 지금과 같은 상황으로서는 안 되니 모든 제국을 하나로 합쳐 강력하게 다스려야지요. 사실 도적들이 날뛰고 있는 것도 강력하게 통치하지 못하니까 그런 것이지, 그들을 단호하게 대하여 통제하여 나간다면 과연 저렇게 나올 수가 있겠습니까?"

"도적들의 문제야 각 나라의 내부 문제가 아니요. 그런데 그것을 가지고 어찌 내정을 간섭하려고 하시는 게요? 더욱이 천신족을 중심으로 그 지휘를 받는 것은 제국의 모든 나라가 서로 합의한 것이거늘, 어찌 이에 상반되는 말을 하실 수 있단 말이오? 정말 이 합의를 깨려고 작정한 거요?"

"합의를 깨자는 것이 아니라 지금의 시대적 상황에 맞게 대처하자는 것이지요. 이게 뭐가 틀렸다고 그리 말씀하시는 겁니까?"

웅지백 수장은 잠시 흥분을 가라앉히고 다시 차분히 말을 꺼냈다.

"그럼 좋소이다. 한 가지만 물어봅시다. 강력하고 힘이 있는 나라가 중심이 되어서 제국을 통치해야 한다고 했는데, 도대체 그 나라가 어디라고 생각하시는 게요."

"그거야 웅씨족 수장도 생각해보면 잘 아실 게 아니요? 제국의 여러 나라를 통치하고 도적들까지 응징하고자 한다면 당연히 그 힘이 강력해야 할 테지요. 그러자면 어느 나라가 가장 위엄이 서고 막강한지를 따져보면 그거야 쉽게 결정할 수 있을 것이 아니오."

"허허! 그러니까 결국 호한 수장은 이런저런 구실을 대며 얘기하고 있지만, 실상은 범씨족이 제일 세니 자신이 제국을 통치하겠다는 속셈이 아니오? 참으로 가관이구려. 허나 그럴 수는 없소이다."

"그럴 수 없다니? 세상의 혼란을 없애고 편안함을 도모하자고 하는 것이 뭐가 틀렸단 말이오? 그리고 그런 일을 하는 데 있어서 누구는 되고 누구는 안 된다는 게 말이나 되오? 그 일을 잘 수행할 수 있는 사람이 하는 것이지요. 더욱이 지금 백성들 속에서 새 세상의 주인이 나올 것이라는 말들이 나돌고 있는 것을 웅지백 수장은 아직 듣지도 못했단 말이오? 이제 세상은 변해야 하오. 아니, 벌써 변하고 있다는 것을 알아야 할 것이오."

범씨족의 수장은 서서히 자신의 본심을 드러내기 시작했다. 이에 웅지백은 한층 더 곤두선 목소리로 따져 물었다.

"새 세상의 주인이라니? 천부인이 있고, 그에 의해 제국이 다스려지고 있거늘, 어찌 천신제를 맞이하는 이 마당에 그런 망발을 입에 담을 수 있단 말이오."

"천부인, 그 말씀 한번 잘 하셨소이다. 지금 세상에선 천부인이 사라졌다는 말들이 돌고 있소이다. 이미 하늘의 별자리가 그 조짐을 보였다는 소리도 있고요. 아무튼 이것이 사실인지, 아닌지는 아무도 모르지만 한 가지 분명한 건 아무런 근거도 없이 그런 소문이 나돌 수 있느냔 말이오. 아닌 땐 굴뚝에 연기가 날 리 없잖소? 그래서 지난번에 그 사실을 확인해줄 것을 거불단 환웅님께 요청을 했는데, 아무런 대답을 하지 않았소이다. 내 이번엔 그게 사실인지 아닌지 확인하기 위해서라도 천부인을 두 눈으로 직접 봐야 하겠소이다. 이번에 그것을 보여줄 수 있겠지요?"

천부인 얘기까지 나오자 분위기는 더욱 험악해졌고, 웅지백은 거불단을 바라보았다. 그 사실을 그 자신도 잘 알지 못했기에 거불단의 대답을 듣고 싶었던 것이다.

"우리가 보관하고 있는 천부인이라면 당연히 여기에 있지요. 그것이 갑자기 어디로 사라졌겠소이까?"

"그래요? 정말 천부인을 보관하고 있다는 말인가요?"

순간 호한의 눈동자가 놀랍게 변했다. 그가 지금까지 파악해온 첩보에 의하면 별자리가 움직인 이후 거불단이 놀라며 허겁지겁 천제단을 찾아가 살펴보았다는 것이었다. 이것은 뭔가 하나의 큰 변고를 의미하는 것이었고, 그래서 특사를 파견하여 그 내막을 알아보고자 했다. 그런데 거불단은 뭔가 켕기는 게 있는지 강하게 나오지 못했다고 보고를 받았던 것이다.

"그럼, 그게 이 나라에 있지 어디에 있겠소이까? 어쨌든 천신제 때 보면 자연 알게 될 것이니 그때까지 기다려보시구려."

"잘 들었지요. 호한 수장도 잘 아시겠지만 천부인은 제국을 다스릴 수 있는 징표요. 그것이 천신족에 있는 이상 이제 망발은 삼가시기 바라오. 그리고 내 이 말을 안 하려고 했지만 제국을 통치하고자 한다면 그게 어찌 힘만으로 되겠소이까? 그만한 연륜과 경륜이 있어야 할 것이고, 특히 중요한 것은 여러 사람들로부터 존경받을 만한 인품이 있어야 하지요. 그렇지 않소이까?"

"지금 누굴 보고 훈계하려고 하는 것이오? 어쨌든 좋소이다.

허나 만에 하나 천부인을 직접 보여주지 못하고 우리를 속이려 든다면 그땐 우리가 가만히 있지 않을 것이오. 이 말을 명심해주시구려."

호한은 이 말을 끝으로 자리를 박차고 나가버렸다. 그런 그의 뒷모습을 보며 웅지백이 근심스럽게 얘기했다.

"아무래도 호한 수장이 무슨 일을 낼까 봐 걱정입니다. 오늘 말하는 것을 보면 뭔가 큰일을 저지를 것 같아요."

"아직 젊으니까 그런 게지요. 엄밀히 따져보면 그가 한 말도 틀린 것은 아니지요. 세상이 지금 얼마나 혼란스럽습니까? 그걸 바로잡자고 하는 것인데."

"아무리 그래도 그렇지, 어디서 감히 이 제국을 지배하려는 야심을 노골적으로 드러낼 수 있단 말입니까? 내 제 아비를 죽일 정도로 흉악하다는 소리를 들었어도 그래도 일국의 수장이니 설마 그러겠느냐고 믿지는 않았는데, 오늘 보니 그게 아닌 것 같습니다. 이에 대비를 해야지, 방심했다가는 그자로 인해 온 제국이 전란에 휩싸이고 말 것 같습니다."

"그게 걱정입니다. 허나 그것을 어찌 인력으로 막는다고 해서 어찌 그리되겠습니까? 다 하늘의 뜻대로 되는 것을. 그러고 보면 지금 새 세상의 주인이라는 말이 나돌고 있는 것이 하늘의 뜻인지도 모르지요."

"네에? 지금 무슨 말씀을 하시는지……."

"웅지백 수장께서도 지금까지 내려왔던 태고의 전설을 아시겠지요. 그러니까 그게 실현되는 날도 올 거라는 얘기지요."

"그거야 먼 훗날의 얘기지. 어디 지금 상황을 두고 말하는 것이겠습니까? 그럼, 혹시 지금 세상에서 말하는 소문들을 정말로 믿는다는 말씀이십니까?"

"그거야 모르지요. 때가 되면 하늘이 예시해주고 모든 것이 그 뜻대로 움직이는 것을요."

웅지백이 놀라워하며 거불단을 오랫동안 쳐다보았다. 세상을 초월한 듯한 그의 말투에서 뭔가 큰 변고가 일어난 게 분명하다는 것을 즉감할 수 있었다. 그러고 보니 조금 전 호한이 그렇게 자신만만하게 천부인까지 거론하며 얘기한 것이라든가, 그리고 이에 대해 거불단이 자신이 보관하고 있다고 분명하게 말하지 않고 여기에 있다고만 얘기하는 것도 이상하게 여겨졌다. 분명 뭔가 있다고는 생각되었으나 그게 무엇인지 자세히 알 수는 없는 노릇이었다. 하지만 천부인도 있다고 하고, 그리고 새 세상의 주인을 거론하고 있다면 그것은 자신의 새로운 후계자를 뽑겠다는 것 이외에 다른 것이 될 수 없었다. 이를 확인하고자 웅지백이 조심스럽게 입을 열었다.

"혹시 이번에 왕검 왕자님을 후계자로 뽑으려고 그러시는 것인지……. 물론 우리야 거불단 환웅님께서 어떻게 결심하시더라도 적극 후원하겠지만요."

"후계자를 뽑다니요? 그것은 천부당만부당한 말씀입니다. 그런 것이라면 벌써 웅지백 수장께 얘기했겠지요. 허나 이번에 그런 일은 없을 겁니다. 그건 그렇고 이번에 단군은 함께 오지 않았습니까? 소식이 없어서.”

“아니, 여기서도 그 소식을 모른다는 말씀이십니까? 천신제가 열리는 것을 알 터이니 이쪽에 소식을 주었을 것이라고 생각했는데.”

“그럼 웅지백 수장과 같이 오지 않았다는 말씀이신가요? 혹시 단군에게 무슨 일이 생긴 것입니까?”

“무슨 일이 생긴 것은 아닙니다만……. 사실은 우리 웅씨족에 하루가 멀다 하고 도적 떼가 창궐하는 바람에 그들을 진압하기 위해 직접 출전하였다가 여러 곳을 돌아보겠다며 소식만 보내고 돌아오지 않고 있는 상태입니다. 이번 천신제를 맞아 함께 오려고 백방으로 수소문해 찾아보았지만 그 행방이 묘연한지라 같이 오지 못했습니다. 그래도 이곳에는 소식을 띄울 줄 알았는데.”

웅지백이 미안해하며 어쩔 줄 몰라 했다. 그러면서도 그의 생각은 더욱 안개 속으로 헤매는 듯했다. 거불단이 단군을 내세울 생각이 아니라면 도대체 무슨 의중을 품고 있는 것인지 오리무중이었고, 도통 헷갈리기만 했다.

“무슨 일이야 있겠습니까? 어쩌면 오지 않은 게 더 나을지도 모르지요. 어쨌든 많은 관심과 배려를 해주고 있다는 것을 잘 알고 있습니다. 그 점 아들을 대신해 감사를 드립니다.”

“무슨 별말씀을요. 감사하다는 말은 제가 해야지요. 그는 우리 웅씨족의 기둥이고, 그로 인해 우리 웅씨족이 이리 막강한 힘을 유지하고 있으니 말입니다."

"무슨 겸손의 말씀이십니까. 어쨌든 이번 천신제에 대해 말들이 많다는 것은 수장께서도 잘 알고 있을 터이니, 이런 상황에서 만일의 경우에라도 불상사가 일어나지 않도록 최선을 다해야지 않겠소? 내 그래서 부탁인데 어떤 일이 있어도 우리 천신족을 많이 도와주셨으면 하는데, 그리해주시겠지요."

"여부가 있겠습니까. 우리 웅씨족은 항상 천신족과 함께했고 그 충의를 잊지 않고 있으니 그것은 염려하지 마시지요. 더욱이 왕자님께서 비왕으로 있는데, 어찌 우리가 모른 척하겠습니까?"

"고맙습니다. 그런데 한 가지 꼭 부탁하고 싶은 것은……. 물론 지금도 잘해주고 있다는 것을 알고 있지만 앞으로도 내 아들 왕검을 많이 도와주셨으면 합니다. 그리해주시겠죠?"

"그거야 당연한 일이지요. 그리 말씀하시지 않으셔도 그리할 터이니 마음 놓으시지요."

"그리 말씀해주시니 내 쌓였던 시름이 한꺼번에 사라지는 것 같습니다."

웅지백은 거불단이 단군을 염려하고 있다는 것을 느낄 수 있었다. 그런데 왜 그런 것인지 그로서는 이해할 수가 없었다.

'단군은 웅씨족의 비왕으로 있는 데다가 천신족의 왕자이기까지 하니 그것은 전혀 걱정거리가 되지 않을 터인데. 혹시 내 아들들과 사이가 좋지 않다는 것을 알고서 저리 말씀하시는가?'

어쨌든 웅지백은 무슨 일이 벌어졌다는 것을 분명하게 느끼면서도 그것이 도대체 무엇인지 알 수 없어 고개를 갸웃거리며 그 곳을 떠나갔다.

그 뒤를 이어 수신족 수장 하백이 거불단을 찾아왔다. 하백은 거불단에게 단군의 소식을 아냐고 물었다. 거불단이 모른다고 대답하자 단군이 자신이 찾아왔던 얘기를 들려주었다. 거불단은 반가운 듯 놀라 물었다.

"그런 일이 있었단 말입니까? 그러고 보면 두 아이가 식을 올리지 않았지만, 이제 하백 수장과는 사돈지간이 되겠습니다그려. 이리 반가울 수가."

"이렇게 환대해주시니 제가 몸 둘 바를 모르겠습니다. 두 아이가 맺어지게 된다면 우리로서야 경사 중의 경사가 될 것이지요. 어쨌든 우리는 그리만 된다면 더 바랄 게 없습니다."

"그리되어야지요. 두 아이가 그리 맘을 먹었다면 그리되지 않겠습니까? 우리로서도 큰 경사이지요. 그런데 그 이후의 행방은 어떻게 된 건가요?"

"사실 그것까지는 모르겠습니다. 세상의 이치를 깨우치겠다고 하면서 더 여러 곳을 순례하겠다고 했을 뿐, 그 정확한 목적지를 말하지는 않았으니까요. 하지만 돌아올 때 다시 들른다고 했으니 조만간 소식이 꼭 올 것이라고 생각합니다. 소식이 오면 곧장 알려드릴 터이니 염려 놓으십시오."

"어허, 이거 정말 고맙소이다."

"고맙기는요. 당연히 그리해야 할 것인데. 어쨌든 거불단 환웅께서 그리 생각하신다면 우리 수신족과 천신족 간에는 공고한 동맹이 형성된 것이나 다름이 없겠습니다. 그리 생각해도 되겠는지요?"

"당연한 말씀입니다. 우리로서야 크나큰 우군을 얻게 되었으니 더할 나위 없이 기쁜 일이지요."

"그렇게 말씀하시니 우리가 뭘 망설이겠습니까? 우리 수신족은 지금까지도 그래왔지만 앞으로는 더욱더 공고한 동맹을 맺어 천신족에 모든 충성을 다 바칠 것입니다. 지금이라도 우리의 도움이 필요하면 언제든지 말씀하시지요. 모든 성의를 다 바칠 터이니까요."

하백은 이번 천신제를 두고 여러 말들이 오가는 것을 알고 있었기에 기꺼이 천신족 편에 서겠다는 뜻을 밝혔다. 사실 그는 범씨족과 척을 지지 않기 위해 고심했지만, 자기 딸 하백녀가 단군을 사모하는 것을 알고 마음을 돌렸다. 자신이 막으려고 해도 둘이 결혼하게 된다면 어차피 천신족 편에 서서 범씨족과 대립할 수밖에 없는 처지였던 것이다. 그렇다면 처음부터 천신족과 돈독한 관계를 만들어두는 것이 필요했다. 사실 범씨족이 아무리 강력하다고 해도 웅씨족이 천신족 편에 서고 자신들도 그에 합류한다면 결코 범씨족도 함부로 나서지 못할 것이라는 판단도 섰던 것이다.

"말씀만으로도 고맙습니다. 하지만 천신제는 하늘의 뜻에 따르면 되지 않겠습니까? 그러니 새삼스레 무슨 준비는 필요할 것 같지는 않고……. 다만, 물론 앞으로 사위가 될 것이니 잘 알아서 하시겠지만 왕검을 많이 도와주셨으면 합니다. 그것을 부탁하고 싶습니다. 그리해 주시겠지요."

"그거야 말씀하지 않으셔도 그리해야지요. 그것 말고 다른 도움은 필요하지 않으신지……."

하백은 분명 거불단이 자신의 도움을 필요로 할 것이라고 생각했다. 그런데 거불단이 단지 단군만 부탁하니 하백은 도무지 영문을 모르겠다는 얼굴로 거불단을 쳐다보았다. 거불단은 그에 대해 가타부타 말하지 않고 거듭 단군을 부탁하는 말로 두 사람의 대화를 매듭지었다. 하백은 그러겠다고 대답하긴 했지만 뭔가 석연치 않아하며 그 자리를 떠났다.

수신족 이후에도 녹씨족과 마씨족, 그리고 사씨족 등 천신제에 참여한 여러 나라의 수장들이 거불단을 방문하고 나갔다. 하지만 그들 모두는 이번 천신제에서 무슨 변고가 있을지도 모른다는 암시를 어렴풋이나마 받았다. 거불단은 천부인이 있으니 자신을 따르라고 확고히 말하지도 않았고 도리어 무슨 새 세상의 주인이 나타날 것이라는 소문을 거론했던 것이다. 그들은 뭔가 말하지 못할 속사정이 있다고 여겼다. 더욱이 모든 얘기 끝에는 단군을 걱정하며 당부하는 말을 덧붙였으니, 이건 거불단의 몸에 이상이 있다는 뜻으로 받아들일 수도 있는 일이었다.

이에 각 나라의 수장들은 뭔가 있다는 것을 느낌을 받았지만, 그게 무엇인지 도통 감을 잡을 수 없었다. 거불단의 몸에 이상이 있다고 한다면 천신족 신료들의 움직임에서도 뭔가 이상한 조짐이라도 발견되었을 텐데 전혀 그런 기미가 보이지 않았던 것이다. 어쨌든 그들은 거불단의 움직임에 신경을 곤두세우면서도, 이번 천신제야말로 권력의 향배에 큰 영향을 미칠 것이 분명하다고 보고 만반에 준비를 갖추기 위해 부산하게 움직였다.

거불단은 각 나라들의 방문이 끝나자 조용히 혼자만의 사색에 잠기었다. 천부인이 사라졌다는 사실을 어느 누구에도 알리지 않았지만, 이제 더는 숨길 수가 없게 되었으니 가부간에 어떤 결정을 내려야 했던 것이다. 그러나 무엇보다 그의 마음에 걸리는 것은 단군이었다. 단군에게 천부인을 물려주지 못할 바에는 차라리 그가 오지 않은 편이 더 나은지도 몰랐다.

'세상의 이치를 깨치기 위해 떠났다고 했는데, 도대체 무엇을 그리 찾아 헤맨다는 것일까? 혹시 새 세상의 주인이 나타난다고 하는데 그래서 그러는 것일까? 세상의 위대한 인물이 나타날 것임을 예언한다는 기린마까지 타며 거느렸던 애인데.'

그러나 거불단은 이내 고개를 도리질했다. 아들에 대한 미련 때문에 좋게 보려고 한 것이지만 그것은 있을 수 없는 일이었다. 새 세상의 주인이라는 것은 환웅의 자리, 즉 자기 다음 대를 잇지 않는다는 말을 함축하고 있었던 것이다. 이것은 안파견 환인이 첫 나라를 세운 이래로 7대를 계승했지만 새로운 시대를 맞아 첫 거발한 환웅이 7대의 지위리 환인의 뒤를 이은 것이 아니라 신시 개천의 새 시대를 열었던 것과 마찬가지 이치였다. 지금 새 세상의 주인이 나타난다 함은 자신의 뒤를 이어 19대의 환웅이 되는 것이 아니라 새로운 인물이 새 시대를 연다는 것을 의미했다.

선대의 뜻을 이어가기는커녕 도리어 새로운 주인에게 자리를 내주어야 하게 되었으니 그것은 크나큰 죄였다. 그중에서도 자기 아들 왕검에 대한 죄책감이 가장 컸다. 아무리 변명한다 해도 그 계승자의 자리를 물려줄 책임은 바로 자기 자신에게 있었던 것이다.

이제 와서 무엇을 어찌하겠는가? 바로 이것이 하늘의 뜻인 것을. 하늘의 뜻이 아니라면 지금껏 대대로 물려왔던 천부인이 그렇게 감쪽같이 사라질 수 없는 일이었다.

하늘의 뜻을 무조건 받아들여야만 하는 상황에서, 지난날 단군을 혹독하게 훈육시키던 일들이 떠오르며 만감이 교차했다. 거불단도 새 세상이 펼쳐질 것임을 예감하며 그 준비를 하도록 단군을 단련시키고자 했던 것이다. 웅씨족의 비왕으로 보낸 것도 그 일환이었다. 하지만 아무런 담보도 마련해주지 못하고 물러나게 되다니 후회스럽기도 했다. 그럴수록 얼굴만이라도 한번 보았으면 좋겠다는 소망이 스며들었다. 그렇지만 한편으론 이런 상황에서 순행을 떠나게 되어 보지 못하게 되는 것 또한 운명이라는 생각마저 들었다.

어차피 운명을 따라야 한다면 마지막까지 최선을 다해야 했다. 태고의 전설이 실현되는 것은 인류가 등장한 이래로 한결같은 염원이었다. 마고성麻姑城의 마고麻姑에서부터 궁희와 소희, 그 뒤를 이은 황궁씨, 유인씨, 환인, 환웅에 이르기까지의 과정은 이를 실현하기 위한 노정이었다. 그 흐름에서 첫 거발한 환웅은 홍익인간과 이화세계의 기치를 내걸고 신시개천 하는 결정적 조치를 취했다. 허나 그 꿈은 실현되지 못했다. 이제 여기서 또 새로운 세상을 향해 도약한다면 그 꿈은 더욱 가까워질 것이었다. 그러니 거불단 또한 18대 환웅으로서의 소임을 다해야 했던 것이다.

오랜 생각 끝에 마음을 정한 듯 거불단은 풍백을 찾았다. 그렇지 않아도 풍백 역시 거불단을 알현하려던 참이었다. 풍백은 거불단에게 천신제 준비 상황을 보고하였다. 사실 거불단은 이번 천신제의 모든 일들을 풍백에게 일임하고 있었던 것이다.

"모든 준비가 다 되었사옵니다. 하오나 무성한 소문들이 나돌고 있어 아무런 사고 없이 천신제를 치를 수 있을지 걱정되기도 하옵니다. 특히 범씨족 수장은 아무래도 이번 천신제에서도 승복할 생각이 없는 듯 하온지라 그게 마음에 걸리옵니다."

"그래요. 대신도 그리 걱정을 하는 마당에 어느 누군들 그렇지 않겠습니까? 만약 걱정스럽지 않다면 그게 더 이상하지요. 허나 웅씨족과 수신족의 도움을 받으면 그리 큰일은 없을 것입니다."

"그렇지 않아도 웅씨족과 수신족에 미리 연통하여 일을 처리하였사옵니다. 이제 어떤 일에도 대응할 수 있도록 만반의 대비를 갖추어 놓았으니 심려 놓으시옵소서. 이미 각국들의 움직임은 물론이고 주변에 주둔하고 있는 군사들까지 물샐틈없이 대비하도록 비상한 조치를 취하였사옵니다."

"대신께서 고생이 많습니다. 내 그런 일은 그대가 잘 알아서 하실 것이라 믿는바 달리 걱정하지 않습니다. 내가 대신을 보고자 하는 것은 그런 일이 아니라, 긴히 할 얘기가 있어서였습니다."

"분부만 하시옵소서. 명을 받들 것이옵니다."

풍백은 평상시와 다름없이 대답하긴 했지만, 얼굴에서는 긴장한 빛이 역력했다. 범씨족의 특사가 올 때부터 거불단의 행동이 이상하다고 생각하고 있던 참이었다. 함부로 천부인을 입에 올리는 자를 아무런 징계 조치도 취하지 않고 보낸다는 것은 제국을 이끌고 있는 천신족의 수장으로서 보일 수 없는 행동이었다. 그때 단호하게 대응하지 않음으로써 범씨족이 더욱 기고만장하게 행동하고 있는 것이고, 제국의 다른 나라들도 의심의 눈초리를 보내고 있는 형국이었다. 분명 자신에게도 말 못할 사정이 있다는 것을 짐작했지만 대놓고 여쭤볼 수도 없는 노릇이어서 지금껏 모른 체하고 거불단의 명만 받들어왔던 그였다.

"그게……. 내가 어떻게 말해야 할지……."

거불단은 말을 더듬고 있었다. 풍백은 아예 눈을 감았다. 천부인에 대한 언급을 그토록 망설여왔던 거불단이었으니, 지금부터 그가 하려는 이야기는 바로 천부인과 관련된 것임을 직감했던 것이다. 이런 풍백의 모습을 보고는 마침내 거불단이 힘겹게 입을 열었다.

"대신도 대략 눈치채고 있는 모양이구려. 그래요. 범씨족 특사가 말했던 것처럼 천부인이 감쪽같이 사라져버렸소이다."

천부인과 관련된 얘기라고 짐작은 했지만, 막상 그것이 사라져 버렸다는 말을 듣고는 풍백 자신도 도무지 믿을 수가 없었다.

망연자실해하는 풍백에게, 거불단은 하늘의 별자리가 움직이던 날 바로 자신이 꿨던 꿈과 그날 천제단에 갔다가 돌아와 천부인을 보관해두었던 함까지 직접 살펴본 일을 얘기해주었다. 풍백은 얼굴이 새파랗게 질려 말했다.

"어떻게 그런 일이 일어날 수가 있단 말이옵니까? 거불단 환웅님! 이 일을 어찌하면 좋겠사옵니까? 그렇지 않아도 우리 천신족을 불신하는 무리들이 뭔가 꼬투리를 잡으려고 난리법석을 피우고 있는데."

"그게 걱정되기는 하지만 하늘의 뜻인 것을……. 그러면 따라야지 어찌하겠습니까? 그러고 보면 이것을 나쁘게만 볼 것도 아니지요. 새 세상을 바란 것이야 우리 선조들이 대대로 염원해왔던 바가 아니오? 그러니 기쁘게 생각할 수도 있는 일이지요."

"그럼 소신이 한 가지 묻겠사옵니다. 그렇게 하늘이 예언하였다면 새 세상의 주인이 누구이옵니까? 그것을 말씀하여 주시옵소서."

"아쉽게도 나도 그것까지는 모르네."

"그렇다면 지금 물러나서는 아니 되옵니다. 모든 것이 분명하지도 않는데 그렇게 해서는 아니 될 줄 아옵니다. 최소한 그 주인이 나타날 때까지는 자리를 지키고 계셔야 하옵니다. 만약 환웅님께서 자리를 비운다면 세상은 엄청난 전쟁의 회오리로 휘말려

들고 말 것이 불을 보듯 뻔합니다. 그렇다면 지금 세상에 누가 있어 이 혼란을 막을 것이옵니까? 거불단 환웅님께서 이 일을 맡으셔야 하옵니다."

"그것은 아니 될 일이네. 어찌 하늘의 태양이 둘이 있을 수 있단 말인가? 지난날 환인께서도 환웅의 뜻을 알자 그 신천지의 자리를 직접 잡아주시는 것은 물론이고 모든 진수가 들어있는 천부인까지 내주며 스스로 물러나셨네. 이것이 우리의 전통이네. 그걸 대신도 잘 알고 있을 터인데……."

"소신이 어찌 그것을 모르겠사옵니까? 하오나 지금의 세상을 생각하오면 너무나 걱정이 앞서옵니다. 전란의 소용돌이에 빠질 것이 분명한데 이것을 두 눈 뜨고 보고만 있기에는……. 다시 한번 청하오니 신의 뜻을 따라주시옵소서."

"백성을 생각하는 그 마음을 모르는 바는 아니나, 이것은 인위적으로 하려고 해서 해결될 일이 아니오. 그것은 앞으로 새 세상의 주인이 될 사람이 할 일이라는 것이지요. 아니, 그보다는 내가 해야 할 일이 따로 있단 말이 되겠지요. 아무튼 이번 천신제의 첫째 날을 대신께서 주관해주셔야 할 것 같소. 둘째 날에는 내 직접 참여할 것이니 그리 알고 준비해주시구려. 내 그것을 부탁하고자 그대를 불렀음이오."

"다른 것도 아닌 천신제를 어찌 신이 맡아 처리할 수 있겠사옵니까?"

"그 모든 것은 둘째 날에 밝혀지게 될 것이니 그리 알고 준비해주시구려."

풍백은 거불단의 결심이 결코 돌이킬 수 없다는 것임을 알고 그 뜻을 마지못해 받아들였다. 하지만 그의 마음은 무겁기만 했다. 거불단의 말은 실상 모든 것을 자기에게 맡기고 간다는 것을 의미하고 있었던 것이다. 차라리 왕검 왕자가 일을 보필하여 처리한다면 그래도 한 가닥 위안이라도 될 수 있을 터이지만 그것도 아니었다. 지금까지도 소식이 없는 왕검 왕자에 대해 거불단이 가타부타 얘기하지 않는 것을 보면 그것까지도 벌써 마음을 비우고 있다는 뜻이기도 했다.

풍백이 떠나가자 거불단은 목욕재계에 들어갔다. 우선은 자신의 몸을 깨끗이 씻어내야 했다. 그것은 비단 몸의 더러움이 아니라 자신 안에 있는 온갖 사심을 깨끗이 던져버리는 계행의 시작이었다.

목욕을 끝낸 거불단은 모든 사념을 털어버리듯 가부좌를 틀었다. 그의 몸은 굳어버리기라도 한 듯 작은 미동조차 없었다. 호흡도 정지한 듯 조용하기만 했다. 단전에 힘이 실리면서 그의 뇌수에는 알지 못할 거대한 바람이 불어왔고, 그것은 점차 하늘과 땅과 하나를 이루며 움직여나갔다. 입에서는 천지의 기운이 하나로 모여들 듯 침이 고여 들었다. 그러면서 수많은 시간이 흐르듯, 아니 영겁의 세월이 갑자기 한순간에 모아져 멈춰버렸고, 그와 동시에 그의 입에서는 알지 못할 주문이 밤새 읊어 나오기 시작했다.

일시무시일一始無始一

석삼극무진본析三極無盡本

천일일지일이인일삼天一一地一二人一三

일적십거무궤화삼一積十鉅無櫃化三

천이삼지이삼인이삼天二三地二三人二三

대삼합육생칠팔구大三合六生七八九

운삼사성환오칠일묘연運三四成環五七一妙衍

만왕만래용변부동본萬往萬來用變不動本

본심본태양앙명本心本太陽昻明

인중천지일人中天地一

일종무종일一終無終一

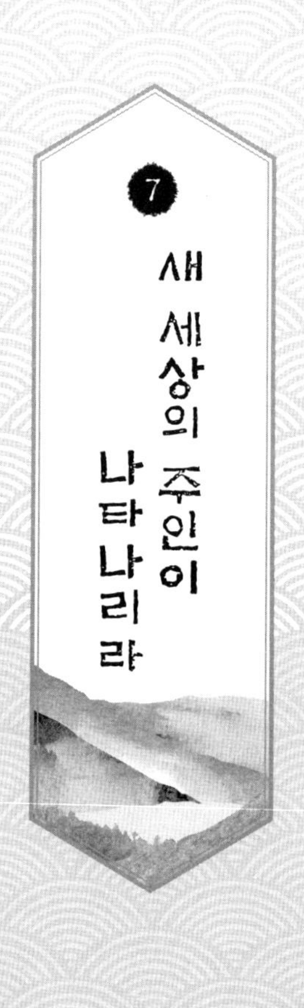

7 새 세상의 주인이 나타나리라

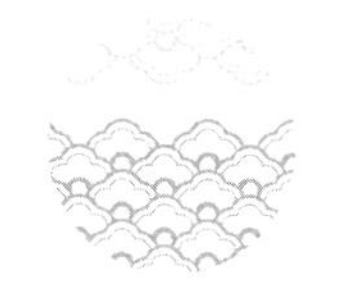

마침내 천신제를 지내는 날이 밝아왔다. 하늘은 화창하기만 했다. 구름 한 점 없고 바람 한 점 불지 않는 것이 조용하다 못해 엄숙한 분위기까지 자아냈다. 이것이 천신제 때 나타날 하늘의 징조일지도 모른다는 생각에 사람들의 행동은 조심스러웠다. 다른 날은 몰라도 이날만큼은 하늘에 복을 비는 날이자 점을 치며 미래를 예언하는 날이었던 것이다. 함부로 잘못 처신했다가는 큰 재앙이 내릴 수도 있었다.

이른 아침부터 수많은 사람들이 부산하게 움직였다. 그들의 행색은 가지각색으로 달랐지만 색깔만은 모두 하나같이 흰옷 차림을 하고 있었다. 흰옷이야말로 밝음과 광명을 상징하는 태양에 가까웠고, 하늘과 가장 잘 소통할 수 있는 색깔의 옷이었다. 옷 색깔만큼이나 그들의 몸가짐도 경건해 보였는데, 그들의 행렬은 하나의 거대한 물줄기처럼 이어지고 있었다.

그들이 향한 곳은 다름 아닌 천신제를 지내기로 한 천제단이었다. 대형 제단이 설치된 천제단은 하늘의 기운을 가장 잘 받을 수 있고 그 힘이 멀리 퍼져나갈 수 있도록 탁 뜨인 곳에 위치에 있었다. 그곳은 햇볕이 잘 들면서도 먼 곳까지 내다볼 수 있는 곳이기도 했다. 땅을 단단히 다져 밑바탕으로 삼았고, 그 위에 잘 다듬어진 화강암으로 제단을 만들었으며, 제단 주위는 돌무지로 단장해두었다. 하늘을 받들어 섬기기 위한 제단과 함께 그 밑으로는 많은 사람들이 제를 올릴 수 있는 공간이 널찍이 확보되어 있었다. 그 공간은 하늘과 땅, 그리고 사람이 교합하기에 가장 적합한 곳으로 신성한 기가 흘렀다.

날도 날이지만 천제단에 이르러 그 기운을 받아서인지 사람들의 몸동작이 더욱 조심스러웠다. 사람들이 제를 올릴 공간에는 각 나라를 상징하는 수호신들의 깃발이 휘날리고 있었다. 누구의 지시도 없었지만 각기 알아서 자신들의 깃발이 꽂아져 있는 곳에 자리를 잡았다. 그들의 형상은 자신의 수호신을 따라 각양의 모습을 하고 있었다. 그것은 곰, 범, 말, 소 등의 형상으로 여기에 참여하고 있는 나라들만큼이나 다양했다. 그중에 사씨족과 녹씨족은 서로 다투었던 사이인지라 자기 나라의 정령의 우월성을 더욱 증명하기라도 하듯 경쟁을 벌이고 있었다. 사씨족은 뱀이 허물을 벗기며 계속 생명을 연장하는 것처럼 죽지 않고 영생할 수 있음을 상징하듯 여러 겹의 가죽으로 몸을 에워싸 그들의 영원한 번영을 자신만만하게 드러내었다. 그것을 비꼬기라도 한 듯 녹씨족은 사슴의 신성한 흰 털빛으로 단장한 가운데 하늘로 치솟는 듯한 사슴뿔을 당당하게 떠받들고 있었다. 이들 나라만 그런 것은 아니었고, 제각기 다 자신들의 수호신이 최고인 양 우쭐대는 모습이었다.

처음부터 제국의 여러 나라들이 이런 것은 아니었다. 원래 이들은 마고로부터 궁희, 소희, 그리고 그 뒤를 이어 황궁씨, 유인씨, 환인, 환웅 등으로 이어져온 것을 보더라도 알 수 있듯, 모두 한 뿌리를 지니고 있었기에 그런 차이가 없었다. 하지만 오랜 세월에 걸쳐 각기 여러 지역에 흩어져 살아오다 보니 자신들만의 특성을 점차 갖추게 되었던 것이다. 그렇다고 해서 자신들의 뿌리가 다르다고 여기는 나라는 없었다. 자신들이 섬기고 있는 수호신이 각기 달랐지만 천신제에 모두 함께 참여하고 있는 것을 보면 알 수 있는 일이었다.

천신제는 10월 추수를 끝내고 그 수확의 기쁨을 노래하는 축제이면서, 그 뿌리의 기초가 되는 천신을 받들어 모시며 복을 비는 제사이기도 했다. 그래서 천신제는 어느 장소에서든 마음대로 할 수 있는 것이 아니라, 오직 그 뿌리의 전통을 면면히 이어온 천신족에서만 거행할 수 있는 행사였다. 어쨌든 천신제가 처음 시행될 때 사람들은, 탐욕이 무엇인지도 모르고 자연과 일체가 되어 모든 근심 없이 영생토록 살 수 있기를 바라는 염원을 표출하였다.

그러나 어느 순간 처음의 그 순수한 마음은 잊혀져버리고 탐욕의 불길이 점차 치솟기 시작했다. 이것은 그들이 각자의 삶을 개척하다가 하나둘씩 세상에 대해 깨닫기 시작하면서부터 자연스럽게 나타나는 현상이었다. 이들은 맨 처음엔 만물에는 모두 영혼이 있어 형체는 달라도 그 본질은 똑같다고 생각하였으나 점차 그렇지 않다는 것을 깨닫게 되었다. 각자의 생활 속에서 차이가 있다는 사실을 인지하게 된 것이었다. 그중에서도 영생한 것, 힘이 센 것 등이 훨씬 우월하다는 것을 알고 그것들을 각기 섬기게 되었다. 범, 곰, 소, 말, 사슴, 뱀, 수신 등이 다 그런 것들에 속했다. 사람들은 거기에 멈추지 않고 각기 자신의 수호신이 더 우월하다고 강조하기에 이르렀다.

천신족의 권위와 힘 앞에서 그것을 내놓고 주장하지는 못했지만 그 힘이 약화되자 거의 폭발 직전에 이른 것이 지금의 상황이었다. 더욱이 이번 천신제는 다른 천신제와 달리 앞으로 제국의 권력 향배에 영향을 미칠 것이라는 것을 알고 있었기에 그 경쟁은 더욱 치열했다. 어느 나라도 자기의 영역을 더 넓히고 세력을 확장할 수 있기만 한다면 결코 양보하려 들지 않았다. 그중에서도 범씨족의 움직임은 가히 노골적이라 할 만했다. 만약 여기서 어느 한 나라만이라도 지금까지의 합의의 틀을 깨기만 한다면 그것을 계기로 걷잡을 수 없는 파국으로 치달을 수 있었다.

치열한 경쟁 속에서 각 나라의 수장들은 서로 상대방을 의식하며 기세를 잃지 않으려 했다. 여기에는 자기 수호신의 정령이 보살펴줄 것이라는 믿음도 있었지만, 그 이면에는 만약 여기서 그 기세에 눌리게 되면 바로 주변국들의 좋은 먹잇감이 될 수 있었기에 그것을 미연에 방지하고자 하는 절박감도 가로놓여 있었다. 그뿐만이 아니었다. 여기서 힘이 있다는 것을 확인받게 되면 다른 나라로부터 더 많은 양보를 받아낼 수 있는 이점 또한 누릴 수 있었다. 각 나라의 수장들은 서로 상대방의 역량을 가늠하면서도 그것을 내색하지 않았다. 도리어 자기 수호신들의 기운에 힘입어서인지 대열 맨 앞에 대신들과 함께 당당하게 자리를 잡고는 자신만만해했다. 천신족에서도 풍백, 운사, 우사는 물론이고 주곡, 주명, 주병, 주형 등 360여 가지 일을 주관하는 대신들도 빠짐없이 참여하였다.

모든 대열이 각기 자리를 잡으면서 사람들은 모두 거불단 환웅이 나오기를 바랐다. 그러나 거불단은 나타나지 않고 대신에 풍백이 나섰다. 일시에 사람들의 이목이 그에게 쏠렸다. 풍백은 곧바로 입을 열지 않고 여러 수장들을 한 사람씩 쭉 훑어보았다. 특히 범씨족과 웅씨족, 수신족을 여러 번에 걸쳐 번갈아 보았다. 이윽고 풍백이 뭔가 결심한 듯 자신을 소개한 후 말을 이었다.

"오늘의 천신제는 거불단 환웅님의 명을 받들어 천신족 신료들의 좌장 격인 제가 진행할 것입니다. 그리 알고 저의 말을 따라주시기 바랍니다."

"아니, 지금 뭔 소리를 하는 거요?"

삽시에 긴장이 풀린 듯 범씨족 수장 호한의 목소리가 날카롭게 터져 나왔다. 그와 동시에 여러 곳곳에서 웅성거리는 소리들이

들렸다. 그럴 수밖에 없는 게 지금까지 천신제는 천신족의 환웅이 직접 주관해왔지, 어느 누가 대신한 적이 없었다. 그런데다 천신족의 환웅이 등장할 때에는 제국을 통치할 징표가 되는 천부인을 보여야 하고, 그 주위를 풍백과 운사, 그리고 우사 등이 에워싸며 호위하여 그 위엄을 드러내왔다. 그런데 위엄은커녕 천부인조차 내보이지 않으니 이들로서는 도무지 납득할 수 없었던 것이다.

풍백이 다시 한번 여러 수장들을 둘러보며 말을 이었다.

"무슨 말인지 알아듣지 못했다고 하니 다시 얘기하겠습니다. 오늘의 천신제는 거불단 환웅님의 명을 받들어 제가 진행할 것입니다."

"누가 말을 알아듣지 못했다고 하는 거요. 우리가 귀머거리인 줄 아시오. 도대체 말이 되는 소리를 해야지. 어서 거불단 환웅을 모셔오도록 하시오. 우리를 무슨 바보로 알아! 아무리 그래도 그렇지 최소한 천부인을 보여주어야 할 것이 아니오? 그렇지 않고서야 우리가 무얼 믿고 천신족을 따를 수 있단 말이오? 내 더 두말하고 싶지 않으니 천부인을 보여주시오. 그렇지 않으면 우리는 그대를 따를 수 없소이다."

지난번의 천신제와 달리 이번엔 뭔가 이상하다는 느낌이 들긴 했지만, 그래도 천부인이 정말 사라졌다고까지 여긴 사람은 별로 없었다. 그런데 거불단이 참석하지 못하고 풍백이 천신제를 진행하는 것으로 보아 그런 소문이 사실로 드러나는 것만 같아 모두들 긴장한 채 풍백이 입을 열기만을 기다렸다. 그의 대답 한마디에 이번 천신제의 운명이 결정되는 순간인지라 두려움과 호기심, 긴장감에 숨을 죽였다.

"천부인을 보여 달라니, 그것이 어찌 제가 할 수 있는 일입니까? 다 아시는 바처럼 천부인은 오직 천신족의 환웅만이 지닐 수 있는 것인데, 고작 명을 받들어 천신제의 진행을 대행하는 제가 어떻게 그것을 가져와서 여러분에게 보여줄 수 있다는 말입니까?"

"그런 잔소리는 그만하고! 보여주겠다는 것인지, 못 보여주겠다는 것인지 그것만 말해 달라는 거요. 있다고 한다면 굳이 못 보여줄 이유가 없지 않소이까? 어디 내 말이 틀렸소?"

여러 수장들이 따져 묻는 통에 풍백은 긴장한 듯 계속 말을 이었다.

"좋소이다. 그럼 단도직입적으로 말하겠소이다. 제가 여러분에게 천부인을 보여줄 수는 없으나 거불단 환웅께서는 보여줄 수 있소이다. 그래서 거불단 환웅께서는 내일 둘째 날 천신제에 직접 참여하셔서 천부인의 징표를 명백히 보여주겠다고 말씀하셨소이다."

"그 말을 정말 믿어도 된단 말이오?"

"그렇습니다."

"다시 묻겠는데 정녕 그렇게 확약할 수 있다는 말이오? 그렇다면 어째서 오늘은 안 되고 내일은 된다는 말씀이오. 그게 이상하지 않소이까?”

“거불단 환웅님께서 오늘은 따로 해야 할 일이 있다고 하셨소이다. 그래서 여기 참여하지 못하시고 불가피하게 내일 오시겠다고 하신 것입니다. 어쨌든 이것은 저의 목을 걸고 확약하는 바이니 그리 믿어도 됩니다.”

풍백이 자신의 목숨까지 걸며 맞서자 사람들의 웅성거림이 잦아들었다. 그의 행동으로 미루어보아 거짓말은 아니라고 판단한 것이었다. 그러나 왜 그러는 것인지, 뭔가 있기는 한데 그것이 종내 무엇인지 알지 못할 의문 때문에 그들의 불만이 완전히 사라진 것은 아니었다. 그렇다고 천신제 자체를 깨버리는 것은 서로 부담이 되었기에 범씨족을 제외하고는 대체로 지켜보자는 분위기였다. 이런 가운데 풍백의 말이 다시 이어졌다.

“그러면 모두들 천부인에 대한 의문이 해소된 것으로 알고, 거불단 환웅님의 명을 받들어 오늘의 천신제를 거행하도록 하겠습니다.”

우여곡절 끝에 마침내 풍백이 천신제의 개시를 선언하였다. 그러나 전반적인 분위기는 침잠했다. 거불단 환웅이 참여한 것도 아니고, 또 여러 가지 소란 속에 천신제가 열리게 되었으니 모두들 그저 관망적인 자세를 취했기 때문이었다.

천신제는 먼저 흰 소의 머리를 비롯해 푸짐하게 마련한 제물을 향해 삼육대례를 올리는 것으로 시작되었다. 그러고는 점술을 통해 하늘의 뜻을 묻고자 그것을 담당하는 자에게 곧바로 점술을 행하라고 명했다. 점괘를 관장하는 자는 미래의 운명을 점칠 때 쓰는 소 발굽을 조심스럽게 다루며 그것을 불에 올렸다. 점술은 불에 그슬릴 때 소 발굽이 어떻게 금이 가느냐에 따라 길흉을 판단하는 것이었다.

얼마간의 시간이 지나자 점복술을 행하는 자는 불에 그을린 소 발굽을 살펴보았고, 사람들은 그 모습을 내심 무심한 척하면서도 가슴 졸이는 심정으로 지켜보았다. 터부시하려고 해도 하늘의 뜻이자 예언을 가르쳐주는 점괘 자체를 무시할 수는 없었다. 점괘를 한참 살펴보던 그는, 소 발굽이 하나로 모아져 있음을 보이며 길조라고 알려왔다. 이 소식을 풍백이 사람들에게 크게 알리며 소리쳤다.

“길조라고 합니다. 하늘이 예언하여 가르쳐주기를 새 세상이 열리도록 우리를 돌봐주신다고 합니다. 모두들 이를 기쁨으로 받아들이며 축복합시다.”

풍백의 힘찬 외침에 사람들도 덩달아 함성을 질렀다. 사실 시작부터 안 좋았던 터라 사람들은 점괘가 길하게 나올 것으로 생각하지 않았다. 그런데 길조가 나와 액운이 닥치지 않게 된 걸 확인하게 되었으니 기쁘지 않을 리 없었다. 흉조가 아니라는 사실만으로도 천신제의 분위기는 그제야 제 모습을 찾아가는 것 같았다.

하지만 여전히 한편에서는 그것마저 못마땅해했다. 특히 범씨족은 저들 맘대로 천신제를 진행해나간다고 투덜거렸다. 그렇게 생각하는 것도 일리가 있는 게 원래 점괘를 해석할 수 있는 권한이 있는 사람은 천신제의 제사장이기도 한 환웅이었다. 그런데 고작 그 옆에서 보좌 역할이나 하던 자가 감히 점괘를 해석하고 있는 꼴을 보고 있자니 영 탐탁치가 않았던 것이다.

한편에서 이런 움직임이 있음에도 풍백은 분위기가 되살아나는 여세를 몰아 계속 천신제를 이끌고 나갔다. 그리고 마침내 죄수를 단죄하는 의식을 진행하는 대목에 이르러서는 새로운 제안을 내놓았다.

“오늘 우리는 점괘를 통해 희망적인 하늘의 계시를 받았습니다. 이런 기쁜 날을 맞아 사람들을 벌주는 것은 아무래도 맞지 않을 것 같소이다. 차라리 죄수들을 처벌하기보다는 그들을 석방하는 것이 도리에 맞을 것 같습니다. 그래서 감히 제안하는데 각 나라의 죄수들을 모두 석방하는 것이 어떻겠습니까?”

뜻하지 않은 풍백의 제안에 사람들은 술렁이기 시작했다.

“보자 보자 하니까 무슨 진행을 그 따위로 하오? 어째서 중대한 사안을 그대 맘대로 처리하느냔 말이오. 그동안 천신제 때 나라의 중대사를 비롯해 중요한 죄수들을 처벌하는 의식을 진행해왔지 않소? 그런데 왜 그 관례를 깨뜨려 드느냐 말이오. 다른 잡다한 것은 다 집어치우고 원칙대로 진행하란 말이오.”

또다시 범씨족 수장 호한이 나서서 강박하였다. 이에 풍백도 지지 않고 맞섰다.

“뭐가 원칙에서 벗어났다는 겁니까? 상벌을 행하는 것이 관례이고, 오늘은 하늘의 큰 복을 받았으니 가급적 궂은일을 삼가고 선처를 베풀자고 하는 것인데, 그것이 왜 틀렸다는 말입니까? 무엇이 도리에 어긋났다는 말입니까?"

"열린 입이라고 아무렇게나 둘러대면 되는 줄 아는 모양인데, 그리하다간 큰 코를 다칠 것이오. 자, 생각해보시오. 천신제야말로 우리 모두가 축복하고 기뻐하는 날이오. 언제 슬픈 때가 있었느냐 말이오. 그런데도 천신제 때 죄인들을 엄히 다스리는 것은 나라의 기강을 바로세우고 제국의 질서를 유지하기 위해서였소. 그런데 죄를 진 자들을 무조건 석방하자고 하니 그렇게 해서 어찌 기강이 확립되겠으며 나라들 간의 질서가 유지될 수 있겠소."

"누가 언제 죄인들을 무조건 석방하자고 했습니까? 점괘를 통해 보았듯이, 앞으로 새 세상이 열린다는 것을 계시해주는 크나큰 대경사를 맞이한 날이니만큼, 그들에게 선처를 베풀어 참된 삶을 살 수 있도록 다시 한번 기회를 주자고 한 것이지요. 모두들 알고 있는 바와 같이 첫 환웅인 거발한께서는 홍익인간과 이화세계의 뜻을 품고서 신시개천을 하였습니다. 모든 사람이 더불어 이롭게 살아가자는 뜻에 비춰봐도 그렇고, 또 새 세상을 계시해주는 대경사를 맞이했다는 점에서 볼 때도 모든 사람이 기쁨을 노래할 수 있도록 오늘만큼은 선처를 베푸는 것이 더 도리에 합당하지 않겠습니까?"

"계속 점괘를 중언부언하며 운운하는데……. 내 나서지 않고 참으려 했지만 하는 꼴을 보아하니 도저히 못 참겠구먼. 내 묻겠는데 세상천지 어디에 대제사장의 시중이나 드는 자 따위가 점괘를 해석하는 법이 어찌 있을 수가 있느냔 말이오. 그런 일은 이전에도 없었고, 앞으로도 있을 수 없는 일인 것이오."

"어떻게든 트집을 잡을 구실만 찾으시는 모양인데, 그리하면 안 되지요. 이치에 맞는지 그른지를 놓고 판단해야지요. 어쨌든 제가 처음에 명백히 밝혔듯이 천부인을 지니시고 계신 거불단 환웅님의 명을 받들어 천신제를 진행하고 있다는 겁니다. 그러니 그 명을 대행한 저에게 모든 권한이 있는 게지요. 내 그래서 목숨까지 걸고 약조한 것인데, 이제 와서 감히 그것을 부정하겠다는 말씀입니까?"

"좋다. 진정 내일 천부인을 보여주지 못한다면 내 그대의 목을 칠 것이오. 그것만 명심하시오."

대놓고 천부인을 부정하지 못한 상황에서 범씨족 수장 호한은 분만 삭히며 씩씩거릴 수밖에 없었다. 마음 같아서는 당장 뛰쳐나가 풍백의 목을 베고 싶었다. 그만큼 천부인의 권위는 무섭고도 막강했다. 만약 그것을 부정했다간 범씨족은 제국의 다른 모든 나라들을 상대로 싸우는 것이나 다름없었다. 그 때문에 호한은 눈꼴사나운 모양새를 보고도 참을 수밖에 없었다. 치밀어오르는 분노에 그는 내일 끝장을 봐야겠다고 벼르고 별렀다.

범씨족이 이런 상황이었으니 다른 나라들은 그저 조용히 풍백이 하는 대로 따를 수밖에 없었다. 어쩌면 이해관계에 있어서도 범씨족과는 서로 다른 측면이 있었다. 범씨족은 여타 나라들과는 달리 철권통치를 지향하고 있었다. 막강한 군사력을 키워가며 백성들을 엄하게 다스렸고, 조금만 죄를 지어도 가차 없이 잡아들였다. 그러니 범씨족 사회에서는 죄인들이 많을 수밖에 없었다. 반면 다른 나라는 범씨족만큼 죄인이 많은 것은 아니었다.

비록 여러 측면에서 천신족의 권위가 실추되었다고는 하나 풍백의 의견이 관철되면서 아직도 그 위력이 엄연히 존재하고 있음을 확인하는 계기가 된 것이었다. 그 결과로 천신족 측의 기세가 돋보이게 되었다. 그 의기양양함을 등에 업고 풍백이 더욱 힘차게 외쳤다.

"자, 그러면 오늘의 이 기쁨을 모두가 노래하며 축복하는 장을 만들어봅시다!"

풍백이 천신족의 부하들에게 뭔가를 지시하자, 천신족 사람들이 분주하게 움직이며 준비했던 음식과 과일들을 천신제에 참여한 제국의 모든 나라 사람들에게 나눠주었다. 그것들은 모두 올해 갓 수확한 햇곡식과 햇과일로 만들어진 것이었다. 그 종류도 떡이나 지짐, 나물에 이르기까지 다양하고 푸짐했다. 천신족에서 이번 천신제를 얼마나 신경 써서 준비했는지 대략 짐작할 수 있을 정도였다.

준비한 음식들을 함께 들면서 천신제의 분위기는 단번에 반전되었다. 천신제가 우여곡절 끝에 거행되었다는 사실을 잊어버릴 정도로 사람들은 흥에 들뜨기 시작했다. 특히 일반 백성들은 더욱 그러했다. 그들은 배불리 먹어보지 못했던 음식들을 맘껏 들면서 얼굴에 웃음꽃을 피웠다. 어쩌면 천신제라는 것이 이런 백성들을 위해 존재하는지도 몰랐다.

흥에 취한 사람들이 하나둘 늘어나면서 자연스레 한쪽에서는 노래와 춤이 이어졌고 다른 쪽에서도 이에 질세라 가세하고 나섰다. 시간이 흐르면서 사람들은 서로 섞이기 시작했고, 그것은 지금껏 서로 다른 나라 사람이라 여기고 거리를 두었던 서로의 생각을 바꿔주었다. 어느새 사람들 사이의 벽은 사라지고 친근한 이웃사촌이 되어 그들은 서로 어울리기 시작했다. 어쩌면 이렇게 배불리 먹고 너나 구별 없이 서로 어울려 사는 것이 새 세상을 알리는 조짐인지도 몰랐다. 그럴수록 사람들은 그 어떤 말보다도 이런 기쁨을 누리는 것이야말로 복된 세상이라고 생각하게 되었다. 이를 계기로 이번 천신제에서 뭔가 이뤄질 것이라는 기대감마저 갖게 되었다.

한편 각 나라의 수장들과 대신들은 이들과 달리 얼마간 자리를 함께하다가 슬금슬금 그곳을 빠져나갔다. 그러고는 자기들끼리 모여 대책을 강구하고자 했다. 이들에게는 내일의 천신제가 어떻게 결말이 날 것인지 그 귀추가 궁금하고 두렵기도 하여 긴장의 끈을 놓을 수가 없었던 것이다. 오늘 진행되는 양태로 보아 분명 뭔가 큰 사건이 벌어질 것이라고 예감하게 된 것이었다.

하지만 아무리 이해하려고 해도 그들로서는 납득되지 않는 측면이 많았다. 천신족이 저리 강력하게 나오는 것을 보면 그의 아들에게 환웅의 자리를 물려주려고 하는 것이라고밖에 판단되지 않는데, 이곳에서 단군을 보았다는 사람이 나타나지 않고 있었던 것이다. 도대체 무슨 일을 벌이려고 하는지 이해되지 않아 머리만 굴리다가, 결국 그들은 내일을 지켜보아야 할 것이라며 밤하늘만 쳐다보았다. 반면에 백성들은 밤새도록 천신제의 흥을 이어 나갔다.

마침내 어스름한 새벽하늘을 태양이 비추기 시작하면서 천제단에 사람들의 발길이 이어졌다. 그 전보다 더 많은 인원이었다. 천신제의 둘째 날인 오늘이야말로 모든 사건의 진상이 밝혀지는 날이었기에 그 관심이 집중되어 너나없이 참여하게 된 것이다. 그뿐만이 아니라 각 나라의 수장들과 대신들도 일찍부터 자리를 잡고 거불단을 기다렸다. 그러나 천신족의 자리에는 부하들과 백성들만 있을 뿐 대신들은 보이지 않았다.

이윽고 천제단의 밑에서 요란한 소리가 들리는가 싶더니 북소리가 울리면서 장엄한 행렬이 나타났다. 풍백, 운사, 우사 등 대신 관료들이 거불단 환웅을 에워싸며 등장하고 있었다. 가히 천신족 환웅의 위엄을 짐작할 만한 광경이었다. 그런데 이상한 것은 거불단이 천부인을 가지고 있지 않다는 점이었다.

사람들은 고개를 갸웃거리면서도 감히 그 사실을 입 밖에 내지 못했다. 거불단의 위엄 있는 모습이 그만 얼어붙게 만든 것이었다. 거불단이 차려 있는 흰옷은 백발의 머리와 흰 수염과 어울려 신령스러운 기운마저 자아내고 있었다. 얼굴에는 윤기가 흐르는 것 같았는데, 자세히 살펴보니 그것은 그의 몸 둘레에 무슨 원광

같은 형체가 빛을 발하고 있는 것이었다. 더욱 놀라운 것은 그가 등장하면서 지금까지 환했던 천제단의 주변이 삽시에 어두워지는가 싶더니 다시 밝아지는 것이었다. 그것은 그의 몸에서 발산되어 나온 광채가 밝혀주는 빛 때문이었다. 사람들은 놀라움에 입을 다물지 못하고 그의 행동을 주시했다.

하지만 거불단은 그대로 서 있기만 할 뿐 아무런 미동조차 하지 않았다. 그 순간 사람들은 자신들의 귀를 의심할 수밖에 없었다. 어디에선가 쩌렁쩌렁한 울림의 소리가 들려왔던 것이다.

"그토록 태고의 전설이 실현되기를 염원하여왔던 사람들이여! 이제 그 때가 다가왔느니라. 이제 새 세상의 주인이 나타나 새 세상을 열 것이니라. 내 새 세상의 주인을 위해 그 징표로 천부인을 여기에 남기고 가노니, 그 주인은 천부인이자 하늘의 경을 열어 새 세상을 열도록 하라."

사람들은 고개를 돌려 소리 나는 곳을 향해 여기저기를 둘러보았다. 분명 그 목소리는 거불단 환웅의 목소리였는데, 그가 입을 열어 말하는 것을 보지 못했기에 혹시 잘못 안 것이 아닌가 하고 다른 곳을 둘러보았던 것이다. 그러나 알고 보니 그 소리는 외부에서 들려오는 것이 아니라 바로 자신의 머릿속에서 들려오고 있었다. 거불단이 염력술을 발휘해 사람들의 귓가에 자신의 목소리를 들려주고 있었던 것이다.

사람들은 두려움에 휩싸였다. 무슨 조화가 이뤄질지 그들로서는 감히 상상할 수가 없었다. 전할 말을 끝냈음인지 갑자기 거불단의 입에서 무슨 주문 같은 것이 새어나왔다.

"일시무시일一始無始一 석삼극무진본析三極無盡本……."

이것은 황궁씨 이래로 유인씨, 환인씨, 환웅으로 이어져오면서 복본의 공업功業이 쌓여 형성된 채 구전으로만 내려오는 천부경天符經의 구절이었다. 말로만 듣던 태고의 전설이 실현될 것이라는 걸 보여주는 행위 같았다.

계속해서 주문을 외우자 거불단을 휩싸고 있던 원광의 광채가 하늘로 오르면서 동시에 그의 몸도 둥둥 떠올랐다. 그러다가 다시 강렬한 빛줄기를 품고 어딘가를 향해 뻗어나갔다. 그곳은 신단 옆 거대한 암석이 있는 곳이었다. 아니, 그냥 암석이라기보다는 무슨 광석 같은 것이었는데, 거불단의 몸에서 나온 빛줄기를 받더니 그 광석 안에서 뭔가가 물결치듯 움직이기 시작했다. 그것은 다름 아닌 천부인이었다. 빛이 강렬해질수록 무슨 조화를 부리듯 천부인의 움직임은 급격히 빨라졌다. 마침내 그 기운에 거대한 회오리바람이 일어나더니 모든 것을 삼켜버릴 것 같은 기세로 거세게 끓어올랐다. 급기야 그것은 거불단을 휩쓸 듯 다가오더니 그를 싣고 하늘로 두둥실 치솟았는데, 그 모습은 마치 신선이 구름이 타고 하늘을 날아가는 것과도 같았다. 그의 모습이 하늘로 높이 사라지는 가운데 다시 한번 귓전을 때리는 소리가 들려왔다.

"내 여기에 천부인을 두고 가노니, 앞으로 이 천부인이자 하늘의 경을 여는 자가 새 세상의 주인이 될 것이니라. 이를 여는 자가 나타나거든 모두는 그를 맞아 새 주인으로 받들도록 하라."

거불단의 모습이 시야에서 멀어졌건만 사람들은 넋을 잃은 채 오래도록 하늘만 쳐다보았다. 하늘이 조화를 펼치듯 벌어지는 광경 앞에서 그들로서는 도저히 정신을 차릴 수 없었다. 그런 가운데 누군가 거불단 환웅을 연호하며 무릎을 꿇고 조아리기 시작하자, 모두들 이심전심인 양 그 모습을 차례차례 따라 하기 시작했다. 그들이 얼마간 연달아 합창하자 어두웠던 천제단이 다시 서서히 밝아지며 조금 전의 모습을 다시 되찾았다. 신묘한 하늘의 조화가 펼쳐지는 것에 모두들 놀랍고 두려워서 함부로 입을 열지 못했다.

그때 풍백이 다시 나섰다.

"모두들 보셨지요. 천부인의 징표를 말이요. 천부인은 바로 여기에 있습니다. 거불단 환웅님께서는 우리를 위해서, 곧 새 세상의 주인을 찾으려는 징표를 남기기 위해서 그것을 이곳에 남겨두고 떠나셨습니다. 그러니 앞으로 이곳의 천부인이자 하늘의 경을 여는 자가 바로 새 세상의 주인이 될 것입니다."

풍백의 말은 지금껏 전설로만 여겨졌던 태고의 전설이 사실로 실현되고 있다는 것을 의미했다. 태고의 전설은 이러했다. 복본의 계행을 오랫동안 수행하여 그 기운이 세상에 차오르면 하늘의 이치가 땅에서 실현되는 때가 오는데, 그 세상은 지금까지와는 전혀 다른 새로운 차원의 세상이라는 것이었다. 이런 세상을 위해 마고 이래로 환인, 환웅에 이르기까지 지금껏 선대의 조상들은 오랫동안 계행의 길을 걸어왔다고 했다. 하지만 그 새로운 세상이라는 것이 도대체 무엇인지 아무도 말해주지 못했다. 어쨌든 그 세상은 때가 되면 하늘이 그 조짐을 예시하고, 그 뒤를 이어 새 세상을 열어나갈 운명을 짊어진 자가 돌연 세상에 나타난다는 것이었다. 여기서 분명한 것은 거불단 환웅이 하늘의 뜻을 예시해주고 갔다는 점이었다.

새 세상의 주인이라는 말이 귀에도 들어오지 않는지 사람들은 아무런 대꾸가 없었다. 아직도 많은 사람들은 무서운 공포의 분위기에서 헤어나지 못하고 있었던 것이다. 천부인의 그 가공할 만한 위력을 직접 눈으로 보고서는, 감히 그것을 가지려고 하는 엄두를 내지 못했다. 도리어 왜 적통자에게만 그것이 이어져왔으며, 그것을 지닌 자에게 왜 승복해야 하는지를 깨닫게 될 뿐이었다. 그러니 신기의 물건이라고 좋아하기보다는 두려움 그 자체가 되고 말았으니 감히 도전할 엄두가 나지 않았던 것이다. 더욱이 그 위력을 단지 한 번 보았을 뿐이지만 그 힘을 온전히 사용한다면 어떤 조화를 이루어낼 수 있는지에 대해서는 아무것도 모르는 상태였다. 잘못 덤벼들었다가는 어떤 화를 당할지 모르는 일이었다.

하지만 새 세상을 열어나갈 자는 이 신표이자 하늘의 경을 손에 넣어야 한다는 것만은 확실했다. 아니, 이 신표가 하늘의 경인지, 아니면 이 신표를 통해 하늘의 경을 열어야 하는지 그 자체도 몰랐다. 이건 부딪쳐 보아야만 알 수 있었다. 단지 분명한 것은 하늘의 경을 열든 어찌하든 이 천부인을 손에 쥐어야 무엇이든 할 수 있다는 것이었다.

"자, 그럼 천부인이자 하늘의 경을 열 능력이 있는 자 나서보십시오."

선뜻 나서는 사람이 없자 다시 한번 풍백이 말을 이었다.

"새 세상의 주인을 맞이하라고……. 그래서 우리를 위해 환웅님께서 이곳에 남겨두었는데, 도전할 사람이 아무도 없다는 말입니까."

어느 정도 시간이 지나서인지 두려움에서 벗어나 조금은 안정을 되찾는 듯 범씨족 수장 호한이 먼저 나섰다.

"그러니까 저 돌덩어리인지, 광석인지 어쨌든 간에 저 안에서 천부인을 온전하게 꺼내기만 하면 된다는 것이오?"

"그렇습니다."

"그러니까 깨버리든지 열든 그 방법에는 상관없이 천부인을 꺼내기만 하면 된다는 말이지요?"

"물론입니다. 누구든지 다시 천부인을 손에 넣기만 한다면 새 세상의 주인이 되는 것입니다."

"그렇다면 간단하게 부숴버리면 될 것을. 그런 것을 누가 못한단 말이오? 아무래도 먼저 한 사람 차지가 되겠소이다."

"그럼, 범씨족 수장께서 먼저 도전하겠다는 말인가요? 그럴 의향이 있으시면 어서 이리로 와서 해보십시오."

"그럴 수는 없소. 내가 먼저 도전하겠소이다."

갑자기 건장하게 생긴 한 사내가 나섰다. 범씨족 수장의 말을 듣고서 나중에 도전하려고 했다가는 자기 차례가 오지 않을 줄 알고 약삭빠르게 나선 것이었다. 호한은 기막혀하면서도 그런 자와 기량을 겨룬다는 것 자체가 자기 체면에 맞지 않았음인지 선뜻 양보하였다.

그 사내가 천부인이 들어있는 광석 앞으로 나서자 갑자기 한줄기의 빛이 나오더니 그의 몸을 휩쓸고 지나갔다. 그런데 어쩐 일인지 그 사내는 몸을 버티고 서 있지도 못한 채 뒤로 발랑 넘어지고 말았다. 실로 어이없는 광경이었다. 아니, 그만큼 사람들은 천부인이 강하다고 인정하며 고개를 끄덕일 수밖에 없었다.

천부인의 위력 앞에 감히 도전할 자가 없을 것으로 사람들은 여겼으나 그건 오산이었다. 야심가들은 어디에나 있는 법이었다. 한번 물꼬가 터지자 한가락 한다는 사람들은 서로 자기가 나서겠다고 야단이었다. 서로 먼저 나서려고 하는 바람에 작은 소란이 일었고, 이에 풍백이 누구에게나 기회를 주겠다고 말하고 나서야 상황이 진정되었다. 결국 차례대로 진행하게 되었다.

첫 번째의 실패를 본 다음에 도전에 나선 자는, 소를 수호신으로 모신 우씨족의 청년이었다. 그는 엄청난 거구였는데 근력에는 자신이 있는 듯 근육질의 몸매를 좌우로 틀며 자랑해 보였다. 그의 손에는 웬만한 바윗덩어리 정도는 쉽게 박살내버릴 것 같은 도끼가 들려 있었다. 그 크기만 봐도 보통 사람의 절반 정도가 되었으니 범인들은 그것을 들 수조차 없을 것 같았다. 그 청년은 이것저것 따질 필요 없이 부숴버리면 될 것이라고 판단한 모양이었다. 그가 기세 좋게 다가가며 마치 검을 휘두르듯 도끼를 힘차게 내려쳤다. 사람들은 최소한 금이라도 갈 것이라고 여겼다. 그러나 그 결과는 참담했다. 흠집은 고사하고 도끼가 산산조각 나면서 거구의 그 몸뚱이마저 저 멀리 튕겨나가 버린 것이었다.

아무리 봐도 이 자리에서 저것을 차지할 수 있는 사람이 나올 수는 없을 것으로 보였다. 두 사람의 도전만 보더라도 인간의 힘으로 얻을 수 있는 성질이 것이 아니었다. 이 광경을 지켜보던 다음 사람들은 슬슬 뒷걸음질을 쳤다. 더 이상 도전하는 사람이 없을 것으로 보였는데 저 멀리서 당당하게 나서는 사람이 있었다. 그는 바로 녹씨족의 왕자였다.

"하늘의 뜻을 보여주는 천부인을 어찌 범인이 다스릴 수 있겠소? 최소한 무예 실력은 물론이고 사슴뿔의 힘을 받아 신성한 기운을 품을 정도는 되어야지요. 그로 보건대 내가 적임자일 것이오!"

녹씨족의 왕자는 자신감에 넘쳐 큰소리쳤다. 사람들은 아무래도 쉽지는 않을 것으로 여겼으나 일국의 왕자이니 혹시나 하는 마음으로 지켜보았다.

녹씨족의 왕자는 앞선 사람과 달리 뭔가 주문을 외우는가 싶더니 공중으로 몸을 솟구쳤다. 그러고는 사슴이 껑충 뛰어올랐다가 자신의 뿔로 상대방을 가격해 제압하듯 광석을 향해 일격을 가했다. 놀라운 것은 그 다음의 변화였다. 그의 공격이 마치 거울에

반사되어 되돌아오듯 그대로 그의 몸을 때려버린 것이다. 그는 공중에서 곤두박질치며 땅에 제대로 서지도 못하고 머리를 박고 쓰러지고 말았다.

잘못 나섰다가는 몸마저 성치 못할 것이라며 사람들이 수군댔다. 그때 사씨족의 수장 사우라는 녹씨족과 다투었던 경험이 있었던지라 꼭 자신의 힘을 보여주고 싶은 마음에 나서겠다고 요청했다. 옆에서 신하들이 간곡히 말리는데도 듣지 않고 나와서는, 자신은 이 상황을 해결할 비책이 있다고 호언장담했다. 그는 앞선 사람들이 완력 같은 것으로 해결하려고 하였으나 되지 않는 것을 보고, 지혜를 동원하여 이 문제를 풀어야 한다고 생각하고 있었다.

그는 섣불리 몸을 움직이지 않고 주위를 빙빙 돌며 마치 그 열쇠를 찾으려는 듯 유심히 살펴보기 시작했다. 그러나 그것조차도 만만치 않았다. 그 광석에서 강력한 빛줄기가 날아들었던 것이다. 그는 그것과 부딪치지 않기 위해 이리저리 몸을 피하며 뱀이 혀를 날름거리며 상대의 허점을 찾는 것처럼 빈틈만을 찾아 헤맸다. 하지만 한순간의 실수로 그의 몸이 광석에 닿게 되자 몸이 으스러지는 듯 비명을 지르다가 파르르 떨며 쓰러져서는 영영 일어나지 못했다.

그 모습까지 보게 되자, 지금껏 서로 도전하려고 줄을 섰던 사람들이 슬금슬금 꽁무니를 빼고 달아났다. 도대체 저것을 어떻게 다루어야 하는지 그 실마리조차 알지 못한 상태에서 잘못 덤볐다가는 제 몸도 성치 못할 것임을 목도하게 되니 공포감에 휩싸인 것이다. 사람들은 웅씨족의 수장 웅지백과 범씨족의 수장 호한을 번갈아 쳐다보았다. 두 사람이 아니라면 어느 누구도 해낼 수 없다고 판단한 것이었다. 웅지백은 그중에서도 가장 연륜과 경험이 많으면서 사람들의 신망을 받고 있는 사람이었고, 반면에 호한은 가장 막강한 군사력을 가진 실권자이자 최고의 무예 실력을 갖춘 자였다.

먼저 사람들의 시선이 웅지백에게로 쏠렸다. 그런데 웅지백은 어찌된 일인지 거불단이 선인이 되어 사라진 이후로 정신을 추스르지 못하고 있었다. 더욱이 그의 아들 웅갈이 나서려고 하는 것조차 극구 말렸다. 웅갈은 아버지의 반대에도 불구하고 한번 시험 삼아 해보는 것이기에 별 문제가 없을 것이라 여기고 기회를 보아 나가려고 마음먹고 있었다. 그런데 웅지백이 갑자기 기력을 잃었는지 몸을 비틀거리며 쓰러지는 바람에 옆에서 그를 부축해야만 했다. 결국 웅씨족 측에서는 포기할 수밖에 없는 상황이었다. 이제 범씨족 수장을 빼놓고는 아무도 없었다.

풍백이 다음 도전자를 찾았다.

"지금 당장 나오지 않는다면 도전자가 없는 것으로 알겠습니다."

아무도 나서는 자가 없자, 드디어 호한이 몸을 일으키며 도전을 청했다. 그러고는 범처럼 날쌘 동작으로 그곳에 다가갔다. 그의 몸놀림만 보아도 지금까지의 도전자와는 사뭇 달랐다. 사람들은 역시 범씨족 수장밖에는 없다고 생각했다. 그러나 한편으로는, 그의 무서운 형상을 보면서 만약 그가 하늘의 경을 열어 새 세상의 주인이 된다면 그 흉포한 성질을 어떻게 견딜까 걱정하였다. 그만큼 그는 예사 사람과 달리 근골격이 잘 갖추어져 있었고, 게다가 아무도 막아내지 못할 정도의 가공할 무예까지 새롭게 창안해내고 있을 정도였다. 그래서 제국의 여러 나라들은 한결같이 범씨족 수장을 무서워하며 경계하는 형편이었던 것이다.

호한은 처음에 가볍게 몸을 풀었다. 그러다가 어느 순간 격렬하게 몸을 움직이며 전광석화처럼 날아갔다. 그 모양은 마치 범이 어슬렁거리다가 사냥감을 발견하고는 순식간에 몸을 날려 덮치는 형상이었다. 뭔가 일이 벌어질 듯 불꽃이 튀겼다. 그러나 다음 순간 그의 몸을 향해 그 불꽃이 다시 날아들었다. 그는 즉각 검을 휘두르며 그것을 막아내었다. 그 격렬한 불꽃으로 보아 다른 사람들 같았으면 벌써 산산조각 났을 테지만 호한은 그것을 버텨내고 있었다. 사람들은 입에 침이 마르는 것을 느끼며 숨을 죽였다. 뭔가 이뤄지는 조짐이 보이는 것 같았고, 분명 해낼 것 같은 분위기였다. 이에 범씨족 사람들은 그들의 수장을 연호하며 힘을 북돋았다.

그에 힘입어 호한은, 범이 날카로운 송곳니로 물어뜯으며 두툼한 쇠망치 같은 앞발로 후려치듯이 연신 공격을 가했다. 그러나 불꽃만 튀길 뿐 그것은 도무지 꿈쩍도 하지 않았다. 도리어 그 공격만큼이나 거세게 반격해 오는 힘에 지치기만 하였다. 마침내 호한은 그만 검을 거두었다. 그도 할 수 없다는 것을 자인한 것이었다. 어쩌면 앞선 사람들과 달리 나가떨어지지 않은 것만도 다행이다 싶었다.

호한마저 성공시키지 못하자 더 이상 덤벼드는 자가 나오지 않았다. 풍백은 더 도전할 자가 없느냐고 물었다. 그래도 누구도 앞으로 나서지 않았다. 이로써 새 세상의 주인이 나타나지 않았다는 것이 확인된 셈이었다. 아니, 어쩌면 영원히 나타날 수 없는지도 모르는 일이라고 사람들은 생각했다.

또다시 풍백이 나섰다. 어차피 거불단 환웅의 명을 받들어 천신제를 처음 주재했으니, 거불단이 떠난 상황에서 마무리도 자신이 매듭지어야 했던 것이다.

"보시다시피 우리는 새 세상의 주인을 찾고자 했으나 이를 여는 사람은 아무도 없었습니다. 어차피 새 세상의 주인이 될 자는 필시 이 징표를 얻어야 할 것인바, 다음의 천신제를 기약할 수밖에 없게 되었습니다."

이로써 우여곡절 많은 천신제가 막을 내리는 것 같았다. 그러나 유난히 말썽 많았던 이번의 천신제는 끝맺음도 그렇게 간단하지 않았다. 그것은 새 주인이 나타나지 못함으로 인해 발생하는 문제였다. 천부인이 결코 범인으로서는 범접할 수 없는 신기의 보물이라는 것이 명백해진 이상 그에 대한 욕심이 이는 것이 자연스러운 사람의 마음이었다. 저것만 소유하게 된다면 이 세상 무서울 것이 하나도 없을 것처럼 여겨지게 된 것이다. 범씨족 수장 호한이 새로운 문제를 제기하고 나섰다.

"새 주인이 나타나지 못했으니 다음의 천신제를 기약해야 한다는 것은 옳은 말이오. 허나 그동안 그것을 누가 지키고 관리하는 것이 옳겠느냐 하는 것이오."

"천부인이 어떤 보물인지 잘 아시는 분이 왜 그리 말씀하십니까? 천부인은 거불단께서 18대 환웅의 자리를 계승하면서 물려받으신 겁니다. 그 누구의 것이 아니라 바로 우리 천신족의 것이었다는 말입니다. 그리고 새 세상의 주인을 맞이하도록 남기신 곳도 바로 우리 천신족입니다. 그러니 우리가 관리하는 게 당연하지요."

"허허! 어째서 옛날 얘기만 하시는 거요? 지금 보았다시피 그 주인이 없는 것 아니요? 주인이 없을 경우에 주인이 나타날 때까지 그에 가장 가깝게 근접하는 사람이 관리하는 것이 맞을 것이오. 물건의 주인이 없으면 가장 가까운 사람이 그동안 보관하는 것이 인지상정이듯이 말이오. 그런데 이 자리에 있는 모든 사람들이 보았다시피 내가 가장 세지 않았소? 그러니 내가 책임지고 관리하는 것이 마땅한 게지요."

"도전해서 실패했으면 그 주인이 아님을 자인해야지요. 오십보나 백보나 실패했다는 점에서는 똑같지 않습니까? 어차피 주인이 아닌 점에서는 말입니다."

"아무리 그렇게 말해도 천신족에서 그것을 관리하는 것은 불공평한 일이오. 새 세상의 주인을 찾는 일인데, 어찌 누구에게는 더

유리한 기회를 갖고, 다른 이는 더 불리한 기회를 가져야 한단 말이오? 그렇게 하는 것이 과연 공평한 일이겠소? 정말 공평하게 관리하고 싶다면 그것을 보호할 군사를 파견하겠으니 받아들이시오."

그동안 몸을 잘 가누지 못할 정도였던 웅지백이 상황의 심각성을 알아차렸는지 호한과 풍백의 논전에 가세하였다.

"만약 범씨족이 그리 나오겠다고 한다면 우리 웅씨족도 그리하겠소이다."

예민한 군사적 문제까지 거론되다 보니 그들의 감정은 더욱 격양되어 나갔다. 조금만 삐끗해 어긋나게 되어도 걷잡을 수 없는 파국으로 치달을 것 같은 분위기였다. 서로는 점차 전쟁까지 불사하겠다는 강렬한 눈빛을 보내며 상대방을 노려보았다. 꼭 일을 낼 것 같은 험악한 분위기였다.

바로 그때 천부인이 들어있는 광석에서 "우웅!" 소리를 내더니 무슨 붉은빛의 파장 같은 것이 그 주위를 휘돌다가 서서히 잦아들었다. 다시 한번 사람들은 천부인의 조화 앞에 두려움에 떨며 입을 다물었다. 이런 가운데 수신족 수장 하백이 나섰다.

"방금 보여준 징조는 하늘의 뜻을 분명코 예시해준 것이나 다름없소이다. 우리가 서로 다투고 싸운다면 노여워하겠다는 뜻인 겁니다. 내 그래서 새로운 제안을 하고자 하오. 천부인이 이곳에 있는 이상 천신족이 지키도록 하고, 또 공평성을 기한다는 점에서 각 나라의 제사장이 모두 참여하여 관리하도록 하는 것이 어떻겠소이까?"

"좋소이다. 그리합시다."

사씨족, 녹씨족 우씨족 구씨족 등 여러 나라의 수장이 이구동성으로 화답했다. 사실 이들로서도 여기에 어떻게든지 참여할 방안을 찾고 있었다. 지난날이라면 거불단 환웅이 있었으니 그가 중심이 되어 여러 제국을 통솔하여 나가면 되었다. 그러나 지금 그가 사라져버린 이상 그런 일을 해낼 자격을 가진 사람이 없었다. 그렇다고 제국 간의 관계에 아무런 대책도 없이 흩어질 수는 없었다. 뭔가 조정하고 중재할 수 있는 방안이 필요했다. 더욱이 앞으로 새 세상의 주인이 나타난다면 모두 그 사람을 받들어야 한다는 합의가 이루어진 이상, 각 나라의 처지에 있어서도 여기에 눈독을 들이지 않을 수 없었던 것이다.

하백의 제안에 지금이 기회라는 듯 모든 수장들이 하나같이 찬성하고 나서니 호한도 수용할 수밖에 없었다. 고립무원 상태가 된 호한이 이들 모두를 상대할 수는 없었다. 허나 그 이유 때문에만 호한이 받아들인 것은 아니었다. 천부인을 얻기 위해 직접 부딪쳐 보면서 그 위력을 실감했던 호한은, 천부인이 다시 조화를 보이니 그게 꼭 자신에게 화를 입힐지도 모른다는 두려움이 엄습해왔던 것이다.

결국 천신족이 그 주위를 지키고 제국의 모든 나라에서 파견된 제사장들이 함께 관리하여 다음 천신제가 열릴 때까지 아무도 범접하지 못하게 하는 것으로 결론이 내려졌다. 이것은 새 세상의 주인이 나타날 때까지 제국의 모든 나라들이 서로 공동의 의견을 모아 통치해나가자는 합의나 다름없었다. 하지만 이것은 "새 세상의 주인이 나타날 때까지"라는 잠정적인 합의에 불과했다. 이에 제국의 각 나라들은 자신의 나라를 더욱 강력하게 만들기 위해 더욱 매진할 수밖에 없게 되었다. 이것은 어쩌면 한편으로는 새 세상의 주인의 등장을 예시하는 것이지만, 다른 한편으로는 제국의 모든 나라를 자기 손아귀에 넣으려는 야심가들의 등장을 예고해주는 시발점이 되는 것인지도 몰랐다. 그건 곧 서로 물고 물어뜯기는 살벌한 약육강식의 법칙이 시작되느냐, 아니면 그걸 극복한 새로운 세상이 탄생되느냐의 갈림길에 들어섰음을 의미한 것이었다.

8 신천지 아사달을 찾아서

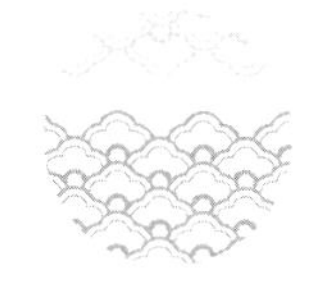

단군은 달포 반이 넘는 여정을 마치고 웅씨족 나라로 다시 되돌아와 궁전을 찾았다. 거기에는 셋째 왕자 웅달만이 자리를 지키고 있었다.

“형님, 이게 어찌된 겁니까?”

첫째와 둘째 왕자와는 달리 단군을 많이 따르는 편이었던 웅달은 기뻐하는 동시에 놀라워하였다. 단군의 모습이 많이 변해 있었던 것이다. 오랜 고행으로 얼굴은 수척해 보였지만, 수정처럼 맑은 눈망울에서는 깊이를 알 수 없는 그 무언가가 활활 타오르고 있었다. 또 몸 전체에서는 오랜 수련을 통해 형성된 기가 머리 주위로 발산되어 원광을 그리고 있는 것 같은 모습이었다. 예전부터 단군이 평범한 인물이 아니라고 여기고 있었으나, 마치 살아 있는 선인을 마주 대하는 것 같은 기분은 처음이었다.

“그리되었네. 그런데 무슨 일이 있었는가? 다들 어디 가고 이렇게 혼자만 있는가?"

"천신제에 가셔서 아직 돌아오지 않는지라……."

"모두 거기에 가셨단 말인가? 대체 무슨 일이기에 그리하셨단 말인가?"

천신제는 매년 상달에 치르는 것이니 단군이 그 일정을 모르는 바는 아니었다. 그렇지만 자신의 일도 제대로 해결하지 못하고 아버님을 뵈는 것이 민망스러워 천신제에 참석하지 않고 계속 자기 길을 갔던 그였다.

"무슨 일이라기보다는 그게……. 천신족에서 이번 천신제를 대대적으로 거행할 것이라고 요청해왔는지라. 형님도 같이 갔으면 좋을 것 같아 백방으로 수소문했는데, 도무지 행적을 알 수가 있어야지요. 그런데 인제 돌아오시다니……. 이번 천신제에서는 분명 무슨 일이 일어날 것처럼 보였는데, 늦었다 해도 지금이라도 가보시는 것이 어떻겠는지요?"

"무슨 일이 있어날 것 같다니? 그게 무슨 말인가?"

아버지의 신상에 혹시 무슨 일이 생긴 것이 아닌가 해서 단군이 되물었다. 사실 그는 신시의 옛 터에서 크게 깨달음을 얻는 도중에 아버지가 선인이 되어 그에게 뭔가 말을 남기고 하늘로 떠나가는 것 같은 환상을 보았던 것이다. 실상 단군은 순행을 떠난 이래, 신지라는 사람을 만나기 전까지는 도대체 무엇을 어디서부터 찾아야 하는지 알지 못했다. 그저 지금까지 해왔던 방식으로는 안 된다고 판단하고 있었던 것뿐이었다. 그런데 신지라는 사람이 제국의 여러 나라가 섬기는 호신상들을 깨버리는 것을 보고는 떠오르는 바가 있었다. 그것은 제국의 나라들 간의 벽을 허물어야 한다는 것이었는데, 그러자면 뭔가 공통점이 있어야 했던 것이다. 그게 뭘까 생각해보니 그것은 바로 뿌리에서 찾을 수밖에 없었다. 그래서 그 길로 신시가 개척되었던 곳을 향했던 것이다.

막상 단군이 신시神市가 건설된 곳에 도착해보니, 그곳은 그가 상상한 것을 뛰어넘고 있었다. 그야말로 천지의 기운이 하나로 조화되어 세상의 태곳적의 뿌리를 보여주었던 것이다. 바다같이 큰 호수에서 찰랑거리는 물결은 생명의 신비를 그득 담고 있었고, 드넓게 펼쳐진 평원 위에는 짐승과 사람이 하나로 어우러져 아무런 걱정 없이 살았던 흔적을 찾아볼 수 있었다. 왜 환웅이 환인으로부터 천부인天符印을 받아 이곳에서 처음으로 신시를 열었는지 그 이유를 알 만도 했다.

그런데 단군은 이곳이 어디선가 본 듯한 느낌이 들었다. 분명 자신이 여기에 와 본 적이 없었는데도 전혀 생소하지가 않았던 것이다. 문뜩 머리를 스치고 지난 간 것이 있었다. 바로 꿈에서 보았던 곳과 같았던 것이다. 그때로부터 단군은 그 꿈이 우연이 아니라고 생각하게 되었다.

그는 꿈에서 했던 것처럼 모든 상념을 떨어버리듯 가부좌를 틀었다. 그러나 마음과 달리 온갖 잡념이 머릿속을 헤집고 다녔다. 그것을 떨쳐버리려고 해도 사라지지 않고 더욱 그를 괴롭혔다.

심지어 눈앞의 물체마저 이상야릇한 형체로 변하여 그를 공격해 오는 것 같기도 했다. 그러나 그는 몸을 내맡긴 채 피하려고 하지 않았다. 아예 눈까지 감아버렸다. 그러자 심연의 바닷속으로 끝도 없이 추락한 듯하더니, 그의 머릿속에 거센 바람이 불어오면서 차츰 고요해지며 평정이 찾아들었고, 이내 깜깜하고 답답해 보였던 그의 눈앞이 환하게 밝아지는 것이었다. 눈을 뜨지도 않았는데 앞이 더 환해 보이는 것이었다.

이로부터 그는 미동조차 하지 않았다. 생각도 하지 않았으나 언제부턴가 세상으로 몰입되어갔다. 원래부터 그 자리에 있는 듯 없는 듯, 티끌보다도 더 가볍게 세상과 하나 되어 있었다. 천지의 기운이 넘치지도 모자라지도 않은 채 그대로 그와 함께 머물렀다.

그렇게 하기를 삼 일이 지났다. 그날은 천신제가 열리는 둘째 날이었다. 마치 태곳적의 세상을 보여주듯 붉게 빛나는 태양이 온 세상을 그 빛으로 물들이기 시작하면서, 단군의 몸뚱이는 물론이고 머릿속마저 빛으로 채워버리며 옛 이야기를 전해주기 시작했다. 단군이 미처 알지 못하는 얘기였지만 원래 그런 것처럼 자연스럽게 받아들였고, 그에 동화되면 될수록 그의 얼굴은 더 밝은 빛으로 물들어졌다. 마침내 그의 입에서는 태곳적부터 구전되어 내려오는 천부경의 구절이 그 자신도 모르게 읊어졌다. 그와 동시에 저 멀리 원광의 빛에서 그의 뇌리를 퍼뜩 깨우는 소리가 울려왔다.

"눈에 보이는 것이 다가 아니니라. 사람 속에 천지가 하나가 되는 것, 바로 그것이 세상을 구할 이치이니라."

날카로운 바늘로 머리를 찔린 듯 그는 큰 충격을 받았다. 그 순간 세상 일체가 빛으로 환하게 밝아 보였다. 찰나의 순간에 깨달음을 얻은 그는 퍼뜩 정신을 차렸다. 그러고는 빛에 쌓여 있는 그 뭔가를 보고 깜짝 놀랐다. 그건 분명 거불단 환웅, 바로 자기 아버지의 모습이었던 것이다. 아버지는 단군의 마음을 알았다는 듯 고개를 끄덕이더니 대꾸할 기회도 주지 않고, 하얀 구름이 하늘로 흩어지듯 흔적도 없이 사라져버렸다.

단군은 아버지가 자기에게 큰 가르침을 주기 위해 나타난 것이라고 여기면서도 하늘로 사라져버리신 것이 영 마음에 걸렸다. 감사와 근심 어린 마음이 교차하면서 단군은 그 길로 일행과 함께 하산하여 연일 쉬지 않고 말을 달려왔던 것이다. 천신족으로 갈까도 생각했지만 자기들이 도착했을 때는 천신제는 다 끝나는 시점인지라 웅씨족으로 돌아온 것이었다. 그런데 웅달이 마치 무슨 일이 벌어진 것처럼 말하자, 그의 가슴이 철렁 내려앉았다.

"글쎄요, 소문이라서……."

웅달이 잠시 망설이다가, 천부인이 사라졌다는 말에서부터 범씨족의 행태나 태고의 전설 등 사람들 사이에서 떠도는 소문들을 얘기해주었다. 그리고 마지막으로 한 가지를 덧붙였다.

"그거야 소문이니까요. 그 때문에 말도 많았지만 어쨌든 아버님이나 형님들이 돌아오시면 곧 알게 되겠지요."

단군이 별말 없이 고개를 끄덕이고는 자리에서 일어서려고 하자 웅달이 다시 되물었다.

“그런데 데려온 도적 떼들을 형님께서는 장차 어찌할 작정이십니까?”

단군은 원래 조정에서 반대가 있을 것이라고 예견했지만, 그 정도로 심각한 상황으로까지 이 문제가 번질 줄은 몰랐다. 웅지백 수장을 믿었던 바도 있었지만 웅갈과 웅도리가 그토록 적극적으로 나서서 반대할 것이라고는 생각하지 않았던 것이다.

“글쎄. 약조했으면 그것을 지켜야 할 게 아닌가? 그렇지 않은가?”

“하긴 그래야겠지요. 그런데 첫째 형님께서 워낙 강경한지라. 이번 일이 좀 좋게 풀어져서 우리 형님들하고 사이가 좋아졌으면 하는데……. 더 멀어지는 것만 같아 그게 걱정이 됩니다.”

“그래, 그게 그렇게 걱정되는가? 그런 일은 없도록 내 노력할 터이니 염려 말게나.”

“그리 말씀해주시니 맘이 놓입니다. 그런데 정말 천신족에는 안 가보실 작정이십니까?”

“언젠가는 가보아야겠지. 허나 지금은 내 할 일이 있고, 또 조만간 웅지백 수장님께서 돌아오실 터인데 그때 소식을 들어보면 되지 않겠는가?”

단군은 궁궐을 빠져나왔다. 마음 같아서는 당장 달려가 아버지의 안위를 확인하고 싶었다. 그는 분명 무슨 일이 일어났다고 판단했다. 하지만 그가 간다고 해서 달라질 것도 없으니, 여기에서의 시급한 일을 처리하는 것이 급선무였다. 사실 단군은 이곳에 도착하면서부터 소우리 장군과 함께 온 사람들이 새 삶의 터전은 고사하고 아직도 자리도 잡지 못하고 전전긍긍하고 있다는 소식을 듣자마자 이 사안의 해결이 자신의 활로와 맥락이 닿아 있다고 보고 있었다. 이것은 이리 해도 되고 저리 해도 되는 식의 선택의 문제가 아니라 꼭 해내야만 하는 신의의 문제였다. 신의를 저버린 인간으로 낙인찍혀서는 세상을 구하려는 거창한 계획은 말할 것도 없고 사소한 일조차도 쉽게 할 수 없을 것이었다. 그럴수록 이 문제를 해결하려는 그의 결심은 확고했다.

단군이 비왕의 영지로 돌아오니 벌써 그가 돌아왔다는 소식을 전해 들었는지, 소우리 장군 이하 군사들은 물론이고 백성들도 우르르 몰려들었다. 그들에게는 그가 구세주로 보이기도 했지만, 다른 한편으로 철석같이 약속해놓고는 돌아오지 않고 자신들을 방치해버린 무책임한 행동에 대해 속 시원한 대답을 듣고자 했던 것이다.

단군은 직접 그들 앞에 나섰다.

"그대들에게 정말이지 미안하오. 내 모든 것을 걸고서라고 그 약조를 지키기 위한 방안을 마련할 것이니 조금만 기다려주시오"

"우리는 비왕의 약속만 철석같이 믿고 여기에 따라왔습니다. 하지만 군사까지 파견해 우리를 체포하여 노예로 삼으려 했습니다. 우리는 이대로 앉아서 당할 수는 없습니다. 만약 다시 그런 경우가 발생한다면 우리가 여기를 무사히 떠날 수 있도록 보장하겠다고 약조해주십시오."

자신을 믿어달라고 호소하는데도 곧이듣지 않자, 단군은 결국 재차 약속할 수밖에 없었다. 이것을 본 소우리가 안색이 어두운 얼굴로 입을 열었다.

"비왕님, 어찌 그런 약조까지 하시는 것이옵니까? 소신이야 비왕님께서 하시라는 대로 하기는 했사오나, 좀 이해할 수가 없사옵니다. 저들이야 자기 살자고 비왕님의 처지도 생각하지 않고 막무가내로 요구하는 자들인데, 그런 자들을 위해 그렇게까지 해야 하는 것이옵니까?"

"저들의 말이 옳지 않는가? 약조는 내가 했지 저들이 한 것은 아니지 않는가? 게다가 저들의 처지는 일을 당할 경우 최하 노예로 끌려가거나 죽임을 당하는 것이고, 나야 쫓겨나기밖에 더 하겠는가? 저 사람들은 바로 지금 천당과 지옥의 경계선에 서 있다는 것을 이해해야 할 것이네."

"아무리 그렇더라도 비왕님의 앞날을 생각하셔야지요. 만약 웅갈 왕자나 그들 세력이 이런 사실을 알게 되면 어찌되겠사옵니까? 분명 꼬투리를 잡아 공격해 올 것인데……."

단군 또한 웅갈 왕자와 그들 세력이 지금까지 보인 행태로 봐서 여러 훼방을 놓을 것으로 보았다. 그렇더라도 그 방안을 강구해 이들과의 약속을 지켜나가야 했다.

이로부터 며칠 후, 웅씨족 조정에는 대신 관료들을 소집하는 웅지백의 영이 내려졌다. 천신제에 다녀온 이후, 그에 대한 대책을 마련하기 위해서였다. 단군도 천신제에서 일어났던 소식들을 전해 듣고서 그곳에 참여하였다. 아버님이 세상을 떠났다는 부음에 어머니 웅녀가 겪으셨을 상심을 떠올리자 당장 그곳으로 달려가고 싶은 마음 간절했다. 하지만 이곳에서 지켜야 할 약속을 생각하면 자리를 비울 수가 없었던 것이다.

웅지백이 단군을 보자 반가움에 덥석 끌어안더니, 이내 눈물을 글썽거리며 위로하였다. 그러고는 대신들을 향해 입을 열었다.

"모두들 알다시피 이제껏 제국을 이끌어오셨던 거불단 환웅께서 선인이 되셨소이다. 그래서 새 세상의 주인이 나올 때까지 공동의 의견을 모아 제국을 이끌기로 합의했으나, 과연 이것이 얼마나 오래갈지 아무도 장담할 수 없게 되었소이다. 그러하니 우리도 이에 국가적 대책을 세워야 할 것인바 어찌했으면 좋을지 의견을 듣고자 하오. 기탄없이 얘기를 해주도록 하오."

"그야 천부인을 우리가 차지하면 되는 것이 아니옵니까? 그러니 거기에 모든 국가적인 역량을 기울여야 할 것이옵니다."

웅갈이 생각해볼 것도 없이 당연하다는 투로 대답하자, 다른 한편에서 신중한 반론이 제기되었다.

"웅갈 왕자님의 의견은 일리가 있는 것으로 생각되옵니다만, 보았다시피 그게 사람의 힘으로 열리는 것이었사옵니까? 그럴 바에는 차라리 다른 나라와 동맹 관계를 튼튼히 다지는 게 앞날을 위해서 더 좋을 듯하옵니다. 아마 다른 나라도 우리처럼 판단할 것이기에 우리가 제기하면 선뜻 응할 것이옵니다."

"그것은 하나만 알고 둘은 모르는 소리올시다. 겉으로야 안 하는 것처럼 하겠지만 속으로까지 그리하지 않을 나라가 어디 있겠습니까? 만약 저들이 노력해서 그걸 차지하게 되면 그때 가서는 동맹이란 게 다 물거품에 지나지 않게 될 것입니다. 그런 쓸데없는 일에 왜 국가적 역량을 소모해야 합니까? 차라리 그것을 우리가 차지하기 위해 노력하는 게 백번 천번 옳지요. 우리라고 세상을 호령하고 살지 마라는 법이라도 어디 있습니까? 제국의 나라들 중에서 선두를 다투고 있는 우리 웅씨족이 차지하지 못한다면, 과연 어느 나라에서 차지할 수 있겠소이까?"

모든 나라가 어쩔 수 없이 경쟁에 나설 수밖에 없는 마당에, 오히려 앞장서서 그것을 선점하자는 주장을 펼치니 그 의견에 자연스레 통일되었다. 웅지백이 다시 입을 열었다.

"모두들 의견이 똑같으니 다른 말은 필요 없겠고, 누가 그 일을 맡아 처리하는 것이 좋을지 그 적임자를 추천해주기 바라오."

"그거야 당연히 웅갈 왕자님이시지요. 이 문제에 관한 한 웅갈 왕자님만큼 강력한 의지를 가지고 계시는 분은 없사옵니다. 더욱이 이 나라를 이으실 적통자이시기도 하니 웅갈 왕자님께서 맡으셔야지요."

모두들 한결같이 웅갈을 적임자로 추천하였다. 하지만 웅지백은 그게 못마땅한지 그에 대한 결론을 내리지 않고 대신에 단군의 의향을 물었다.

"내 보기엔 천부인에 관한 한 비왕보다 더 잘 알 인물은 없다고 보이는구려. 그래서 이 일은 좀 비왕이 관여했으면 하는데 그대의 생각은 어쩐지 듣고 싶구려."

"소신은 거불단 환웅의 적통자였지만 아버님으로부터 천부인도 물려받지 못했사옵니다. 그런 소신이 어찌 그 일에 관여할 수 있겠사옵니까? 그 명을 물려주시옵소서. 단지 지금 소신이 바라는 바는 제 말을 믿고 이곳으로 따라온 사람들과의 약속을 저버리지 않고자 하는 것 이외에 다른 뜻은 없사옵니다. 그러하오니 소신으로 하여금 그들과의 신의를 지킬 수 있도록 선처해주시옵소서."

웅지백은 단군을 물끄러미 바라보았다. 그의 눈빛에는 큰 회한이 스며들어 있었다. 웅지백은 단군의 출중한 인물됨을 알고 그 도움을 받고자 비왕으로 삼았다. 하지만 단군은 자기 아들의 훼방 때문에 제대로 뜻도 펴지 못한 것이었다. 결국 단군으로 하여금 갈 곳 없는 부랑아 신세가 되게 만들었으니 어쩌면 이 모든 게 자신의 탓이라는 생각이 들었다. 사실 웅지백은 차세대 지도자의 인물로 단군을 점찍고 있었다. 그런데 그의 예측은 완전히 빗나가 버렸다. 천부인은커녕 천신족의 왕자로서 왕위마저 이어받지 못했다. 게다가 새 세상의 주인이 나타난다고 했으니 그건 환웅의 대가 끊기게 된다는 것을 의미하기도 했다. 그로서는 이것을 이해할 수가 없었다. 왜 세상은 출중한 인물을 태어나게 해놓고서 이렇게 혹독한 시련을 겪게 하는지 알 수가 없었다. 그럴수록 거불단 환웅이 단군을 도와달라고 그에게 재삼재사 부탁한 말이 귓전을 때려 왔다. 자기의 마음도 이렇게 아픈데, 거불단의 심정이야 오죽 했겠는가 생각하니 더욱 가슴이 아려왔다. 웅지백이 단호히 입을 열었다.

“그대가 요청한 문제는 이제 더 이상 걱정하지 않아도 될 것이오. 이번 천신제에서 모든 죄인들을 선처하기로 서로 합의하였으니 그대의 뜻대로 처리해도 된다고 내 분명하게 명하는 바이오.”

웅지백은 단군의 요구를 받아들여 특별히 명을 내렸다. 그리고 마침내 천부인을 차지할 국가적인 대책 기관의 책임자로 웅갈을 임명함과 동시에 이에 대한 전면적인 지원을 하라고 명을 내렸다.

이후 웅씨족의 조정은 웅갈에 의해 점차 장악되어 나갔다. 물론 단군은 도적들과 약속했던 바를 얼마간 지켜내는 성과를 가져오기는 하였다. 하지만 그것은 죄를 묻지 않는다는 차원이었지, 그들에게 새 삶을 이룩할 터전을 마련한 것까지는 되지 못했다. 모든 일의 우선순위가 웅갈의 지원에 맞춰지고 있었기 때문이었다. 단군의 거듭된 대책 요구에도 계속 순위가 밀리고 있었다.

이런 상황에서 웅지백의 죽음은 웅씨족의 권력 구조에 큰 변동을 일으켰다. 웅지백은, 거불단이 사라짐에 큰 충격을 받아서인지 시름시름 앓다가 끝내 숨을 거두고 말았다. 조정에서는 웅신상을 만들어 국가 차원의 장례를 치렀고, 새 수장으로 웅갈을 맞아들였다.

웅갈은 수장의 자리에 오르자 더욱 천부인을 차지하는 일에 열을 올렸다. 그는 범씨족 수장 호한마저 실패한 상황에서 그 주인은 자기밖에 없다고 여겼다. 그러나 자신의 눈으로 직접 확인했던 것처럼 무작정 덤벼들어서는 실패할 가능성이 높다고 판단했다.

'분명 어딘가에 그 열쇠가 있을 텐데…….'

웅갈은 몰래 사람을 보내 천신족에 파견된 웅씨족의 제사장에게 천부인의 비밀을 알아오라고 요구했다. 하지만 그 제사장 또한 천부인은 청동검과 동경, 그리고 방울(북) 등 세 개로 되어 있을 뿐 아무도 그 이상을 아는 자도 없고, 더 파악할 수도 없다고 알려왔다. 하지만 이것만 가지고는 어떻게 일을 진행할 수가 없었다.

궁리 끝에 그는 누가 뭐래도 천부인을 가장 잘 아는 자는 단군밖에 없다는 것을 떠올렸다. '단군을 이용해야 하는 것을……. 내가 얼마나 바보 같은 짓을 했는가?'

그때서야 그는 아버지가 왜 단군보고 천부인을 얻는 그 일의 적임자로 앉히려 했는지 이해할 것 같았다. 그 열쇠를 찾으면 그때 가서 그것만 뺏으면 되는 것이었다. 지금이라고 늦지 않았다고 타산한 그는 단군을 불러들였다.

"나도 아버님을 잃고 보니 참으로 마음이 아파옵니다. 왜 생전에 잘해드리지 못했는지 말입니다. 하물며 나도 그러한데 어린 시절부터 슬하를 떠나 운명하시는 것마저 보지 못했으니 비왕의 심정이야 오죽 비통하겠습니까? 허나 이제부터는 걱정하지 마세요. 내가 다 도와드릴 테니까요."

단군은 어이없는 눈으로 웅갈을 그저 바라보기만 했다. 자신을 도와주려고 조금만 마음먹었다면 백성들에게 삶의 터전을 마련해주면 되는 것이었다. 그런데 지금껏 웅갈은 그걸 실질적으로 막아온 자였다.

“허허! 믿지 못하시겠다는 거군요. 하긴 내가 지금까지 비왕을 많이 괴롭혀 왔으니 그리 여기시는 것도 무리가 아니겠지요. 허나 지금은 아닙니다. 우선 비왕께서 데려온 백성들에게 새 삶을 위한 터전을 마련해 달라고 요구하셨는데, 내 그리하도록 조치하겠습니다.”

“그리하여 주시니 감사할 따름입니다.”

“감사라니요? 당연히 그리해야 하는 것을……. 그런데 비왕께서도 저를 좀 도와주셨으면 합니다. 비왕께서도 대략 짐작하시는 바이기에 내 터놓고 얘기하겠습니다. 내가 천부인을 얻는 열쇠를 찾고자 하는데, 아무래도 그에 대해 비왕만큼 잘 아는 사람이 없지 않습니까? 그걸 도와주셨으면 합니다. 내 모든 지원을 다해 드릴 테니까요.”

“도와드리고 싶은 마음 굴뚝같습니다만, 그에 대해서는 나도 아는 바가 없고, 또 솔직히 말해 관심조차 없습니다.”

단군의 분명한 거절에 웅갈은 싸늘한 시선으로 노려보면서 돌려보냈다. 그러고는 이를 갈았다. 웅갈은 마음을 벼르고 벼르며 그 책임자들을 찾았다.

“어떻게든 천부인을 얻을 열쇠를 찾아야 한다. 만약 그것을 찾지 못하면 너희들은 살아남지 못할 각오를 해야 할 것이다. 알았느냐?"

당장이라도 혼찌검을 내려는 웅갈의 기세에 앞에 한 사람이 나서며 조심스럽게 아뢰었다.

"그 열쇠가 무엇인지 모르겠사오나 분명한 것은 천부인이 청동검과 동경, 방울(북)과 관계되어 있다는 것이옵니다. 그러니 그것과 똑같은 것을 만들어 낸다면 그 비밀을 찾을 수 있지 않을까 하옵니다."

"그것과 똑같이 만들어낸다? 그래! 그게 좋겠어. 그러면 기술이 뛰어나다 싶은 모든 장인공들을 불러 추진하도록 하라. 내 이에 대한 모든 조치를 취하도록 할 것이다."

웅갈은 장인들이 일할 수 있는 은밀한 곳까지 마련해 주는 등 그에 대한 적극적인 지원을 아끼지 않았다. 하지만 얼마 지나지 않아 사람들 사이에는 아우성 소리가 새어나왔다. 조금만 실력 있다고 소문난 장인들이면 어김없이 나라에 차출되는가 하면, 엄청난 공출까지 강요하게 되었으니 이래 가지고 어떻게 살겠느냐며 한탄하는 소리였다.

이런 백성들의 원망에도 불구하고, 웅갈은 요지부동이었다. 천부인을 얻게 된다면 새 세상의 주인으로서 웅씨족이 다른 나라로부터 공물을 받아냄으로써 더 잘 살게 된다는 것이었다. 그런데 그런 수고 좀 감수하려 하지 않는다고 도리어 그는 역정을 내었다. 조정의 신료들에게도 이 일에 적극 나설 것을 요구하였다. 그러자 조정의 신료들은 웅갈에게 더 잘 보이기 위해 자신의 일은 내팽개치고 너나없이 천부인을 얻는 일에 나서게 되었다. 이로 인해 그 밖의 조정의 일은 다 뒷전으로 밀려나고 있었다. 이를 보다 못한 단군이 웅갈을 찾았다.

"천부인을 찾기 위해 노력하는 것을 탓하지는 않겠습니다. 허나 온 조정이 거기에 매달릴 필요는 없잖습니까? 각기 자기가 맡은 바 직무가 있거늘 그것을 뒷전으로 미루고 너도나도 천부인을 찾는 일에만 매달리고 있으니……. "

"지금 나를 훈계하는 겁니까? 이 나라의 주인은 바로 나거늘, 나를 어찌 보고 그리 말하는 것이오? 그래, 내가 그렇게 도와달라고 요청했을 때는 꼼짝도 안하더니……. 내가 그 열쇠를 찾을 것 같으니까 겁이 나신 건가요, 아니면 내가 새 세상의 주인이 되는 게 그렇게 시샘이 나는 겁니까?"

"새 세상의 주인이야 하늘에 달려 있는데, 내가 뭘 그런 것을 시샘하겠습니까? 단지 내가 말씀드리고 싶은 것은 이렇게 천부인의 일에만 매달리다간 이 나라의 앞날이 심히 걱정된다는 것입니다. 그러니 이를 바로잡아 주었으면 합니다."

"천부인을 연다면 새 세상의 주인이 되는 것이거늘, 왜 나라의 앞날이 걱정된다는 겁니까? 도리어 제국을 다스리며 창창하게 번영하여 나갈 것인데……. 내 분명히 말하건대 나를 도와주지 않을 생각이라면 감 내와라 배 내와라 하지 말고 조용히 잠자코 계시구려. 그것이 신상에 좋을 터이니."

"좋습니다. 내 그 일에는 더 이상 말하지 않겠습니다. 그렇지만 한 가지는 요청하겠습니다. 내가 데리고 온 백성들이 정착할 땅을 내려주시지요."

"그거야 죄를 묻지 않는 것만 해도 선처를 베푼 것이 아니요? 그 정도면 되었지 뭘 더하라는 말이오?"

"정착할 땅을 내려주시겠다고 지난번에 나에게 말하지 않았습니까? 그런데 지금까지도 아무런 대책이 없어서 드리는 말입니다. 더욱이 이것은 지난날 웅지백 수장님께서 직접 명하기도 한 바입니다. 내가 약조한 대로 실시하라고 말입니다. 그 명을 어기시려고 그러시는 것입니까?"

단군의 따져 묻는 말에 웅갈 또한 버럭 화를 내고 나왔다.

"이 봐요? 내가 이 웅씨족의 수장이자 주인이란 말입니다. 왜 내가 하는 것을 가지고 이렇게 시시콜콜 반대하시는 겁니까? 나는, 나라의 근간을 허무는 대역 죄인들을 결코 봐줄 생각이 없어요. 내 아버님을 생각해 봐주려고 했는데, 안 되겠소이다. 정말 이렇게 사사건건 내가 하는 게 못마땅하거든 스스로 이 땅을 떠나세요. 아시겠습니까?"

단군은 이제 웅씨족을 떠날 수밖에 없었다. 웅지백 수장이 자신에게 베풀었던 정리를 생각하면 그렇게 하고 싶지는 않았으나 이제는 어쩔 수 없는 일이었다. 어쩌면 웅갈의 그런 행동이 단군으로 하여금 여기에 더 머무를 필요가 없다고 더 쉽게 결정하게도 만들었다. 하지만 이것은 천신족에서도 버림받더니 결국 웅씨족에서도 버림받는 꼴이 되고 말았다. 그야말로 날갯죽지 꺾어진 매와 같은 꼴이었다.

발구루는 그런 단군을 보고 이제라도 천신족으로 돌아가자고 설득했다.

“거불단 환웅님께서 왕자님을 얼마나 아끼고 사랑하셨는지 잘 아시지 않사옵니까? 결코 왕자님을 버리실 분이 아니시옵니다. 비록 돌아가셨다고는 하나 분명 무슨 안계를 세워두셨을 것이옵니다. 천신족으로 가시옵소서. 그러면 분명 길이 있을 것이옵니다.”

“그러면 저 사람들은 어찌 할 것인가? 저들에게 목숨을 걸고 지켜내겠다고 약조해놓고 나 혼자 살자고 그들을 버리고 떠난단 말인가? 그럴 수는 없네. 아니, 그래서는 안 되고말고.”

“지금 상황에서는 다른 방법이 없지 않사옵니까? 어디에 몸을 의탁할 곳도 없는 판국에 어찌 다른 사람을 생각할 겨를이 있사옵니까? 먼저 자리를 잡는 것이 우선이옵니다. 저들도 왕자님의 이런 처지를 다 이해할 것입니다. 다른 마음 먹지 마시고 천신족으로 가시옵소서. 왕자님은 충분히 천부인을 얻을 수 있을 것이옵니다. 그것만 얻는다면 새 세상의 주인이 되는 것이니 다시 천신족을 일으켜 세우실 수가 있을 것이옵니다.”

“자네도 천부인 타령인가? 그런 것일랑 꿈도 꾸지 마시게. 그건 사람의 인력으로 되지 않는다고 하지 않던가? 어쨌든 나는 결심했네. 저들을 데리고 신천지를 찾아 떠날 작정이네.”

"신천지라니요? 어디로 저 많은 사람들을 데리고 떠난다는 말씀이옵니까?"

사실 단군은 어디로 떠날지 많은 고심을 했다. 그러다가 문득 어릴 때 아버지가 신천지를 찾아 헤매듯 데리고 다니시다가 그 어떤 곳을 가리키고는 했던 말씀이 떠올랐다.

"만약 치수治水를 할 수 있다면 저곳이 분명 새 세상의 터전이 될 것이다. 저 땅의 이름은 '새 세상이 펼쳐진 땅'이라는 뜻으로 아사달이라고 명명하겠다."

그때 단군은 새 세상을 이루는데 왜 치수가 그렇게 중요하냐고 물었다. 단군의 물음에 아버지는 새 세상은 더욱 풍요로워야 하는데, 그러자면 물을 다스릴 수 있어야 하기 때문이라고만 대답하였다. 그는 물을 다스릴 수 있어야 가능하다는 것을 떠올리면서도, 당장 갈 수 있는 곳이 그곳밖에 없었기에 그때의 땅을 염두에 두고 있었던 것이다. 그래서인지 단군의 대답은 확신에 차 있었다.

"아사달이네. 자네도 가서 보면 알겠지만 틀림없이 마음에 들 것이네. 우리가 저들을 데리고 그곳으로 가서 새 삶을 일궈보세. 이것이 나에게 있어서도 새 삶의 시작이 될 것이니 다른 말 말고 나를 도와주게."

단군의 간곡한 요청에 발구루는 더 이상 반대하지 못하고, 사람들에게 그의 의지를 전하기 위해 동분서주하며 뛰어다녔다.

사람들의 반응은 처음에는 엇갈렸다. 어떤 사람들은 '끈 떨어진 단군을 따라가서 뭘 하겠는가? 잘못하면 굶어죽기 십상'이라고 말하는 자가 있는가 하면, 또 어떤 이들은 '우리들을 위해 그렇게 생각해준 사람이 어디 있는가? 그가 이리해주니 우리도 의리를 지켜야 하지 않겠느냐'며 따라나설 준비를 하는 사람도 있었다. 그러나 이것 하나만큼은 쉽게 의견 일치를 보았다. '여기 있다가는 웅갈의 등쌀에 살기 힘들 것이니, 굳이 단군이 아니더라도 떠나는 것이 좋겠다'는 것이었다.

점차 이곳만이 아니라 다른 지역에서도 그 소식을 듣고 사람들이 모여들고 있었다. 사람들이 생각보다 많이 모여들자, 웅갈은 그 상황을 그저 지켜볼 수만은 없게 되었다. 자신의 백성들을 빼가는 것이니 그로서는 타격을 받을 수밖에 없었던 것이다. 그렇다고 그들이 떠나는 것을 막고자 단군을 공격할 수도 없었다. 단군 또한 비왕으로서 상당한 정도의 독자적인 군사력을 가지고 있는 데다가 그의 뒤에 있는 천신족을 의식하지 않을 수 없었던 것이다. 거불단 환웅이 사라졌다고 하나, 그래도 천신족은 아직까지 천부인을 지키고 있는 만만치 않은 상대였다. 더욱이 단군의 어머니 웅녀는 웅씨족 사람으로 그 영향력은 아직까지 이곳에 미치고 있었다.

이에 웅갈은 드러내놓기보다는 은밀하게 방해 공작을 하기에 이르렀다. 떠나지 않는 사람에게는 비왕이 차지하고 있던 땅을 넘겨주겠다며 꼬드겼다. 그러나 무엇보다 비왕의 군사를 돌려세우는 데 주안점을 두었다. 그에게 가장 중요한 건 단군이 지닌 강력한 군사력이었다. 웅갈이 크게 걱정한 것은, 단군이 떠나게 됨으로써 입게 될 군사적 공백이었던 것이다.

은밀한 방해 공작이 진행되는 가운데 단군 일행이 떠나기로 한 날짜가 다가왔다. 단군은 발구루에게 소우리 장군을 불러올 것을 명했다. 백성들을 데리고 떠나려면 호위할 군사부터 준비시켜야 했던 것이다.

한참 만에야 돌아온 발구루는 낭패라는 얼굴로 단군에게 아뢰었다.

"소우리 장군은 여기 오지 않을 것이옵니다."

"아니, 그 무슨 말이요? 여기에 오지 않다니, 무슨 일이 있는 게요?"

"그게……. 그자를 그만 잊어버리시옵소서. 하등 생각할 가치가 없는 자이옵니다. 그토록 잘 대해주었건만."

배신했다는 말을 차마 입 밖으로 꺼내지 못한 발구루였다. 단군을 모시는 사람으로서 그런 말을 입에 올리는 것 자체가 누를 끼치는 것이라고 생각할 정도로, 단군에 대한 그의 충심은 대단했던 것이다.

단군으로서는 걱정되지 않을 수 없었다. 자기의 직속 부장이 떠날 정도라면, 그의 지시를 받은 많은 군사들이 움직였을 가능성이 높아 보였던 것이다. 하기야 자신의 영달을 위한 자리를 주겠다는데, 언제 어떻게 될지도 모르는 고생을 사서 할 사람이 많지는 않을 것이었다.

"그래, 남은 군사는 얼마나 되는가?"

"대략 수백 정도밖에 되지 않아 보이옵니다."

절반 이상의 군사가 떨어져나간 것이었으니 실로 엄청난 타격이었다. 그 정도의 군사력으로서는 한 부락이나 지킬 역량밖에 되지 못했다.

"됐소이다. 내가 직접 이끌 터이니 준비시키세요."

군사들이 도열한 가운데 사람들이 모여들기 시작했다. 백성들은 군사들과 처지가 달라 여기 있기보다는 기꺼이 떠나기로 결심한 사람들이 많았다. 삼삼오오 가족 단위를 이루며 사람들은 계속 모여들었고, 급기야 그 수는 단군이 예상한 바를 훨씬 뛰어넘어 엄청난 수로 불어났다. 이 많은 수의 사람들을 그렇게 적은 군사로 호위하며 끌고 가는 것은 버거워 보였다. 그만큼 백성들이 새 세상을 염원하고 있다는 사실을 표출한 것과 같았다.

이윽고 구름 떼처럼 몰려든 사람들 앞에 단군이 앞으로 나섰다.

"나는 여러분께 함께 가자고 강요하지 않을 것입니다. 그와 마찬가지로 나는 여러분께 행복한 세상을 열어주겠다고 약속하지도 않을 것입니다. 아니, 할 수가 없습니다."

사람들의 표정이 묘하게 일그러지며 웅성거렸다. 자신들의 판단이 잘못된 것 아니냐는 얘기들이었다. 사람들이 그러거나 말거나 단군의 얘기는 계속 되었다.

"하지만 나는 이것만은 약속 드립니다. 여러분이 원하는 세상을 여러분이 직접 만들어나가는 것만큼은 보장하겠다고 말입니다."

사람들의 웅성거림이 잦아들더니 갑자기 환호성이 터져 나왔다. 그러면서 외치는 소리도 함께 들려왔다.

"우리도 그것밖에 원하는 게 없소이다."

"그게 우리가 바라는 것의 전부이오이다."

그 소리는 절규에 가까울 정도로 애절했다. 어쩌면 그것만큼은 반드시 지켜달라는 간절한 소망이었는지도 몰랐다.

"좋습니다. 나는 이 약속을 지킬 것입니다. 다시 한번 말하지만 이 약속을 지키고 믿는 사람들만 따르십시오."

단군의 요구에 사람들은 함성으로 화답했다. 한번 약속한 것을 끝까지 지키려는 그의 굽힘 없는 의지, 아니 지킬 수 있는 것만 약속하는 그의 모습을 보고 사람들은 그것을 믿어 의심치 않았다. 어쩌면 이들에게 있어서 한결같은 소망이란, 자신들의 힘으로 이룩한 것을 남에게 간섭받지 않고 뺏기지 않으며 사는 것인지도 몰랐다. 그러기에 거창한 약속보다는 그 단순한 말 한마디에 감동을 받은 것이었다.

"우리는 바로 그런 세상을 향해 신천지로 떠나갈 것입니다. 바로 우리의 새 세상을 일구기 위해서 말입니다."

사람들의 환호 속에 단군은 출발 명령을 내렸다. 그러고는 선두에 서서 군사를 이끌었다. 그 뒤에는 가족을 단위로 짐을 꾸린 수많은 백성들이 남부여대하며 뒤따랐다. 수많은 행렬이 연이어

나아가는 모습은, 마치 하나의 거센 강줄기가 흘러가는 것처럼 보였다. 광명이 비추는 곳인 아사달은 이들에게 있어서 희망의 땅이었다. 그러기에 자기 땅을 떠나, 아니 쫓겨가는 사람치고는 이들의 얼굴에서 생기가 넘쳤고, 선두에서 나아가는 군사들의 대오는 너무나 위풍당당했다.

아사달로 향하는 여정은 수 주일에 걸쳐 진행되었다. 힘들고 거친 여정이었지만 같은 목표를 가진 사람들이었기에 쉽게 마음이 통하고 하나가 되었다. 앞에서 잡아당기고 뒤에서 밀며 쉬지 않고 나아갔다. 군사들 또한 이들을 호위만 한 것이 아니라, 어렵고 힘든 사람들의 짐을 들어주고 부축하며 도왔다. 쓰러지려고 해도 희망의 땅이 있는 한, 그들은 결코 멈출 수 없었다.

마침내 그들이 고대하던 아사달에 이르렀다. 처음 본 그곳은 그야말로 산천이 수려한 곳인 데다 기후가 따뜻하고 뭇짐승들이 뛰놀 수 있는 드넓은 벌이 널리 펴져 있었다. 그러니 오곡을 풍성하게 거둬들일 수 있어서 사람이 살기에 이상향으로 보였다. 하지만 그것뿐이었다. 아직 사람들의 손길이 전혀 미치지 않는 곳이었던 것이다.

그들의 눈은 실망으로 가득 찼다. 아니, 암담한 그 자체였다. 희망의 땅이라고 하여 꿀과 열매가 가득 차 있어 그것을 맘 놓고 따먹을 수 있을 것이라고 막연히 동경해 왔던 그들로서는, 눈앞에 펼쳐진 환경을 보고는 그저 앞날이 막막했던 것이다. 자연스럽게 사람들 사이에서 불평불만이 쏟아져나왔다.

"아무리 그래도 그렇지. 이렇게 아무것도 없는 곳에 우리를 데려오다니, 도대체 뭘 먹고살라고 그래?"

"걱정일세. 올 겨울을 어찌 보낸단 말인가? 꼼짝없이 우리는 굶어 죽게 되었네그려."

모두들 한마디씩 구시렁거리는 속에서도 단군은 나서지 않았다. 원래부터 그는 기름진 농토를 주겠다고 약속한 적이 없었다. 그런데도 사람들은 그가 애초에 말한 것을 까맣게 잊어버리고 탓만 하고 있으니 특별히 할 말도 없었던 것이다.

그런데 이런 사람들과 달리, 저 너머로 넓게 펼쳐진 벌판을 바라보고 있는 한 사람이 있었다. 단군은 그를 유심히 지켜보았다. 중년의 사나이였지만 다부진 체격에 손은 어찌나 큰지 솥뚜껑만 할 정도였고, 얼마나 많은 일을 해왔는지를 보여주듯 굵직굵직한 손가락마디에는 굳은살이 단단히 박여 있었다. 그런 그가 갑자기 벅차오르는 가슴을 주체하지 못한 듯, 넋 놓고 주저앉아 한숨 쉬고 있는 사람들을 향해 소리쳤다.

"여보게들, 저기 보게나!"

사람들은 무슨 일인가 싶어 모두들 자리에서 일어나 그가 가리키는 곳을 바라보았다. 바로 그때 그 남자가 얘기했다.

"저 광활하게 펼쳐진 벌판이 보이지요. 저게 다 우리의 땅이라고 하지 않소? 우리 땅이라고 생각하니 정말 믿어지지가 않소이다."

"지금 그걸 말이라고 하는 거요? 저걸 가져다가 어디에다 쓰게요? 눈이 있으면 봐 보시오. 맨몸으로 그냥 헤쳐 나가기도 어려울 것 같은 저 곳에다 어찌 씨 뿌리고 곡심을 심을 수 있단 말이오?"

사람들은 그의 말을 허무맹랑한 소리로 여기고 콧방귀 뀌며 넘어갔다. 그러자 안 되겠다 싶었는지 그 사람은 사람들을 향해 큰 소리로 다시 외쳤다.

"우리는 농군입니다. 농사꾼이 농토를 만들 땅을 놔두고 어디로 갈 겁니까? 도대체 우리가 왜 이곳으로 왔습니까? 기름진 옥토가 있어서 이곳으로 온 것입니까? 아니지요. 옥토라면 우리가 떠나왔던 곳이 더 많을 것입니다. 왜냐하면 우리가 온 정성 다해 애써 일구어왔으니까요. 그러나 그건 우리의 것이 아니었습니다. 그것이 싫어 그 긴긴 여정을 겪으며 이곳으로 온 것이 아닙니까? 우리의 손으로 우리의 세상을 만들어 보자고 말입니다. 그런데 왜 우리가 눈앞에 펼쳐진 땅을 놔두고 한숨을 쉬어야 합니까? 그러면 도대체 우리는 어디로 가야 한단 말입니까?"

삽시에 사위는 얼어붙은 듯 조용해졌다. 그의 말은 농군들의 가슴속에 쌓인 한을 한꺼번에 토해내는 절규 같았던 것이다. 막바지로 쫓겨온 사람들로서 더 이상 도망칠 곳도 없는 그들의 처지를 반영한 것이었다. 그러나 잠시 휴식할 공간도 전혀 마련되어 있지 않는 빈 터전 위에서 새로운 것을 일궈내기란 그리 쉬운 일이 아니었다.

"그러면 당신은 저것을 일구어낼 방책이 있다는 겁니까?"

"보시다시피 나도 여러분처럼 흙을 파먹고 사는 농군이올시다. 우리는 농토를 일구기 위해 잡초를 베어내고 또 나무뿌리를 뽑아내고, 그것도 모자라 땅을 갈아엎으며 큰 돌과 자갈을 골라내고 거름을 주어 끝내 농토로 만들어왔지 않습니까? 땅은 한 치의 거짓을 보여주지 않습니다. 우리가 조금씩 열심히만 일해 나간다면, 언젠간 저 광활하게 펼쳐진 벌판은 전부 옥토로 변하고 말 것입니다."

"그렇게만 된다면야 얼마나 좋고 배부른 일이겠습니까? 여기 있는 사람 모두가 충분히 먹고도 남을 것 같은데……."

어느 순간부터인지 몰라도, 사람들은 그에 말에 동감하는 차원을 넘어, 벌써 저곳이 모두 옥토로 변한 것처럼 마음까지 설레고 있었다.

"좋습니다. 한번 해봅시다. 지금껏 우리는 뼈 빠지게 일해놓고 다 뺏겨왔으면서도 우리의 천직인 양 땅을 파왔지 않습니까? 그런데 우리가 일군 것을 우리가 가지게 되었는데 까짓것 뭔들 못하겠습니까? 그러면 당신이 한번 앞장서 보시오."

"나같이 땅이나 파먹을 줄 아는 사람이 어찌 여러분을 이끌어 갈 수 있겠습니까? 그런 일을 하실 분은 따로 있지요."

그의 말에 사람들은 단군을 바라보았고, 그가 다시 단군을 향해 입을 열었다.

"단군님! 소인은 팽우라고 하옵니다. 한평생 땅을 일구고 살아온 사람이옵니다. 그런데 저는 다른 것은 몰라도 우리가 원하는 세상을 우리가 직접 만드는 것을 도와주겠다고 하신 말씀만은 지금도 생생하게 기억하고 있사옵니다. 단군님, 우리를 도와주시옵소서. 그런 약조를 하신 분이야말로 우리를 이끌 분이라고 믿고 있사옵니다. 감히 청하옵건대 우리를 이끌어주시옵소서."

그때서야 사람들은 단군의 존재를 생각하게 되었다. 실질적으로 그들이 여기에 오게 된 것도 다 단군의 덕택이었음도, 그들은 그의 존재를 까맣게 잊어버리고 있었다. 그 정도가 아니었다. 군사들을 동원해 이곳을 안내하고 지켜주며 도와주기까지 했으니 고마움을 표시해도 시원찮지 않을 정도였다. 그런데도 사람들은 도리어 왜 이런 삭막한 곳으로 데려왔느냐는 등 단군을 힐난했던 것이다.

이런 생각이 들수록 그들은 단군에게 미안해했다. 아니, 더욱 더 그의 존재를 실감할 수밖에 없었다. 이렇게 그들이 스스로의 의견을 얘기하며 판단할 수 있는 건 바로 그가 있었기 때문이었다. 다른 수장이나 관리들 같았으면 벌써 그들에게 이런저런 명령을 내렸을 것이 틀림없었다. 그럴수록 그들에겐 자기들이 원하던 세상을 직접 자기들의 손으로 만들어보라고 얘기한 단군의 존재가 더욱 우러러보였다.

이런 마음이 서로 통했는지 무리 중에서 누군가가 팽우의 말을 좇아 "우리를 이끌어주시옵소서"라고 소리쳤고, 다른 사람들도 동시에 그 말을 따라했다. 모처럼 한마음 한뜻으로 사람들의 목소리가 하나로 합해졌다.

결국 단군은 그들의 거듭된 요청에 나설 수밖에 없었다. 어쩌면 이것은 이곳으로 떠나 올 때부터 이렇게 정해진 것인지도 몰랐다. 어차피 사람이 집단을 이뤄서 살아가자면 모두를 이끌어가는 지휘자가 필요했다. 이 중에서 실질적으로 그런 지위에 있는 사람은 그밖에 없었던 것이다. 마침내 단군이 입을 열었다.

"글쎄요. 내가 어찌해야 할지 잘 모르겠습니다. 마음이야 여러분의 진심을 알기에 덥석 받아들이고 싶습니다만, 내게 그럴 능력이 있는지 의심스럽습니다. 솔직해 말해 나는 여러분에게 미래의 행복을 보장해드리겠다고 장담할 수도 없으니 말입니다. 이런데도 내가 여러분을 이끌어야 한다고 생각하십니까?"

분위기는 순식간에 찬물을 끼얹는 듯 싹 가라앉았다. 그들로서는 단군의 말을 전혀 예상하지 못했던 것이다. 지금껏 그들이 보아온 바로는 능력에 관계없이 서로 윗자리를 차지하기 위해 다투는 것이 관리들이었다. 그래서 단군 또한 그들의 요청을 자연스럽게 받아들일 것으로만 판단했던 것이다. 그런데 그 자리를 주겠다고 하는데도 능력을 핑계 삼아 거절하니 그들로서는 알다가도 모를 일이었다. 그렇지만 그들은 더욱 목소리 높였다. 속으로는 그걸 바라면서도 겉으로는 안 그런 척할 수도 있다고 판단했던 것이다. 그런 것이 관리자의 위선이라는 것을 그들은 꿰뚫어보고 있었다.

하지만 단군은 여전히 사양했다. 한참 동안의 실랑이가 오가는 속에서도 단군이 계속 거부하자, 사람들은 도무지 그 이유를 알 수 없다는 듯한 표정을 지었다. 그러면서 자신들이 서운하게 해서 그런 것 아니냐는 등의 불평을 쏟아내기에 이르렀다. 그러자 단군이 그들을 향해 다시 입을 열었다.

"내가 지난날의 관리들처럼 행동하고 명령하면 무조건 복종하고 따를 것입니까? 그렇다면 무엇 하려 그 고생을 감수하며 여기까지 오셨습니까?"

단군의 말에 사람들은 어리둥절할 수밖에 없었다. 차라리 관리자로서 자신의 말을 잘 듣지 않는다고 책망한다면 모를까 도리어 거꾸로 된 말을 하고 있으니 그들로서도 답답하기 짝이 없었다.

"도무지 무슨 말씀을 하시는지 이해할 수가 없습니다. 새 세상을 꿈꾸고 그 세상을 만들려고 하니까 이끌어달라고 청하는 것인데, 그게 꼭 잘못된 것처럼 말씀하시는 말입니다. 사실 이끌어주는 사람이야 필요하지 않습니까?"

도무지 알아들을 수 없다는 사람들의 태도에 단군이 다시 말을 이었다.

"조금 전에 팽우라는 분이 말씀하셨지요. 저 잡초로 우거진 곳을 옥토로 만들자고 말입니다. 자, 그러면 저곳을 그렇게 만들 자 누구입니까? 바로 여러분이 아닙니까? 바로 여러분이 이곳의 주인인 것입니다. 여러분이 스스로 할 수 있으면서 왜 그렇게 남에게 의지하고 이끌어달라고만 하시는 것입니까? 그래서야 과연 우리가 꿈꾸는 새 세상이 건설되겠습니까? 자, 그러면 저것을 옥토로 만들었다고 칩시다. 그런데 그 옛날의 방식을 하나도 버리지 못하고 고수한다면 무엇이 달라지겠습니까? 여러분이 떠나왔던 세상과 여전히 똑같아질 것입니다. 이래 가지고선 무슨 희망이 있을 수 있겠습니까? 나는 그래서 우리가 꿈꾸는 세상을 만들어 나가자면 바로 이렇게 남에게 의지하려는 잘못된 모습부터 바꿔야 한다고 말하는 것입니다."

단군의 말에 사람들은 눈만 깜빡거렸다. 뭔지는 잘은 모르겠지만, 그의 말은 신선하기 짝이 없었다. 자신들이 대단한 존재라는 자부심도 어렴풋이 들기도 했다. 지금껏 그들은 누구에게도 대접받지 못했고, 하찮은 존재로 취급되어 왔다. 그들도 그런 취급을 당연시 여겼다. 그런데 자신들이 주인이라며 귀중한 존재라고 치켜세우니 왠지 모를 뿌듯함이 가슴에 스며들기도 했던 것이다. 하지만 그들은 눈앞이 깜깜해지는 것을 느꼈다. 분명 자신들의 힘으로 하라고 하는 것 같은데, 그런 것은 지금껏 한 번도 생각해 본 적이 없었고, 또 어떻게 해야 하는지도 몰랐던 것이다.

그런 사람들의 모습을 단군은 물끄러미 바라보았다. 단군도 답답하기는 마찬가지였다. 조금 전에 팽우가 말했을 때는 자신들이 할 것처럼 그렇게 자신 있게 나서더니만, 그가 말하니 도무지 이해하지 못하니 알다가도 모를 일이었다. 아니, 어쩌면 이들에게는 이런 것이 필요하지 않는지도 모른다는 생각마저 들었다. 사실 단군은 새 세상의 뜻을 이들과 함께 펼쳐 보이고 싶었다. 지금 그는 천신족에 갈 수도 없고, 웅씨족에서도 버림받은 몸이었다. 어디 하나 기댈 곳도 없는 상황에서 저들과 함께 정말 새 세상의 하늘을 열어보고자 했건만, 그의 뜻을 너무도 몰라주는 것이었다. 아니 그런 것조차도 바라지 않는 것 같았다. 하지만 그는 여기서 물러설 수 없었다. 단군은 다시 나섰다.

"좋습니다. 그러면 내 말을 에두르지 않고 단도직입적으로 말하겠습니다. 여러분이 주인이니 여러분의 뜻을 나에게 받들어달라고 감히 얘기하십시오. 그것이 새 세상을 꿈꾸는 사람들의 도리에 맞지 않겠습니까?"

"그러면 우리를 이끌어달라고 말하지 않고 우리의 뜻을 받들라고 말한다면 우리의 청을 받아들이겠다는 뜻입니까?"

"그렇습니다."

그들의 질문에 단군이 분명하게 확답하자, 사람들은 환호성을 질렀다. 우여곡절을 겪었지만 역시 단군같이 자신들을 끔찍이 여겨주는 사람이 청을 들어주었다는 것만으로 그들의 마음은 흡족했던 것이다. 하지만 그들은 실상 관리가 이끌어주는 것이나 뜻을 받드는 것의 차이는 말뿐에 지나지 않고, 결국 앞으로 맺히나 뒤로 맺히나 그 결과는 똑같은 것으로 여기고 있었다. 그래서 그들은 다시 단군에게 앞으로 어찌해야 하느냐고 여쭈고 나왔다. 사람의 습성이 단번에 쉽게 고쳐질 수는 없는 일이었던 것이다. 이에 단군은 준엄하게 꾸짖었다.

"여러분이 주인이라고 말하지 않았습니까? 그래서 나는 지난날의 관리처럼 여러분을 노예처럼 부려먹거나 통치하지 않겠다고 그리 말했던 것입니다. 그리고 만약 내가 그러려고 하면 여러분이 그것을 막아야 한다는 뜻도 전했던 것입니다. 그런데 왜 또 내가 여러분에게 지시하여 지배하도록 만드시는 것입니까? 내 뜻을 아시겠다면 어떻게 내가 여러분의 뜻을 받들어야 할 것인지 여러분이 의논해서 나에게 얘기해 주셔야지요."

단군의 말에 따라 그들은 서로의 얼굴만 바라보다가 무엇을 해야 할 것인지 서로 의견을 나누기 시작했다. 일단 식량을 구하기 위해 나서야 한다느니, 기거할 움막이라도 만들어야 한다느니, 농군은 내일을 생각해야 하니 먼저 농토부터 개간해야 한다느니 여러 말들이 쏟아져 나왔다. 새로운 삶의 터전을 만들자면 해야 할 일이 그야말로 태산 같았던 것이다. 그러나 여러 주장이 겹쳐지자 이리저리 우왕좌왕하였다. 한 번도 겪어보지 못한 그런 새 세상의 건설이라는 것이 결코 쉽지 않았던 것이다. 이내 그들은 단군의 얼굴을 바라보았다. 지금 당장 무슨 일을 어떻게 풀어가야 할지에 대해 결정해주면 힘 있게 달라붙겠다는 뜻이었다. 단군은 기꺼운 마음으로 입을 열었다.

"이미 여러분은 무엇을 해야 하는지 다 알고 있지 않습니까? 여러분이 얘기하신 대로 우선 올 겨울을 보내기 위해 식량도 마련해야 하고, 삶의 터전을 일구자면 집도 지어야 하고 땅도 개간해야 할 것입니다. 이런 것이야 여러분이 더 잘 알 것입니다. 다만 모든 것들을 소홀히 할 수 없으니 한꺼번에 하자면 서로의 역할이 바로 잡아져야 할 것입니다. 식량을 마련하는 것과 땅을 개간하고 가옥을 짓는 것에 대해 서로 역할을 나누고 그 책임자를 뽑아보십시오. 이 일을 가장 잘해나갈 적임자가 누구인가를 여러분이 가장 잘 알고 있을 터이니, 그 책임자를 여러분 스스로 뽑아보시라는 것입니다."

사람들은 절로 고개를 끄덕였다. 그러고는 서로 조를 짜면서 책임자를 뽑고자 웅성거렸다. 처음엔 어색함이 있었지만 점차 분위기는 달라지고 있었다. 자신들이 직접 조를 짜고 사람을 추천하면서 이것이 바로 자신들의 일이고, 바로 자신들이 하고 있다는 것을 어느 순간 느끼게 되었던 것이다. 점차 사람들의 목소리도 밝아졌고, 간간히 웃음소리도 새어 나오더니 급기야 사람 사는 세상처럼 북적대기까지 했다.

단군은 이런 모습을 지켜보기만 했다. 분명 그가 편한 길을 가고자 했다면 단지 자기 사람을 임명했을 것이었다. 하지만 그런 방식으로서는 결코 새 세상을 건설할 수 없을 것이었다. 조금은 답답하고 또 까다로운 길이겠지만 지금 이 상황에서는 이들이 직접 나서도록 하면서도 그 힘을 하나로 모아내는 것이 그의 역할이었다.

마침내 어수선한 과정을 겪으며 서로 조를 짜면서 엉성하게나마 그 체계가 세워졌다. 이것은 그 누가 지시해서 만든 것이 아니라 그들 스스로가 이룩한 결과물이었다. 그런 만큼 그들의 의지가 그대로 반영된 것이었다. 여러 사람의 추천을 받아 세 사람의 조장을 뽑았다. 그들은 팽우와 성조, 그리고 고시라는 사람이었는데 하나같이 그들과 같은 평범한 모습이었다.

팽우는 처음 사람들에게 땅을 개척하자고 주장했던 사람으로서 그 책임자로 뽑혔고, 성조는 건축을 짓는 데에 일가견이 있다는 것을 인정받아 가옥을 짓는 담당자로 뽑혔다. 고시라는 사람은 오곡은 물론이고 동식물이나 사람들의 먹을거리에 대해 모르는 것이 없을 정도로 박약다식해서 식량을 마련하는 책임자로 추천되었다. 이들 세 사람의 책임자가 하나같이 자신들과 같아서인지 사람들은 이들을 웃음으로 맞이하였다. 물론 이들은 각기 자신의 일에는 일가견이 있을 정도로 그들의 몸에서는 근면 성실함이 그대로 묻어나왔다.

단군은 사람들의 추천을 받아들여 그대로 이들을 책임자로 임명하였다. 그들은 사람들 앞에 각기 차례대로 나서서 각기 자기 역할을 다하겠다고 다짐을 표명했다. 그때마다 사람들은 환호로 화답했다. 어느새 분위기는 자연스럽게 새로이 살아나고 있었다. 마지막으로 단군이 나서서 정리했다.

"세 사람의 의지가 이러하고 여러분의 뜻이 그러한데 안 되는 일이 어디 있겠습니까? 가옥도 짓고, 땅도 개간하고 식량도 마련하여 우리 삶의 터전을 일구어봅시다. 우리의 정성이 지극하다면 하늘은 감동하여 우리의 뜻을 들어줄 것이라고 나는 믿습니다. 자, 그럼 우리의 꿈과 희망의 싹을 심기 위해 출발합시다."

단군이 항해의 시작을 알리자 사람들은 힘찬 함성을 질렀다. 그것은 열렬했다. 그저 형식적으로 외치는 소리가 아니었다. 어찌 보면 자신들의 세상을 만들어보겠다는 의지의 표명 같기도 했다. 어쩌면 가슴 속에 남아 있는 마지막 찌꺼기를 토해내는 듯한 함성인 줄도 몰랐다.

조용했던 아사달이 순식간에 들썩거렸다. 전에 느끼지 못했던 활력이 사람들의 가슴속에 불끈 솟아나고, 조금 전까지 막막했던 삶도 갑작스레 환해진 것만 같았다. 사실 아무것도 변한 것은 없었지만, 자신들이 서로 조를 짜고 직접 사람을 추천하면서 이렇게 갑자기 바뀐 것이었다.

이런 갑작스런 상황의 변화에 단군도 놀랐지만 무엇보다도 그들 스스로가 더 놀랐다. 이토록 희망의 끈을 놓지 않으려는, 아니 자신들의 세상을 만들어보려는 열렬한 의지가 서로에게 잠재되어 있었는지 어느 누구도 미처 몰랐던 것이다. 그런 만큼 아사달에는 지금까지와는 전혀 다른 새 세상의 기운이 아무도 모르는 사이에 조금씩 형성되기 시작했다.

9 또 다른 선택

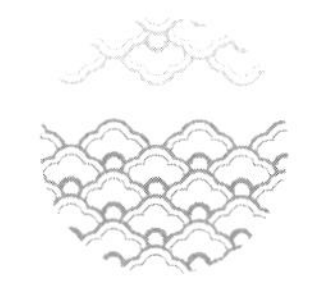

범씨족의 연무장에서 외마디 비명소리가 하늘을 갈랐다. 서로 무술을 대련하던 중 한 사람이 상대방의 철추에 맞아 머리가 으깨어 쓰러졌던 것이다.

"이보게, 정신 차리게!"

피를 줄줄 흘리던 사람은 아무 말도 못하고 그저 몇 마디 신음소리만 내더니 곧바로 숨을 거두었다.

"여봐라, 당장 이놈을 치워라."

그곳의 책임자 채무가 쓰러진 사람을 힐끔 쳐다보더니 명령했다. 그러자 어디서 나타났는지 들것을 가지고 온 사람들이 시체를 들고는 그곳을 곧장 나갔다. 그런데도 그곳 사람들은 아무 일 없다는 듯 다시 무술 수련에 전념하였다. 이런 일이 한두 번도 아니니 새삼스러울 것도 없었던 것이다.

사실 범씨족의 무예 훈련은 항상 실전을 예상하고 진행되었기에 혹독하다 못해 살벌하기까지 했다. 오직 강한 자만이 살아남는 지독한 훈련이었다. 그러니 내로라하는 사람들도 수시로 부상을 입거나 아예 시체가 되어 그곳을 떠나는 경우가 하나둘이 아니었다. 그만큼 그들은 한 사람의 전사를 키워도 강인하게 키우려고 하였다. 이것이 제국의 여러 나라들 중에서 범씨족이 강한 군사력을 가지게 된 근간이었다. 더욱이 호한이 범씨족 수장으로 등극하고 나서부터는 더욱 그러한 경향이 강화되었다.

범씨족이 원래 다른 여타의 나라들보다는 무를 크게 숭상하기는 했다. 그렇더라도 훈련을 실전처럼 진행해 죽어나가도록 하지는 않았다. 하지만 호한은 군사 훈련은 실질적으로 싸우기 위해서 하는 것이지 멋으로 하는 것이 아니라면서 모든 훈련을 실전처럼 하도록 지시하였던 것이다. 그의 지시가 있는 뒤로는 무예수련에 약육강식의 원리가 그대로 통용되었다.

또한 호한은 무예수련에 대한 국가적 지원을 획기적으로 늘렸다. 원래부터 범씨족의 훈련장은 다른 나라의 것보다 더 웅장하고 잘 갖추어져 있었는데, 실전처럼 진행하기 위해 그것을 획기적으로 확충시켰던 것이다. 이곳의 훈련장 하나가 다른 나라의 여러 훈련장을 합친 크기와 맘먹을 정도였다. 그것을 한두 개가 아니라 대여섯 개로 늘렸고, 무예 도구에서도 기마 수련장, 과녁 맞히기, 짚단 베기, 수도치기 등 전문적인 기술을 습득하기 위한 기구들까지 두루 갖추어놓았다. 그것만이 아니었다. 힘깨나 쓰는 젊은 장사들을 전국에서 뽑아 올렸고, 심지어는 무술 실력이 뛰어나다고 하면 다른 나라의 사람이라 해도 가리지 않고 채용하였다. 오직 무예가 얼마나 뛰어나는가가 범씨족에서는 출세의 등용문이었다.

그들은 사용하는 무기에 있어서도 일반인의 것들과 확연히 달랐다. 검과 창, 그리고 봉 등의 기본 무기도 그 모양새나 크기가 한 번에 큰 타격을 줄 수 있는 목적으로 개조되었다. 하지만 이것은 약과에 불과했다. 삼지창, 도끼, 갈고리, 도리깨 등은 단 한 번의 가격으로도 아예 사람을 죽음으로 몰아갈 수 있을 정도였다. 이런 무기들을 가지고 씽씽 바람을 일으키며 서로 대련하는 것을 보면, 웬만큼 간 큰 사람이라고 해도 몸을 으스스 떨 수밖에 없었다.

한순간도 방심할 수 없는 훈련인지라 옆에서 누가 쓰러지고 죽어나가도 신경을 쓸 여력이 없었다. 오직 강해져야만 살아남을 수 있었고 남을 짓밟고 넘어서야만 했다. 하나의 상대를 거꾸러뜨리면 또 다른 상대가 여전히 기다리고 있었다. 물론 여기서 일인자로 뽑히게 되면 모든 영광을 누릴 수 있는 최고의 대우가 기다리고 있었다. 그게 단 한 명뿐이라고 해도 그 사람들은 모두 그것이 자기 차지라고 생각하는바, 그 옆의 동료가 쓰러지면 그건 자신의 적수가 한 명 사라지는 것을 의미할 뿐이었다.

피 튀기는 싸움이 여전히 계속되는 중에 갑자기 훈련 중지를 알리며 집결하라는 소리가 울려 나왔다. 이내 사람들이 연무장 중심으로 하나둘씩 모여들었다. 그들의 얼굴은 무표정하다 못해 표정이 아예 없는 것 같았다. 그러면서도 지금껏 이런 일은 거의 없던 일인지라 무슨 재미있는 일이 생기기라도 한 양 묘한 웃음을 입가에 흘리고 있었다. 이들이 하는 일이라곤 전투훈련, 그것도 살인훈련이 전부였던 것이다. 이들 또한 이를 알고 이곳으로 들어온 자들이었다.

사나운 맹수들이 한자리에 모이면 으르렁거리듯, 그들은 모여들면서도 번뜩이는 눈빛으로 상대방을 노려보았다. 자기 이외의 모든 사람은 적이라고 여기게끔 길들여진 그들이었다. 하나같이 살벌한 기운을 내뿜는 가운데에서도 서로 기죽지 않으려고 입가에는 더욱 잔인한 웃음을 띠었다. 서로를 꺾고 살아남으려면 결코 약한 모습을 보여주지 않는 것이 그들의 생리였다. 만약 약자라는 허점이 발견되면 그자부터 사라져야 하는 것이 이곳의 법칙이자 철칙이었던 것이다.

"모두들 모였느냐?"

"예, 그런 줄로 아옵니다."

채무는 수하의 대답을 듣고서 한데 모인 무사들을 쭉 훑어보고는 다시 말을 이었다.

"지금까지 지옥 훈련을 잘 버텨온 것을 축하한다. 여기에 있는 사람들은 모두 일당백의 용사로 성장했다. 이것을 호한 수장께서는 크게 칭찬하였으며, 내일 이곳을 친히 참관하시겠다고 하였다."

갑자기 "와와!" 함성이 쏟아졌다. 내일 어떻게 하느냐에 따라 출세의 가도를 달릴 수도 있는 핵심적인 내용이 담긴 말이었다.

지금껏 이들은 오직 그것만을 위해 묵묵히 이 고통스러운 길을 걸어왔던 것이다.

"여러분들은 그 뜻을 잘 알 것이라고 믿는다. 하지만 혹시나 하는 마음에서 분명하게 밝힌다. 내일 우승을 한 자는 모든 영예를 한몸에 걸머지게 될 것이다. 이것은 호한 수장께서 직접 엄명하신 바다. 이를 잘 알았다면 지금까지 닦은 실력을 내일 유감없이 발휘하기를 바란다. 그런 의미에서 오늘은 이만 훈련을 중지할 것이니 한 치의 착오도 없이 내일을 준비하도록 하라."

채무의 얘기가 끝나자 그곳에 모인 무사들은 서로 거리를 두며 하나둘씩 자리를 떴다. 내일의 대결을 위해 자신만의 정리가 필요했던 것이다. 어차피 서로 웃으며 지낼 수는 없었다. 어느 누가 내일 자신의 적수가 될지 모르는 자리였던 것이다. 결국 최후의 영예는 이 많은 사람들 중에서 한 사람에게 주어지는 것이었다.

내일의 살벌한 대결을 알기라도 하는지 차고 건조한 바람이 그곳에 휘몰아쳤다. 그런데도 마타리는 쉽게 자리를 뜨지 못했다. 그것을 본 채무가 그를 불러세웠다.

"왜 무슨 문제가 있느냐?"

"아니옵니다."

"내일의 대련이 어떤 의미를 가지고 있는지 너도 잘 알 터, 그러면 가서 준비를 해야지. 왜, 자신이 없어서 그러느냐?"

"자신이 있고 없고가 어디 있겠사옵니까? 그저 이 한몸 바칠 각오가 되어 있사옵니다."

"암, 그래야지. 내 기대하겠네. 한번 실력을 보여주게나."

채무가 떠나고 나서도 마타리는 그 자리를 쉽사리 떠나지 못했다. 그러다가 천천히 발걸음을 옮겼다. 여기에 들어온 지도 벌써 3년의 세월이 흐르고 있었다. 그동안 여기서 어떻게 살아남았는지 그도 잘 몰랐다. 오로지 살기 위해 몸부림쳤고, 세상을 향해 복수하고 싶을 뿐이었다. 얼음덩이처럼 차가워진 가슴이었지만, 바로 그 기회가 내일로 다가왔다고 생각하니 자신도 모르게 차디찬 가슴은 파문이 일듯 일렁거렸다. 물론 얼굴에는 아무런 표정이 없었다.

터벅터벅 걸음을 옮기던 마타리는 숙소를 지나 조용한 빈터로 향했다. 그곳은 지금껏 그의 마음을 풀어주던 유일한 곳이었고, 말벗이 되어주는 곳이기도 했다. 언제나 그랬던 것처럼 편안함을 가져다주는 그곳에서, 그는 깊은 숨을 몰아쉬었다. 내일이 바로 그가 그토록 기다려왔던 그날이라는 것이 그의 차디찬 가슴을 흔드는 원인이었다.

이곳에 들어오기 전만 해도 그는 그야말로 세상에서 천대받는 존재였다. 부모가 누구인지도 몰랐고 오직 생존을 위해 몸부림쳤다. 동냥질도 하고 남에게 의지하여 생계를 해결하기도 하였다. 그런데 세상 사람들은 조롱하는 투로 그를 어버리라고 부르면서 어디 꾸어다 놓은 보릿자루마냥 생각하며 짐승 다루듯 부려먹었다. 그가 조금만 잘못해도 가차 없이 체벌을 가했다. 그래서 그의 이름이 어버리가 되었는데, 그는 어떤 처벌을 당해도 어디에 하소연도 못하고 그것이 자기 운명이라고 여기며 살았다.

그러던 어느 날 지나가는 과객이 그의 골격을 찬찬히 훑어보고는 그의 처지를 물었다. 과객의 행동은 지금껏 자신을 놀려먹거나 부려먹으려고 하는 자들과는 달리 처음으로 자신을 동정하는 손길이었다. 그래서 그는 그 과객에게 자신의 처지를 하소연하였다. 그런 그가 하도 딱해보였는지 과객은 나라에서 무술 실력이 뛰어난 자를 뽑고 있으니 거기에 응시해보라고 알려주었다. 사실 그의 근골은 무술을 하는 데 있어 세기에 한 번 나올까 말까 할 정도로 탁월했던 것이다. 그런데다 어찌나 어려서부터 맞고 살았는지 맷집 또한 대단했다.

어쨌든 갖은 고생을 다해서 올라왔지만 그는 무술을 한 번도 배워본 적이 없는지라 대결에서 번번이 질 수밖에 없었다. 그래서 그는 그곳마저 들어가지 못했다. 그러나 여기서 포기할 수 없어 직접 그곳의 책임자인 채무를 찾아가 다른 허드렛일을 해도 좋으니 기회만 주라고 호소했다. 더 이상 그는 갈 데가 없었으므로 마지막으로 한 번 부딪쳐본 것이었다. 그런 그의 행동이 강단 있어 보였는지 채무는 그곳에서 머무르는 것을 허락해주었다.

어버리는 그곳에서 허드렛일을 하는 것에서부터 시작했다. 그는 다른 사람들이 무술을 수련하는 모습을 곁에서 훔쳐보며 몰래 혼자 수련하곤 했다. 처음엔 더디었으나 그의 골격이 무술에 적합했기 때문인지 다른 사람이 수십 년 걸릴 과정을, 그는 눈으로 보고 따라하며 상당한 정도에까지 이르게 되었다.

1년의 시간이 흐른 뒤, 어떻게 그것을 알았는지 채무가 그를 불러 시험해보고 놀라워하더니 그에 대해서 물었다. 어버리는 자신이 살아온 지난 과정을 이야기해주었다. 채무는 한참을 망설이더니 마침내 그의 이름을 마타리라고 지어주었다. 그러고는 이제 직접 훈련에 참여해 새로운 인생을 살아가도록 도와주었다. 마타리는 그때부터 본격적인 훈련을 시작하게 되었고 얼마 지나지 않아 그의 실력은 일취월장했다.

처음에는 그저 자기 처지를 벗어나고자 하는 마음에서 시작했지만, 경쟁 속에서 이겨야만 살아남은 혹독한 수련 과정을 거치며 차츰 그는 복수를 위해 이를 갈았다. 아니, 그것조차도 잊어버리고 생존을 위해 몸부림쳤다는 것이 옳을 것이다. 그의 강인한 맷집과 더 이상 갈 데가 없다는 절실함이 그를 지금까지 버티게 해주었던 힘인지도 몰랐다. 그런 과정에서 그는 오로지 사람을 보면 죽어야만 하는 야수로 변했다. 호한 수장의 명령에 따라 초개와 같이 목숨을 바쳐야 한다는 생각으로 무장되어 있었다. 그의 상대들은 처음엔 무술도 할 줄 모르는 사람이라며 마타리를 깔보다가 점차 그의 잔인함과 강인함에 그를 두려운 상대로 인식하기에 이르렀다.

그는 깊은 숨을 몰아쉬고는 뜰을 조심조심 걸었다. 함부로 움직이지 않는 것을 습득한 맹수의 몸짓이었다. 사냥감을 보기 전까지는 뱃심 좋게 돌아다니는 그런 여유로움이었다. 날카로운 발톱과 이빨이 있을 것이라고는 전혀 예상치 못하게 하는 모습이었다. 그는 돌아다니면서 내일의 승부에 자신의 전부를 걸어야 한다고 결심하고 있었다. 호한의 눈에 들지 못할 바에는 그 자리에서 죽어야 한다는 극단적인 결심이었다. 이미 자신의 몸은 자기 것이 아니라는 철저한 훈련이 있었고, 자신의 처지를 벗어나는 길은 그 길밖에 없다는 냉혹한 결론만이 남아 있었다.

그는 몇 바퀴 돌다가 자기 침실로 돌아와 잠을 청했다. 최상의 몸 상태를 만들기 위해서는 푹 자둬야만 했다. 그러나 쉬 잠이 오지 않아 몸을 여러 번 뒤치다 보니 벌써 날은 밝아오고 있었다. 이른 아침부터 부스럭거리는 소리에 벌써부터 신경이 곤두섰다. 그는 몸을 이리저리 뒤척거리다 못 참겠다는 듯 바람이라도 쐬고자 밖으로 나왔다.

그의 눈에 어디론가 향하는 사람들의 모습이 눈에 들어왔는데, 한눈에 봐도 그들의 몸짓은 비장한 각오로 다져진 것 같았다. 역시 그들도 오늘의 일전을 각오하고 자신의 방식으로 심신 다듬기에 들어가고자 부산을 떠는 모양이었다. 어차피 이곳의 무술 대련은 승리가 아니면 죽음이었으니 다른 선택이란 있을 수 없었던 것이다. 물론 우승한다면 창창한 미래가 보장되는 것은 말할 것도 없었다.

사람들의 움직임을 쳐다보다가 그는 다시 침실로 돌아왔다. 한편에선 몸도 좀 풀고 마음도 가다듬으려고 했으나, 다른 사람들을 보자 그런 생각이 달아나버렸다. 불현듯 목을 내걸고 하는 싸움인데 그런 사소한 행동들이 무슨 필요가 있겠느냐는 생각이 들었던 것이다.

그는 안으로 들어오자마자 몸을 내던져 드러눕고는 눈을 아예 감아버렸다. 어차피 이런 삶을 청산하자면 죽기 아니면 살기로 달려드는 것밖에 없었기 때문에 더 이상 망설일 필요가 없었다. 구차한 삶을 살 바에는 차라리 죽는 것만 못했다. 죽든지 살든지, 모든 것을 하늘에 맡겨버리자고 마음먹으니 한결 초탈한 기분이 들었다.

그렇게 시간이 얼마나 흘렀는지 밖에서 시끌벅적한 소리가 들려오는 바람에 그는 깜짝 놀라 눈을 떴다. 자신도 모르는 사이에 깜빡 잠이 들었던 모양이었다. 밖에서는 호한 수장이 곧 도착할 것이니 모두 무장을 하고 집결하라는 소리가 연이어 들려왔다. 결전의 시간이 다가왔음에 사람들은 각기 나름의 무장을 하고 바삐 움직였다. 마타리 또한 군무장으로 향했다. 모두들 오늘의 자리가 어떤 자리인지를 아는지라 각오를 다지며 눈을 번뜩였다. 꼭 그 모습은 사람을 잡아먹는 악귀처럼 보기만 해도 온몸이 오싹하고 소름이 끼쳤다.

대열을 정비하고 난 후 얼마 지나지 않아, 무장한 무사들이 대열의 정면에서 하나둘씩 보이기 시작했다. 그 순간 모두들 호한 수장이 등장했음을 직감하고 일시에 시선이 그곳으로 향했다. 하지만 그들 모두는 눈을 제대로 뜰 수가 없었다. 호위 군사들의 수는 얼마 되지 않았지만, 그들의 위풍당당함과 더불어 창검으로 무장한 칼날 병기가 어찌나 예리한지 눈부셔서 볼 수가 없었던 것이다. 무시무시하게 번뜩이는 빛줄기와 섬광 앞에 그들은 섬뜩함을 느낄 수밖에 없었다. 그러나 그것도 잠시, 그들이 누구이던가? 오직 살인 병기로서의 훈련을 받아온 자들이 아니던가? 그러하니 그들의 마음속에는 벌써 저들처럼 되고 싶다는 부러움과 의욕이 넘쳐났다.

일단의 호위를 받고 등장한 호한은 대열을 정비한 훈련생들을 쭉 훑어보더니 아무 말 없이 곧장 자리에 앉아 채무에게 손짓을 했다. 형식적인 것들은 필요 없고 중요한 것은 무술 실력이니, 그것을 빨리 보고 싶다는 재촉이었다. 채무는 호한의 명을 받들고 나섰다.

"제군들은 수많은 사람들 속에서 선발된 일당백의 용사이자 자랑스러운 호한 수장님의 전사이다. 지금까지 여러분이 갈고닦은 기량을 유감없이 발휘하여 용맹무쌍함을 보여주도록 하라. 자, 그러면 시작하라."

채무의 지시가 떨어짐과 동시에 각 대오는 먼저 집단적인 군무를 선보이기 시작했다. 그러나 그것은 예사 군무와 달랐다. 처음에는 범씨족의 기본 무예인 검무가 펼쳐졌고, 이어서 각기 조를 지은 대형들이 나타나며 창술, 검술, 기마술 등을 선보였다. 여기까지는 보통 군무와 같은 것처럼 보였다. 하지만 언제나 실전을 겸해 진행되었는지라 실질적인 싸움판을 연상하는 군무로 변해 가며, 거칠다 못해 그 사나운 기세에 사람의 머리칼이 빳빳이 서고 온몸에 소름이 돋아날 정도였다. 그런데다 한 가지씩 자신들만의 살인 무기를 개발해 사용하는 부분에서는 보는 이의 간을 오그라들게 하였다.

더욱이 집단적인 군무가 끝나자 몇몇 무사가 나와 자신들의 기량을 자랑하는 투척, 격파술, 수박치기, 과녁 맞히기 등이 선보였다. 어떤 자는 그야말로 힘이 장사여서 일반 사람들은 꿈쩍도 할 수 없는 돌을 무슨 조약돌 주무르듯 단순에 들어 올려 멀리 던져 버렸다. 천하에 이런 장사가 있을 수 있을까 할 정도로 모두들 놀라 눈이 휘둥그레졌다. 그 다음에는 수박치기 선수가 나타나 돌을 주먹으로 박살내고 나무토막들을 수도치기로 부셔버렸다. 그에 손에 맞기만 하면 뼈도 못 추리고 어장날 정도였다. 이에 또 다른 사람은 그것이 가소롭다는 듯 박치기로 돌을 부수어 가루로 내버렸다. 이 모습을 보면 그야말로 머리가 돌보다도 더 강한 무기임을 한눈에 알 수 있었다. 또 어떤 이는 손과 발을 사용하여 사람을 잡치기 하거나 공중 돌기 등을 선보였는데, 단 일격에 사람의 급소를 공격하여 명줄을 끊어놓았다. 그 기량도 기량이지만 그 속에 담긴 가공할 힘에 모두가 입을 다물지 못했다.

그런데 그것은 여기에서 멈추지 않았다. 실전 싸움을 염두에 두고 하는 것이니만큼 무기를 가지고 하는 것들이 빠질 수 없었다. 먼저 검의 달인은 물론이고 활의 명수들도 나타났다. 검을 휘두르는 자는 눈 깜짝할 사이에 단 한 번의 춤을 전개하여 주위의 모든 사람을 제압하였고, 활을 쏘는 자는 한 화살을 이용해 수십 개의 과녁을 통과해버렸다. 신기에 가깝다기보다는 오히려 공포감을 불러일으켰다. 물론 여기서 끝나지 않았다. 지금껏 보지도 못한 가공할 무기들이 속속 등장했다. 꺾창이나 삼지창, 낫, 긴 장대, 철추 등 사람을 살상하기에 적합한 날카로운 무기를 가지고 목표물을 단번에 으깨어버리는 무시무시한 무예들을 거침없이 선보였다. 그리고 마지막에는 도구를 이용한 싸움들이 등장했다. 말이나 수레 같은 것들까지 사용하여 수많은 사람들을 상대로 가차 없이 제압해버리는 무서운 기량을 보였다.

이들의 기량을 지켜보던 호한은 이런 정도라면 맘에 든다는 듯 고개를 끄덕이며 만족감을 표시했다. 그러고는 이제 됐으니 본론에 들어가라고 지시했다. 물론 여기서의 대련은 무슨 공식 같은 것이 있을 수 없었다. 그저 자신이 유리하다고 하는 것들을 가지고 상대를 제압하면 그만이었다.

채무는 곧장 호한의 뜻을 알아채고 지금부터 오늘의 본무대인 대련을 시작하겠다고 선언하였다. 한마디로 우승자를 가리기 위한 순서를 진행하겠다는 것이었다. 모두의 관심은 여기에 쏠려 있었다는 듯 우우 하는 우렁찬 함성이 쏟아졌다. 사실 오늘을 학수고대하고 기다려온 그들이었다. 이미 대련을 준비해온 그들이었으니 망설일 것도 없이 곧바로 대련조가 형성되고 결전이 시작되었다.

싸움은 초반부터 치열했다. 난다 긴다 하는 사람들 중에서 뽑혀온 데다가 살인 병기로 무예만을 갈고닦아온 그들이었으니, 서로 간에 우열이 없을 정도로 하나같이 가공할 무공을 지니고 있었다. 그러니 싸움은 쉽게 승패가 나지 않았다. 그들은 오직 승자가 되기 위한 일념으로 모두들 있는 힘껏 피를 튀기며 싸웠다.

시작한 지 얼마 되지도 않아 대련장은 유혈이 낭자할 정도로 피범벅이 되었다. 실상 이들이 익힌 것들은 단순한 무술이라기보다는, 곧 사람의 목숨을 단박에 끊어버리는 살수의 공격이었다. 그러니 아무리 싸움을 잘한다고 해도 피를 흘리지 않을 수 없었다. 어지간한 대담함을 가지지 않았다면 초반부터 이들의 대련을 지켜볼 수도 없을 지경이었다.

채무는 이들의 진행을 보면서 역시 만족스러운 태도를 보였다. 이 정도면 어느 누가 우승자가 되든지 그자는 호한의 맘에 쏙 들 것이라고 판단했던 것이다. 그러나 그것은 오산이었다. 호한의 인상은 굳어지고 있었다. 그는 이보다 더한 살인병기를 요구하고 있었던 것이다.

호한이 이렇게 생각한 것은 지난 천신제 때에 겪었던 악몽 때문이었다. 실상 범씨족의 무장은 제국의 여러 나라들 중에서 가장 강력했다. 만약 일대일로 맞붙어 싸운다면, 아니 최소한 두 나라 정도만 상대한다고 해도 충분히 승산이 있었다. 그래서 그는 그 힘으로 거불단 환웅을 겁박해 천부인을 빼앗아 사실상 종주국이 되고자 했다. 그러나 거불단 환웅은 끝내 그것을 주지 않았고, 도리어 천부인의 신표를 내려 그것을 폐쇄시켜 버렸다. 그러고는 그것을 연 자가 새 세상의 주인이 될 것이라고 선포하였던 것이다. 이에 그도 어쩔 수 없이 천부인을 얻지 못하고 그 신표를 차지하기 위해 도전했으나 실패했다. 그가 부딪쳐 본 바로는, 그것은 도저히 무술이나 힘으로서는 되지 않는다는 것을 간파할 수 있었다. 그만큼 그는 초절정의 무예 실력을 갖추고 있었다. 그래서 그는 차라리 그것을 열려고 할 것이 아니라 힘으로 빼앗으면 될 것이라고 보고 도전했으나, 그것 또한 여러 나라가 강력하게 반대하는 바람에 수포로 돌아가고 말았다. 제국의 모든 세력을 상대로 하여 싸워서는 승산이 없었기에 어쩔 수 없이 그도 물러설 수밖에 없었다. 그때부터 그는 결심을 했다. 한 나라만이 아니라 여러 나라들을 상대로 싸운다고 해도 이겨낼 수 있는 군사적인 힘을 기르겠다고. 그래서 그는 천신제에서 돌아온 날로부터 더욱 무술 훈련에 박차를 가했던 것이다.

그런데 지금 대련하는 것을 보니 아직도 그런 강인함과 처절함이 부족하다고 판단되었던 것이다. 호랑이는 아무리 작은 짐승이라 해도 그것을 잡으려 할 때는 사력을 다하는 것이거늘, 어찌 이렇게 약해빠진 대련을 하고 있는가 하고 말이다. 더 강인하고 무시무시한 정신력을 강력하게 요구하는 것이 더 필요하다고 판단했다.

"이게 도대체 뭐하는 짓들이냐? 내 어린애 장난을 보고자 여기 온 것이 아니리라. 고작 이리해서야 어찌 내 전사가 될 수 있겠는가? 내 직접 시범 삼아 보여줄 것이니, 이리 와 덤벼보거라."

호한이 대뜸 나서서 호통 치는 바람에 모두들 놀라 서로의 얼굴만 쳐다보았다. 지금의 대결만 봐도 그야말로 피를 튀기는 혈전이라고 할 수 있는데, 이런 정도로는 안 된다면서 직접 그가 나서서 상대하려고 하는 모습이었다. 그러나 범씨족의 수장인 그를 상대로 해서 어느 누구 하나 싸우려고 하지 않았다. 만약 잘못해서 호한이 상처라도 입는다면 그것은 곧 죽음으로 이어질 수 있었다. 그래서 서로 눈치만 보고 있었는데, 호한이 다시 호통을 쳤다.

"뭣들 하고 있느냐? 어서 덤벼보라고 하지 않느냐?"

수련병들은 더욱 기가 막혔다. 혼자도 아니고 여럿이 한꺼번에 그를 상대로 공격하라고 하니 도대체 말이 되지 않는다는 것이었다. 누가 뭐래도 그들은 일당백의 용사이거늘, 이런 그들을 혼자서 상대하겠다고 하니 가히 범씨족의 수장다운 모습이라고는 생각했다. 하지만 마음속으로는 도가 너무 지나쳐 자만하고 있다고 판단하였다. 호한이 직접 공격하라고 한다고 해서 선불리 나설 수는 없는 법이었다. 그러나 호한이 계속 명을 내리는 바람에 여럿이 공격하지 않을 수 없었다.

처음엔 그저 시늉만 내며 공격하였다. 그러자 호한은 어디 이런 정도로 되겠느냐며 호통을 쳤다. 그러고는 이런 그들을 향해 호한의 쇠방망이가 무차별적으로 불을 뿜었고, 그 움직임에 따라 수련병들의 입에서는 비명소리가 연거푸 터져 나왔다. 어떤 자는 갈비뼈가 으스러졌고, 또 어떤 자는 대갈통이 으깨져 박살이 나버리는 등 호한을 공격했던 이들은 하나같이 깊은 상처를 입고 쓰러져갔다. 그제야 그들은 혼신의 힘을 다해 호한에게 공격하기 시작했다. 그것은 정말 혈전이라고 할 수밖에 없었다. 쉽게 이길 것이라고 생각했던 그들은 사생결단으로 호한을 공격했으나 도저히 그를 이기지 못했다. 착각이라고 여길 만큼 그들은 너무도 쉽게 하나둘씩 나가떨어졌다. 그만큼 호한의 무예 실력이 출중했던 것이다.

한참이 지나자 호한은 움직임을 멈추고 입을 열었다.

"우리의 정령은 범이다. 호랑이는 스스로 살아남지 못한 새끼는 키우지 않는다. 어떻게든 살아남으려는 생존 본능과 강인한 투지를 가진 새끼만이 어미의 젖을 먹고 자랄 수 있다. 그런데 이런 정도 가지고 어찌 범씨족의 후예라고 말할 수 있겠는가? 더욱이 싸움은 죽느냐 사느냐를 판가름하는 것이거늘, 어찌 인정을 두고 싸울 수 있단 말인가? 내가 죽이지 않으면 상대가 나를 죽이는 것이다. 오직 강한 자만이 나의 전사가 될 자격이 있다. 알겠느냐? 자, 그러면 범의 후예답게 호랑이의 정령으로 무장하여 다시 도전해보거라."

호한이 단상으로 올라가 자리를 잡은 후 다시 대련이 진행되었다. 역시 호한의 행동이 효과가 있었는지, 그전과는 다른 혈투가 펼쳐졌다. 처음에는 그저 창과 검을 통해서 진행되었으나 점차로 자신들만이 잘 다루는 비장의 무기가 속속 출현하기 시작하였다. 검에 창을 결합한 도구는 기본이고 삼지창을 비롯해 칼에 톱날을 붙인 것, 도끼, 도, 철추 등 급소를 일격에 겨냥해 박살내버릴 수 있는 무시무시한 무기들이 나타나기 시작했다. 그것만이 아니었다. 자신의 몸을 방어하기 위한 각질의 도구들을 부착한 것은 물론 일격에 치명상을 입히기 위해 손에 날카로운 갈고리를 무더기로 이은 것도 있고, 머리에 뿔 같은 것을 써 호신용이자 공격용으로 사용하기도 하였다. 그러니까 어떤 자는 온몸을 단단한 갑옷으로 무장하여 어떤 공격도 무용지물로 만들고 있었고, 또 어떤 자는 날카로운 발톱을 내세워 순식간에 상대를 제압하였고, 또 어떤 자는 황소 같은 근육과 골격을 자랑하며 강력한 완력으로 상대를 때려 눕혔고, 또 어떤 자는 팔에 부착된 날카로운 무기로 강력하게 덥석 물어뜯었고, 또 어떤 자는 곰 같은 맷집과 쇠방망이와 같은 타격으로 상대를 으깨어버리기도 하였다.

이러다 보니 더욱 대련은 치열해졌다. 어쩌면 이것은 자연스러운 귀결이었다. 점차 승자들의 범위가 좁혀지면서 자신들만의 비장의 무기들을 가지고 무예를 전개하지 않고서는 결코 이길 수 없었던 것이다. 피 튀기는 혈전이 진행되는 가운데 승자가 마침내 네 명으로 좁혀졌다. 여기에는 마타리도 포함해 부거, 수리도, 기사마 등이 포함되어 있었다. 특이한 것은 부거와 수리도, 기사마 등은 각기 자기만의 무기와 방어망을 가지고 있었으나 마타리는 그저 검 한 자루만을 가지고 싸우고 있었다는 점이었다. 부거는 거북이의 등껍질처럼 단단한 갑옷으로 무장하고 있었고, 수리도는 독수리처럼 날카로운 발톱을 내세워 순식간에 목숨을 앗아갔고, 기사마는 사마귀처럼 긴 앞발을 이용해 눈 깜짝할 사이에 덮쳐서 상대를 제압해버렸지만, 마타리는 그저 별다른 무기와 방어 도구가 없었던 것이다.

어쨌든 마지막 남은 네 명은 서로를 노려보며 자신이 최고의 우승자이며 강자라는 강렬한 눈빛을 보였다. 물론 그들의 온몸은 상처투성이였다. 여기까지 올라오기가 얼마나 치열했는가는 그들의 상처가 대변해주고 있었다. 어쨌든 사람들은 마타리가 올라온 것에 의외의 반응을 보였다. 그리고 과연 그가 결승전까지 갈 수 있을지 궁금해했다.

마침내 서로의 대진표가 결정되었다. 마타리는 수리도와, 기사마는 부거와 서로 맞붙게 되었다. 먼저 마타리와 수리도의 대련이 진행되었다. 수리도는 마타리를 날카롭게 노려보았는데 그것은 꼭 매서운 독수리가 병아리를 낚아채는 듯한 자세였다. 이것만 보더라도 마타리는 수리도의 상대가 되지 않는 것처럼 보였다. 사람들도 그렇게 생각했는데 아니나 다를까 초반부터 싸움은 수리도의 완벽한 우세로 보였다. 수리도가 숨겼던 발톱을 순식간에 날카롭게 세우고 공격하자 마타리의 몸에는 벌써 긁힌 자국이 몸에 선연히 드러났다. 아무래도 싸움은 하나 마나인 것처럼 보였다. 물론 궁지에 몰린 쥐가 고양이를 물 듯 마타리는 눈동자를 빛내며 수리도의 억센 공격을 하나하나 반격했으나, 고양이와 쥐의 싸움은 승부가 명백하듯 마타리의 반격에도 아랑곳없이 수리도의 거센 공격이 계속되었다.

마침내 억센 발톱이 마타리의 어깻죽지를 파고들었다. 이로써 싸움은 끝이 나는 것처럼 보였다. 그러나 바로 그때였다. 마타리의 검이 그 발톱에 일격을 가했다. 실로 눈 깜짝할 사이였다. 그러자 그토록 억세게 보였던 발톱이 순식간에 꺾여버렸다. 어깻죽지를 수리도에게 넘겨주고 역으로 적의 강한 곳을 강타해버리는 전술이었다. 발톱이 꺾인 수리도는 그래도 안간힘을 쓰며 대항하려 했으나 채 몇 합도 견디지 못하고 목을 공격당했다. 이로써 사람들의 예상을 뒤엎고 마타리가 승리하게 되어 결승전에 진출하게 되었다.

이제 기사마와 부거의 차례였다. 이 결전은 창과 방패의 싸움 같았다. 온몸을 각질로 무장한 부거는 어느 곳 하나 공격할 곳이 없을 정도로 철옹성을 자랑하고 있었고, 반면 기사마는 상대를 옴짝달싹 못하게 하고선 단숨에 급소를 공격해 제압하였다. 두 사람이 서로를 노려보는 가운데 사람들은 무엇이 더 센가를 호기심 가득한 눈으로 바라보았다.

처음부터 기사마의 공격이 시작되었다. 상대의 빈틈을 예리하게 파악하고서 달려드는 파상적인 공격이었다. 어찌 보면 일방적인 공격 같았다. 하지만 어떻게 된 일인지 그런 공격에도 부거는 몸으로 가볍게 막아내면서 단숨에 상대의 심장을 물어뜯으려는 기회를 엿보기까지 했다. 도무지 공격이 소용없어 보였다. 아무리 공격해도 그것을 피하려 하지 않고 맞붙는 데에 기사마도 혀를 내두르는 것 같았다. 이렇게 한참이 시간이 흐르면서 이제껏 방어만 하던 부거가 목을 쭉 빼는가 싶더니 순식간에 기사마의 심장에 일격을 가했고 기사마는 몸을 비틀거렸다. 어느새 공수가 뒤바뀐 것 같았고, 그토록 강해보였던 기사마의 공격도 무디어졌다. 그래도 기사마는 공격을 늦추지 않았다. 하지만 그 공격 중에 허점이 발견되면 가차 없이 순식간에 반격해오는 부거의 공격에 기사마의 공격이 무디어질 수밖에 없었다. 그런데도 기사마는 현란하고 날렵한 동작보다는 간단한 동작으로 똑같은 공격만을 계속 해대고 있었다. 여기까지만 보면 사람들은 아무래도 공격보다 수비를 단단히 하는 것이 더 우세하다고 생각할 것이었다. 분명 사람들은 그렇게 여겼다.

하지만 어느 때인가부터 그토록 단단해 보였던 부거의 수비가 조금씩 흐트러지기 시작했다. 꼭 한 곳만을 집중적으로 강타하는 기사마의 공격이 마침내 효력을 나타내기 시작한 것이었다. 부거는 처음과 달리 아주 단순한 공격에도 심하게 요동을 쳤다. 이것은 마치 계속 흘러내리던 낙수가 바위를 뚫은 격과 같았다. 부거가 몸을 움찔할 때마다 기사마의 공격은 더욱 거세게 진행되었고, 마침내 강력한 타격이 가해지자 그토록 단단해 보였던 각질이 부서져버렸다. 그러자 부거는 그것을 만회하기 위해 공격으로 전환하여 진행하였으나 그럴수록 더욱 자신의 허점을 노출하게 되었고, 결국 기사마가 장기를 발휘하여 부거를 옴짝달싹 못 하게 하더니 급소에 공격을 가했다. 그러자 방어보다는 공격이 범씨족의 기질에 맞다는 듯 사람들의 함성이 터져 나왔다. 이에 힘을 받는 듯 기사마의 공격은 더욱 거세어졌고 부거는 항복하기에 이르렀다. 이로써 최종 승자는 기사마와 마타리의 결승전에 달려 있게 되었다.

기사마와 마타리의 결전이 둥둥 북을 울리면서 진행되자, 마지막 결승전인 만큼 사람들은 오늘의 승자가 누구일 것인가 짐작하면서 연무대에 시선을 고정시켰다. 그러나 아무리 봐도 이 결전은 싱겁게 끝날 것으로 예측되었다. 결승전에 올라온 만큼 마타리의 실력도 만만치 않을 것이라고 생각했지만, 지금껏 그의 공격은 그렇게 예리하지도 못했고 그렇다고 부거처럼 방어가 단단하지도 못했기 때문에 마타리가 기사마의 상대가 될 것 같지 않았다. 그만큼 사람들은 기사마의 공격을 높이 샀고, 반면에 마타리는 그렇다 할 출중한 무예 실력을 선보이지 않았던 것이다.

사람들의 예측대로 기사마의 선제공격이 시작되었다. 마타리는 처음에는 가볍게 몸을 놀리면서 기사마의 공격을 피하며 주위를 맴돌았고, 그런 그를 향해 기사마는 계속해서 공세를 취했다. 사람들은 역시 예측한 대로 진행되고 있다며 언제 마타리가 기사마의 억센 공격에 넘어질 것인가만 기다렸다. 그러나 쉽사리 마타리는 꺾이지 않았다. 그렇지만 기사마의 날쌘 공격은 벌써 마타리의 몸 여러 곳을 스쳐 지나가면서 상처를 내고 있었다. 그러나 승부를 결정짓는 공격은 이루어지지 못하고 있었다. 그렇게 얼마간의 시간이 흘렀다. 사람들은 목청을 돋우었다. 공격도 제대로 펼치지 못하고 피하기만 하는 마타리에게 정면으로 맞붙어 싸우라는 야유였고, 반면에 기사마에게 빨리 더 거세게 공격하여 끝장내버리라는 응원이었다.

그런 함성 때문인지 이제껏 주위를 어슬렁거리기만 하던 마타리가 기사마를 정면으로 마주하며 동작을 멈추었다. 마치 그것은 탐색전을 끝낸 호랑이가 마지막 일격을 가하려는 동작과도 같았다. 이에 기사마도 좋은 기회라는 듯 마타리를 향해 몸을 날렸다. 찰나의 순간이었다. 순간 모두들 마타리가 기사마의 공격에 그대로 꼬꾸라지는 줄 알았다. 그러나 상황은 완전히 달랐다. 공격을 그대로 맞받아쳤던 마타리의 몸은 벌써 기사마의 목줄기를 단단히 쥐고 있었다. 사람들은 자신의 눈을 의심하면서도 환호성을 질렀다. 이제야 그들은 마타리의 몸이 바로 무기라는 것을 파악했던 것이다. 지금껏 이 자리에 올라온 것 자체가 그만한 무예 실력이 있어서 올라온 것이라고는 생각했지만 그의 몸 자체가 바로 방어벽이고 무기라고까지는 생각지 못했던 것이다. 그래서 그들은 순식간에 반전되어버린 상황 앞에 열을 올리며 흥분했다. 마타리는 바로 범의 사나운 기상을 자신의 무예 속에 담아낸 것이었다.

모두가 놀라워하며 감탄을 금치 못하고 있는 사이에 마타리의 우승이 확정되었다. 호한 또한 무척 맘에 들어 하였다. 그럴 수밖에 없는 것이 다른 무사들은 거북, 사마귀, 독수리, 황소, 뱀, 사슴 등 갖가지 다른 동물들의 모습을 담고 있었으나, 마타리는 바로 호랑이를 정령으로 삼고 있는 모습을 무예로 선보였던 것이다. 역시 범의 정령을 받들고 있는 범씨족의 우월성을 드러내 보이는 것이기도 했다.

호한이 얼마나 맘에 들어 했는지 마타리를 불러 여러 가지의 상품을 내리는 은전까지 베풀더니, 그를 즉각 상장으로 임명하여 자기를 보필하라는 특명까지 내렸다. 물론 준우승자나 나머지 4강에 든 사람에게도 상을 내리면서 장군으로 임명하였다. 그러나 역시 모든 이들의 부러움을 산 이는 마타리였다. 마타리는 비로소 자신이 당하고 살았던 한을 풀 수 있는 자리에 올랐다는 사실에 지금까지 쌓여왔던 서러움의 눈물을 삼켰다. 호한이 다시 나섰다.

"이제 제군들은 나의 자랑스러운 전사가 되었다. 나는 우리 범씨족을 이 세상에 우뚝 솟은 나라로 만들 것이다. 그 어떤 나라라 해도 우리 범씨족에게 충성을 맹세하고 고개를 숙이도록 만들 것이다. 이런 범씨족의 천하를 위해 여러분은 기꺼이 목숨을 바칠 수 있겠는가?"

"명령만 내리시옵소서."

기세 좋게 대답하는 무사들의 목청소리에 흡족했는지 호한이 다시 입을 열었다.

"좋다. 그렇다면 이제 나의 명을 기다리고 있거라. 언제든 출정할 수 있는 준비를 갖추도록 하라. 자, 그러면 오늘은 맘껏 마시고 들도록 하라."

이리하여 이날 전사가 되기 위해 한길을 걸어왔던 사람들은 축배의 잔을 맘껏 들이켰다. 그러나 그것은 단순히 술을 마시는 것이 아니었다. 바로 동이채로 마시고 날카로운 송곳니로 고기를 뜯는, 그야말로 범이 짐승을 사냥하여 먹잇감을 뜯어먹는 그런 기쁨을 노래하는 것 같았다.

다음 날 호한 일행은 다시 범씨족의 궁성으로 돌아가기 위해 마타리를 찾았다. 그리고 같이 올라가자고 하였다. 보필하라고 명했으니 당연한 요구이기도 했다. 그러나 마타리는 자기는 일을 처리할 것이 있으니 그 일을 처리하고 난 다음 찾아가겠다고 간절히 청하였다. 호한은 그게 무엇인지 궁금했지만 묻지 않고 흔쾌히 허락하였다. 마타리는 그 길로 혼자 그곳을 떠났다.

궁으로 돌아온 호한은, 이제 모든 군사력이 갖춰졌으니 제국의 나라들을 향해 어떤 방식으로 군사를 움직여야 할지를 생각하였다. 그런 가운데 웅씨족의 사정을 살펴본 정탐꾼의 보고가 전달되었다. 그것은 웅씨족이 신표를 열기 위해 비밀리에 작업을 진행하고 있다는 소식이었다. 바여기 대신이 호한을 향해 입을 열었다.

"웅씨족에서 준비하고 있다면 우리도 그리해야 하지 않겠사옵니까?"

"준비한다고 해서 그것이 열릴 것 같소이까?"

호한이 심히 불쾌하다는 듯이 따져 물었다. 실상 직접 부딪쳐본 그로서는 그게 사람의 힘으로 열리는 것이 아니라고 보고 있었다. 그런데다 그가 열지 못함으로 해서 권위에 큰 상처를 입은 것만 같아 울화통이 솟았던 것이다. 이에 가태 장군이 맞장구치고 나섰다.

"인력으로 되지 않을 바에는 그런 일에 신경 쓰지 말고 우리 주변국들을 하나씩 제압해 버리는 방향으로 나아가야 할 것이옵니다. 설사 연 자가 나오더라도 우리가 힘으로 빼앗아 버리면 되지 않겠사옵니까?"

"그 신표를 얻는 자가 새 세상의 주인이 된다고 했는데, 어찌 그것을 힘으로 뺏을 수가 있단 말이오. 만약 그리하면 어느 누구도 우리를 따르지 않을 것이옵니다. 만약 노력해서 찾을 수만 있다면 제국은 우리의 차지가 될 것 아니옵니까?"

바여기의 말을 듣고 보니 호한 또한 그 준비를 무조건 거부할 필요는 없어 보였다. 그러나 역시 그는 그것이 불가능하다고 여겼다. 그렇다고 손 놓고 있을 수만도 없는지라 바여기 대신에게 책임지고 진행하라고 명을 내렸다. 그러자 참모 모사모가 입을 열었다.

"만일을 대비해서 준비한 것까지는 옳사오나 어느 누구도 열지 못했을 때는 생각해야 하옵니다. 그렇다면 지금 망설이지 말고 우리 주변국의 나라부터 복속시키는 데에 전력을 기울여야 할 것이옵니다. 설사 다른 세력이 연다고 하더라도 우리의 힘이 세면 우리에게 내놓게 만들 수도 있는 일이옵니다. 그리하면 어차피 세상의 주인은 우리 범씨족이 될 것이며, 그 주인은 바로 호한 수장님이 될 것이옵니다."

"지난번에 우리가 그 신표를 지키겠다고 하면서 수중에 넣으려고 했을 때 여러 나라가 한꺼번에 나서서 반대했던 것을 기억하지 못합니까? 만약 우리가 한 나라를 삼키려고 하면 다른 나라들은 자기들도 결국 공격 대상이 될 것이라고 여기고 한꺼번에 반대해 나설 수도 있습니다. 그리한다면 더 안 좋은 결과만 될 것이오이다. 아직은 섣부르게 행동을 할 때가 아니라고 봅니다."

이번에도 바여기 대신이 반박하고 나서자, 모사모가 가소롭다는 듯한 태도를 보이며 다시 입을 열었다.

"그거야말로 역설적으로 확실하게 다른 나라를 복속시켜야 한다는 것을 일러주는 이치가 아니겠소? 우리가 그 어떤 나라도 제압하지 못하고 있었기에 그들이 한꺼번에 반대해서 나왔다는 것입니다. 아무리 너희가 반대해도 우리의 힘은 너희들을 제압하고도 남는다는 것을 보여준다면 쉽사리 그리 나서지 못할 것입니다. 실상 지금 우리를 상대로 해서 감히 나설 나라가 어디 있단 말이오? 지금이야말로 절호의 기회이옵니다."

"모사모 참모의 말이 맞소. 우리가 강력한 힘을 보여주어 혼을 내줬다면 다른 나라들은 그 무서움에 지레 겁을 먹고 승복하였을 것이오. 그리하지 못한 게 그때 그 결과가 빚어지게 된 원인이오. 내 그때를 생각하면……. 이제 다른 말할 필요 없소이다. 당장 주변국을 칠 것이니 곧바로 군사를 집결시키고 만반의 준비를 하도록 하시오."

"수장님, 주변 나라를 복속시키더라도 꼭 군사로 짓밟아야만 되는 것은 아니지 않사옵니까? 먼저 그들에게 스스로 복속하라고 사신을 보내시는 것이 어떻겠는지……. 만약 그들이 항복한다면 군사를 보내지 않고도 이기는 것 아니겠사옵니까?"

"하긴 그런 방법도 있겠구먼. 아니야, 그리해서는 안 돼. 만만히 봐주면 이들이 우리의 무서움을 모른단 말이야. 그러니 세상에 우리가 얼마나 무서운지 본때를 보여주어야 해. 그게 필요할 터인데……."

"그런 것은 걱정하지 마시옵소서. 그들이 그냥 항복하는 것을 덥석 받아들이지 못하게 만들면 되지 않겠사옵니까?"

이에 따라 호한은 참모 모사모로 하여금 군사를 동원할 명분거리를 만들라고 지시하였다. 호한의 명을 받는 모사모는, 먼저 주변의 나라들 중 국력도 약한데다 천신족에 우호적인 녹씨족을 응징하려고 마음먹고 그들에게 무조건적으로 항복하고 공물을 바쳐라, 그것도 직접 와서 배알하라고 요구하였다. 그와 동시에 녹씨족과의 국경 지대에는 연일 군사를 배치시켰다. 이로 인해 녹씨족과 범씨족의 국경에는 전에 없는 긴장감이 흘렀다. 이것은 바야흐로 거불단 환웅이, 천부인이자 하늘의 경을 여는 자가 새 세상의 주인이 될 것이라고 징표를 보여주면서 선인이 되어 하늘로 올라간 이래, 자연스럽게 발생하는 귀결점이기도 했다.

물론 천부인이자 하늘의 경을 열어 새 세상의 주인이 되고자 하는 세력도 있었다. 하지만 어찌 세상의 흐름이 이치를 따져서 그 순리대로 흘러가게 되는 것이었던가? 오직 승자만이 살아남는 세상 속에서는 수단과 방법을 가리지 않고 그 목적을 달성하려고 하는 것은 어찌 보면 당연한 것이기도 했다. 여기서 범씨족은 군사력을 동원해 그 목적을 이루려고 한 것이었다.

"이제 우리 범씨족에 복종하라. 그렇지 않으면 너희는 우리의 발아래에 짓밟히게 될 것이다."

그 선택은 실로 전쟁을 강요하는 것이나 다름없었다. 이런 소식은 벌써 주변의 여러 나라로 퍼져 나갔다. 그러다 보니 지금까지 거불단 환웅의 통치 하에 서로 독자적인 기반을 가지고 독립적으로 살아오면서도 서로 교류하며 평화롭게 살아오던 여러 나라들은, 이제 선택을 강요받는 상황으로 치달았다. 이것은 세상의 진정한 우두머리가 없으면 그 문제가 해결될 때까지 피를 흘리며 싸우는 이치와 같았다. 새로운 세상의 질서를 찾기 위한 과정은 어이없게도, 아니 필연적인 과정인 양 우선 범씨족과 녹씨족의 경계 지대에서부터 점차 전운이 감돌면서 시작되었다.